談戀愛前先孵蛋!!
Get
魔獸系毛茸茸男友!?
Hatch a Little Monster
from a Magic Egg
Picked up by Me

Novelist.

Think&Write

沒有侷限的想像，是創作的本心，
在文字與創意的交會地帶——探索一個一個的好故事！

Think&Write

沒有侷限的想像，是創作的本心，
在文字與創意的交會地帶——探索一個一個的好故事！

椰子樹

糯米飯NiR

談戀愛前先孵蛋!!

Get 尾獸系毛茸茸男友!?

全一冊

CONTENTS

Hatch a Little Monster from a Magic Egg Picked up by Me

第一章　小恐龍誕生了

彷彿是命運般的相遇。

放學回家路上，就讀國小五年級的奇芷寧發現遠處有一顆蛋。

不久前她剛被值日生的工作耽擱了時間，比平時晚點踏出校門，此刻路上已沒有什麼同學。因她走路總是習慣低著頭，有時踢著石子思考人生哲理，有時看看路邊有沒有誰掉了糖果或零錢可撿，正常說來是不會注意到它的。

但那天她忽然有所感應地抬起頭來，就這麼看見了它。

她背著書包，站在那條返家必經的河道旁，呆呆地望著那顆巨型蛋，她遲疑地左右張望一番後，抬起腳步咚咚咚靠近。

奇芷寧蹲了下來，睜大眼睛，雙手把它捧起，猛搖幾下。

以這顆蛋的體積來說，這樣的重量顯得格外的沉。形狀比起正圓，更接近橢圓，上頭偏尖。蛋體碩大飽滿，表面摸起來帶點粗礪感。

下午柔暖流溢的斜陽照耀下來，不偏不倚灑在蛋上，然而不曉得是不是她的錯覺，奇芷寧似乎看見它跟著發出斑斕微光。

她抓著外套袖角把它擦了擦，袖子很快髒了一片。

咦？這到底是什麼動物的蛋呢？除了雞蛋、鴨蛋和鳥蛋外，還有哪些動物會下蛋啊？

媽媽已經很久沒買玩具給她了，所有東西都是哥哥玩膩不要了，才施捨給她的，奇芷寧聽見心裡傳出來的聲音大聲喊著想要。

她忽然想起老師曾在段考後播放給全班看的恐龍片。這該不會是顆已在地底沉潛上億年、直到最近工人盜採砂石導致河床裸露或什麼什麼複雜的原因、才得以重見天日的恐龍蛋化石？

奇芷寧抵抗不了新奇玩意兒帶來的龐大誘惑。

她想要它，想把它帶回家，占爲己有。

女孩悄悄地用衣服蓋住蛋，偷偷摸摸探手把書包打開，將裡頭的書全拿出來，然後將寶貝乾坤大挪移推進書包裡，再把書包扣回去。書包鼓得很怪異，但她毫不介意。

左顧右盼確定四周沒人後，奇芷寧試圖讓自己的動作看起來極爲自然，以一種如獲至寶的心情順利把蛋偷渡回家。

當時還是小學生的她已知道，不管恐龍蛋曾是被埋在地層下的，還是誰不小心遺落在那裡的，現在它屬於自己了。

女孩滿心歡喜地返家，抱著厚厚一疊課本與作業回房，很快將門關上。將書放上桌子，奇芷寧打開書包把恐龍蛋拿出來。整顆蛋灰撲撲的，她認命地抱著它去浴室清洗擦拭，出來後用她最喜歡的圍巾在小矮櫃上替它布置了一個溫暖小窩。

「歡迎你啊，小東西！」奇芷寧嘻嘻笑。

爲了和恐龍蛋玩，她趕著速度囫圇寫完當日作業，然後抱著它坐到床上，忘情欣賞。

既然這東西如此與眾不同，也許是全世界最後一顆沒有被科學家拿走的恐龍蛋，不管它有沒有生命，都該擁有一個獨一無二的好名字啊。

小孩總有排解不完的憂愁，奇芷寧認眞煩惱著該替恐龍蛋取什麼名字好呢，腸枯思竭間，一個沒拿穩，它滴滴溜溜地彈到了門邊撞到門板停下，奇芷寧靈光一閃，腦中出現一個活潑的好名字——滾滾。

她跳下床走過去將它撿起，「叫『滾滾』吧，以後你就叫滾滾啦！」

滾滾天天陪她玩、陪她吃飯、陪她睡覺，他們就像光與影，奇芷寧晃到哪裡都和它形影不離。媽媽問她那顆蛋哪來的，她說在玩具店裡用兩百元買到的，每位同學家裡都有一顆，如果她沒有，那她就會跟不上同儕之間的話題，最後就會沒朋友。

媽媽聽了拿她沒轍，看著那顆不起眼的蛋多次嫌貴，讓女兒以後別再亂花錢，奇芷寧當然答應她了。

一個滾滾就夠她玩，她不貪心。

猶記得那年暑假特別漫長，明晃晃的烈陽天天高掛，爸爸和媽媽白天去上班後，奇芷寧和哥哥奇恩除了補習就是成天窩在家裡相愛相殺。一半的時間他們各忙各的大事業，她看漫畫，他打遊戲；另一半的時間，兄妹倆爲了誰多喝一杯飲料、誰又多吃一份熱狗爭得頭破血流。

爲了節省電費，爸爸媽媽強調冷氣只能合吹一臺，兄妹倆抬頭不見低頭見，簡直吵好吵滿、告狀告滿整個夏天。

那時奇芷寧最好的朋友胡孜孜總會上奇家玩，奇芷寧慷慨地把滾滾借給胡孜孜看。某次回家前，胡孜孜說想外帶滾滾，對天發誓兩天後一定歸還，奇芷寧還在掙扎借與不借，奇恩聽煩了，見不得兩個女生在他耳邊婆婆媽媽，對妹妹曉以大義後佐以一碗泡麵加蛋作誘餌，奇芷寧終於點頭，把滾滾交出去。後來胡孜孜臨時被帶出門參加家族旅遊，整整晚了一個禮拜才物歸原主，奇芷寧因此跟她絕交了三個小時。

畢竟她和滾滾從未經歷過如此漫長的分離。

奇芷寧不只對滾滾說話，有時也唱歌給它聽。在女孩夜以繼日用愛滋潤下，恐龍的蛋殼越來越光滑，每到深夜都會散發七彩奇光。

絢麗的光照亮了小小的私人空間，奇芷寧趴在床上撐著腦袋恍恍惚惚看得出神。

儘管當時的她懵懂無知，也隱約知道，這是個不能對外訴說的祕密。

有回睡到半夜她忽然清醒，朝蛋那裡看去，見它周圈氤氳著好幾層色光，美得令人移不開眼，便著迷地下了床朝它走近。

空咚、空咚、空咚……

滾滾在黑夜裡如蘆葦在風中輕輕搖曳，她湊近一聽，內部傳來細致聲響。裡面忙著什麼呢？好像挺熱鬧。她好奇地伸出一根手指戳了戳它，表層溫溫熱熱，猶如一顆煮過的水煮蛋，太不可思議了！

莫非恐龍蛋經歷了地層長久的掩埋，還有甦醒的希望？

難道她即將擁有一隻貨眞價實的小恐龍了？！

奇芷寧興奮得整晚睡不著覺，抱著滾滾躺在床上編織著美好想像。孵出來之後會是她最喜歡的霸王龍，還是跑很快的似鳥龍，或者是能飛上天的翼龍呢？

想著想著她睡著了，翌日清晨起床後從被子裡撈出滾滾，失望地發現它還是一顆光滑無綻痕的硬石頭，女孩癟起嘴來，有點洩氣。

不管怎麼說，那個夜晚終究帶給她縹緲的希望，每晚熄燈後她持續觀察它。蛋身依然在深夜裡散發幽微明光，卻仍無破殼跡象。

恐龍化石終歸是恐龍化石嗎？

可她好想養一隻活生生的小恐龍啊……

奇芷寧爲此傷心了一整個季節。

一千多個日子轉瞬而逝。奇芷寧越長越高，在酷暑與分數雙重夾擊下，褪去青澀，換上了高校制服。她依然過著每天上學每天放學、回家寫作業或者流連補習街的乏味生活，直到有天晚自習返家後，十幾年來平靜的人生從此被顛覆。

提著一袋宵夜上了樓，奇芷寧轉開臥室門把，眼睛對上了牠——那是一隻身長大約三十公分的藍色生物——正站在她的書桌上，一雙爍亮的眼睛不時眨呀眨。

在奇芷寧毫無任何心理準備的情況下，她看見牠活潑可愛地以腳尖輕點，跳跳跳，落地後定下來露出一個奇怪的表情望著她。

奇芷寧的腦袋停止運作，嘴巴張成了O形，手裡的宵夜掉在地上。

這是、這是啥鬼東西啊！

她噎了一下，看這好動的小傢伙毫不安分地又蹦了起來。牠笨拙地抬起腿來蹬了兩下，可能後腳尚未習慣跳躍，不消一秒立刻滑稽地撲在桌面上，高高翹起屁股，頭朝下趴著。

哇！好萌啊！好可愛啊！好想抱哦！

她驚喜地呀了一聲，下意識把門反手關上。

奇芷寧憋著氣一小步一小步慢慢走近牠，深怕動作太大驚擾了小東西，牠會嚇得逃走。忽然間，她赤足踩上了薄而結實、略略扎腳的物體，發出清脆的碎裂聲。

她低頭看，熟悉的花色映入眼簾。

欸？這是滾滾的蛋殼……碎片？

欸？為什麼會有碎片啊？難道牠跑出來了？但牠怎麼會跑出來？除非是孵化啊！什麼！滾滾孵化了？

她默默地又把視線移向正停在書桌上的那隻阿凡達色小動物——天哪！太神奇了！沒錯！這小傢伙就是滾滾！滾滾牠眞的破殼而出啦！

她衝過去，忍住想發狂尖叫的衝動，不停地張大眼睛觀察牠。奇芷寧對牠笑，牠僵在那裡動也不動。接著她小心翼翼把牠逮捕，在一陣死寂般地大眼瞪小眼後，她興奮地模仿獅子王在崖邊的經典動作將牠高高舉起，肺活量十足地喊：「滾滾，初次見面你好呀！我叫奇芷寧，是你的主人唷！」

牠朝她發出了一聲近似於「嘎」的音。音量不大不小，稱不上友善，但也並不凶狠。

女孩歡喜極了，愛不釋手地把牠摟在懷裡，從後頸脊骨處向後摸了摸，牠瞇起眼睛看似毛被順得很舒服，再朝她滿意地嘎了一聲。

小恐龍實在太可愛了，尾巴搖啊搖，她忍不住用力掐了牠一把。牠嚇得顫了一下，開始激烈掙扎。奇芷寧手一鬆，莞爾放開牠。

滾滾重獲自由，遠遠跳走了，鑽進衣櫃裡很快消失不見。

奇芷寧打開抽屜，翻出一本硬殼精裝筆記本，充當寵物飼養紀錄簿，拿起筆認眞記錄第一條。

XX年二月二十一日，今天是滾滾誕生日。

——我超喜歡牠！

隔天是假日，全家人沒和平時一樣聚在一起。奇芷寧窩在房裡孤僻了整個白天，媽媽指使奇恩去敲妹妹的門，看看她在幹嘛，結果被奇芷寧以正在用功讀書的名義謝絕關心。

門板內的女孩痴迷地望著一隻藍通通小獸，嘴唇微張，唇角溢出一道亮晶晶的口水，笑得非常傻氣。

滾滾早上吃過她的漢堡和玉米濃湯後，一直活力充沛地在屋子裡跳上跳下，最遠能從書櫃躍到床邊的玩偶上，身體協調性進步神速。

奇芷寧把所有能找到的玩具都翻出來給牠玩，還拿起自己的姓名印章在牠身上蓋了好幾下，強調：「你是我的哦！」

滾滾聽到之後先是歪著頭，然後點一點頭。奇芷寧好開心，衝著牠嘻嘻嘻地笑彎了眼睛。

吃晚餐的時候，奇芷寧向爸媽提議搬去郊外大一點的房子住。

老爸問她好端端地爲什麼要搬家，老媽擔心地看著女兒說是不是在學校被同學欺負了，哥哥則是幸災樂禍地一口咬定妹妹做了什麼丟臉的事，比如告白失敗之類的，才會急著想轉學。

她扒了一口飯，憂鬱地咀嚼著，看起來很煩惱，「眞的不能搬家嗎？我們需要一間很大的房子，可能至少得有半間大賣場的坪數，後院還得有五、六個操場那麼寬的空地，才夠我養寵物啊。」

奇恩：「誰同意妳養寵物了？何況陸地上的動物哪有這麼大啊，又不是恐龍。」

奇芷寧謹愼探詢：「那、我說如果……眞的是恐龍呢？」

奇家爸媽奇怪地互看對方一眼，然後男人好笑地看著女兒認眞的神情說：「寶妹，妳說什麼傻話？」

奇芷寧啪地放下筷子，情緒激動起來，「我沒亂講，是眞的！我們得快點未雨綢繆！否則有天就會像愛麗絲忽然在小房子裡膨脹那樣，屋頂會被撐破！」

哥哥搖頭嗤笑，絲毫不理會妹妹的氣憤塡膺，夾起盤子裡最後一條魚放在她碗裡，懶懶道：「笨寧啊，老哥我知道妳讀書壓力太大了，這種情況呢，我們班同學之前也有過。我建議補腦的食物多吃點，挺過去就沒事了，來，快吃吧。」

女孩看看家人們，感嘆沒有人懂她的心。她沮喪地蔫下來把魚塞進嘴巴，暗暗祈禱滾滾別長那麼快。

奇芷寧睡著之後，一抹綠光靜靜閃爍在幽黑靜謐的夜。

小傢伙動了動，從女孩精心爲牠布置的溫暖小窩裡掙脫出來，一躍而上，直挺挺立在窗沿。牠回頭，見女孩睡得安穩，便轉過身凝望月亮。月光照在牠身上，牠眸色清明，哪裡像是一隻破殼尚未足一日的獸。

牠有對泛著光澤的碧綠眼瞳，稍稍閉起眼再睜開，眼前宛若出現一片銘刻在記憶中的湛藍大海，海潮聲也似乎近在耳邊。

漫長的流浪沒有洗去牠的記憶，牠依然深深記得那片孕育牠與族人生命的美麗母海。

迤邐在陽光下，它寬廣澄澈，彷彿沒有盡頭。

有道低沉的嗓音在暴風雨肆虐的島嶼響起，用最卑微的口氣，祈求女巫的憐憫與慈悲。

而後，守護神庇佑牠在海裡浪跡。

——直到再次與她重逢。

在很早很早以前，於遙遠的南半球海域上，經歷地殼震盪與板塊擠壓後自然形成了一片最古老的群帶狀島嶼群。那是一片地理環境最爲惡劣的水區，舉凡航行靠近的船隻，無關船身堅固與否或天候穩不穩定，都難逃被捲入巨大漩渦中甩出偏離的命運。

數量高達一百多塊的零散島嶼，有一塊位於核心的巨大母島，它被島民們稱爲「沃瑪波島」。

沃瑪波島上奇岩衆多，地形多樣，終年雲霧繚繞，磁場怪異，從未被任何先進儀器探測到，說是地球上最神祕的一角也不爲過。

島上有著最原始的叢林與生命，有仰賴那塊土地、至今已綿延逾數萬年的古老文明，其中亦不乏雄偉建築與權力。

沃瑪波島上棲息著一支罕見的獸人民族「羌靈族」。他們與最古老的智人差不多同期出現，但因基因序列差異，演化進程與人類不相同。他們生而爲蛋，幼年爲獸，成年爲人，擁有強大體能與高階智力，崇尚和平。

羌靈族人重視信仰，敬畏大自然力量，相信生命雖會殞落，魂魄卻能新生。

由於幼獸夭折者多，島上人口稀少，未能建立起國家制度，僅形成向心力極強的部落，彼此推舉出賢能長老若干位，共同維持社會秩序。

羌靈族人即使離開島嶼也不會隨意對人類曝光身分，至今仍不存在於世界上任何活動史蹟中。

只有島上的女巫知道，在上個世紀，那段淒美愛情故事中的主角們，已悄悄地投胎轉世，在地球各個角落互不相識地生存著。

喀喀……

命運之輪再次轉動。

上一世，沃瑪波島——

一名身穿墨綠織錦鑲邊的長袍、腰上繫著神獸圖騰的寬腰帶、肩寬腰窄腿長的年輕男子繆瑟正隱身柱後，僅探出一對靈活的眼珠竊看。

那個美麗的女孩今天又來了呢。

她總是把鮮甜的果實和樹葉留在宮殿前的階梯上，靜靜離開。

每隻獸人都擁有先天的優異嗅覺，能追蹤其他獸人身上獨一無二的氣味。繆瑟來自身體素質最強悍的奧斯家族，嗅覺自然更是敏銳。

他遠遠地就辨別出她的味道而追到殿前，在她轉身之後，一路好玩地憑藉氣味跟了過去。

她出了宮殿，往外面跑去，裙襬上的珠玉撞擊出清脆的聲音。長長的頭紗薄而飄逸，罩著她的長髮，在空中劃出一道優美弧線。

忽地一道黑影竄過來擋在他面前，橫出一隻手臂攔住繆瑟去路，繆瑟煞不住，差點不要命地撞上去。

「誰啊……」他沒好氣地抬起頭仰視來人，在看清楚後立刻收起散漫語氣，挺直脊骨，整個人正經許多，「噢，哥。」

繆瑟眼前那位高大威武的男人，身穿一襲沉穩卻華麗的黑袍，腰上繫著與他如出一轍的圖騰腰帶，渾身散發出不可一世的威嚴氣場。

這名看似嚴肅的男子便是繆瑟的親哥哥，近年來族中力量最強大的一位，島民們尊稱他為——汀萊大人。

汀萊低下頭，看著自己好不容易在三個月前化成人形的弟弟，板起臉孔說：「成天莽莽撞撞，又想去哪？」

繆瑟也不隱瞞，嘻皮笑臉說：「快發情了，先找老婆呀。」

老成的汀萊搖頭嘆氣。

「你哥還孤家寡人一個，做弟弟的急什麼呢。」說完，他拎起繆瑟後領拖著他往回走，「休息得差不多了吧？來，跟我比試一場。」

繆瑟一聽，臉都白了，叫苦連天：「別啊～哥！上回你輕輕鬆鬆揍了我兩拳，我在床上可是躺了整整十天啊！不是吧？眞的要打？說好的兄友弟恭呢？說好的手足情深深似海呢？」
汀萊什麼興趣沒有，就是特愛找弟弟練身手，但問題是……繆瑟只有挨打的分啊！
繆瑟被汀萊拖著往廣場去，不死心地哀號著，一路求饒：「我們最英俊的汀萊大人，最善良的汀萊大人，最最最仁慈的汀萊大人，待會能否手下留情？大發慈悲饒過我的臉？」
男人淡淡地瞥他一眼，噙著笑意抿唇說：「可。」
隔天，鼻青臉腫的繆瑟摀著臉頰仍然守在殿前等待女孩出現。他望著遠方，心想哥哥眞是說話不算話，都說了別打臉，還故意往他臉上招呼過來。力道雖不大，但也夠他醜個幾天了，萬一正好被她撞見，以爲他天生長這樣該怎麼辦呢？
憂慮間，他聞到了熟悉的味道。
是她，她來了！繆瑟趕緊伸長脖子看。
女孩哼著歌跳著過來，長長的裙襬落在地上，裙上的紗在她身後飛舞。叮叮噹噹，衣上的玉石總是響亮。
跳著跳著，她忽地踩到自己的裙襬絆倒了，滑稽地向前一撲，慘摔在地上。她手裡拿著的那些小果子悉數滾出手中，一顆一顆在地上呈放射狀輻散出。
繆瑟看她摔了，也管不得自己是帥是醜，立刻心急奔上去扶她，關切地說：「妳怎麼樣？痛不痛啊？」
女孩抬起頭來，本來快湧出眼眶的淚水在看到他那張調色盤似的臉後就縮了回去。她嚇了一跳，呆呆地看著眼前這個奇醜無比的男人，驚到說不出話來。

繆瑟後知後覺地反應過來，急忙解釋：「我我我我本來不是長這樣的，妳知道汀萊大人吧？整座島上最好看的汀萊大人？知道吧？我是他弟弟，所以我不醜的！我只是剛好被揍扁了，過兩天就能恢復原來的相貌！妳別怕啊！」

女孩偏著頭看他，半信半疑問：「汀萊大人的弟弟？」

「是啊！」

她很快從地上爬起來，臉紅通通地，不停拂去裙上的灰塵，「那你別跟他說我跌倒了啊，千萬別說，知不知道？」

然後她蹲下來，心虛地把散落滿地的小果子一顆一顆撿回來。

「那個、因為我不知道妳的名字，所以也沒辦法跟他說啊……」繆瑟搔搔頭，笑得很可愛。

女孩逼近，一雙大眼睛充滿靈氣，直直盯著他，「很好，絕對不能讓汀萊大人知道謳妮在殿前跌倒了，懂嗎？」

「好的！」繆瑟用力點頭。

原來她叫謳妮啊！

知道她的名字之後，繆瑟說不出心裡有多歡喜。這兩個月來每天看她偷偷摸摸上門，他始終鼓不起勇氣站出來與她搭話，沒想到今天她自己招了。

「吶，全部給你吃吧！」她把果子一股腦塞進他手裡後，提著裙襬一溜煙跑了。

繆瑟痴痴地佇立原地，看著那襲紅衣漸漸縮成一顆紅點，露出傻笑而不自知。

一隻大掌不客氣地伸過來，拿走一顆他手上捧著的果子，放進嘴裡咬了一口，和他一同看著女孩遠去的方向。

「謳妮，是吧？」汀萊幽幽說。

繆瑟驚訝地轉過去，看著男人從容的臉，「你聽到了？」

汀萊點點頭，拍拍弟弟的肩，順手又取走三顆果子，「放心吧，我沒有看見任何人在我們殿前踩到裙襬跌倒了。」

繆瑟：「……」

汀萊大人愉快地走了。

奇芷寧和爸爸媽媽以及哥哥奇恩一起住，奇恩常敲了門之後不等她喊「請進」就自己開門進來，也是因爲這樣，他率先發現了活生生的滾滾。

「欸，笨寧……」門咖地一聲打開了。

正專心欣賞滾滾慢條斯理進食的女孩來不及反應，傻乎乎地轉頭迎向了哥哥慵懶的目光。

她抖了一下，他往她旁邊瞟了一眼，看見了小傢伙，忽然定住。那是什麼？阿凡達嗎？活的？還是玩具啊？

滾滾應景的：「嘎。」

奇恩緘默。妹妹房裡出現了不明生物，是活的，還會叫呢。

空氣中瀰漫一股死寂，漫長的沉默。奇芷寧試著咧開嘴擺出各種真誠討好的笑，可惜哥哥無動於衷。

那時她和他的表情都相當蠢。

滾滾不懂兩名人類的心理曲折，優雅地低下頭，繼續啃肉排。

室內充斥著凝寒而緊繃的靜謐，更顯山雨欲來。獸類撕咬吞嚥時發出的原始聲音因此被放大數萬倍，顯得野蠻悚動。

看見滾滾長而尖銳的獸牙，終於回神的奇恩倒抽一口氣，他快步向前抓住牠，怪叫道：「奇芷寧！妳給我從實招來！這傢伙到底是什麼鬼東西！從哪來的啊！」

滾滾幽闃闃的眸光倏地閃爍，一瞬間居然有種說不出的野性暴戾，牠猛一扭頭，露出尖牙——狠狠讓那刀子似的長刃嵌進男孩的手背。

全程不到一秒，鮮血從少年光滑的手背往外噴濺。奇恩痛得直甩手想掙開牠，滾滾卻越咬越深，奇芷寧驚嚇且慌張，連忙笨手笨腳地幫忙把牠卸下，直喊著：「滾滾不可以！趕快停下來！這是自己人！

不可以咬自己人啦！」

哥哥的手被小野獸咬掉了一小塊肉，滴答滴答冒著血，受傷的地方血肉模糊，奇芷寧整個嚇傻了。

「不可以！滾滾！不可以這樣！」

在奇恩不敢置信按著傷口的瞪視中，奇芷寧跌跌撞撞哭著尖叫衝下樓找爸爸媽媽幫忙。

爸爸沒聽懂女兒說什麼，只聽到她說「哥哥快死掉了怎麼辦趕快趕快」就手刀狂奔上樓進了房間。那時已經晚上八點多了，她家樓上樓下、四人一獸亂成一團。爸爸讓媽媽用乾淨的紗布先按住哥哥的傷口，哥哥站在客廳緊抿雙唇，臉色蒼白，神情複雜。然後爸爸抓起鑰匙飛車載著哥哥去醫院掛急診，媽媽也跟去了，奇芷寧獨自留在家裡害怕得哭個不停。

臨走前他們什麼也來不及問，只拋下一句「妳先別睡！一切等我們回來再說！」就走了。

這種延後譴責對她來說更是折磨。

奇芷寧在客廳裡走來走去，想打電話問問看哥哥的傷勢怎樣，又怕現在他們在醫院那邊忙。她越想越害怕，只能自責地縮在客廳沙發上不間斷地哭，腦海中滾滾咬掉哥哥一小塊肉的血腥畫面不斷回放，她渾身顫慄發寒，抱著自己的膝蓋不停抽泣。

滾滾有人性，見她傷心，緩慢地靠過來用爪子抓她衣服。奇芷寧生氣地揮開牠，飆著淚對著牠歇斯底里大吼：「你不乖！你一點都不乖！你超級超級不乖！都是你亂咬人！如果哥哥死掉了以後我就不要你了！討厭鬼！走開啦！」

滾滾被她揮到地上撞到了茶几，奇芷寧心裡閃過一瞬間的心疼，可仍氣憤地別開眼，佯裝冷漠，假裝沒看見滾滾跟蹌地爬起來站好後，靜靜地站在那裡看了她一會兒。

爸媽平時工作很忙，哥哥和她只差一歲，卻常被大人賦予照顧妹妹的責任，不管在學校還是家裡，他總擺脫不掉她這個包袱，要疼妹妹、要讓妹妹，他們幾乎是相依爲命長大。

「哥哥很壞，小時候常邀我玩打架遊戲，我們會先赤手空拳扭打一個小時，再拿起各自的武器互K對方一個小時，然後扔了器械躲進棉被或紙箱做的堡壘，隔空叫囂像神經病一樣地對罵一個小時，直到……」她吸了吸鼻子，哭著苦笑出來，「直到卡通時間到了，他就會像沒事一樣把我拉起來，牽我下樓看電視。」

「雖然我常在你面前說哥哥壞話，但是我一點都不討厭他。」

哥哥很壞，也很好。只要她一掉眼淚，他什麼都肯讓步。

她噘起嘴說：「所以你也要對我哥好一點，還有我爸、我媽。」

餘光裡瞥見滾滾離開不知跑到哪兒去後，她才又把自己埋進膝蓋裡低低啜泣。

奇恩的手被妥善包紮後，在精疲力竭的爸、媽護送下返回家裡。一進家門，爸爸就沒耐心地問女兒那隻怪物在哪，奇芷寧猶豫一秒後乖乖地喊了兩聲滾滾……

牠安安靜靜地出現在衆人面前。

小小藍藍的一隻異獸，行動姿態不慌不忙。

奇恩還心有餘悸，主動離得遠遠地，生怕又被攻擊。奇媽媽看起來也很害怕，卻挺身擋在奇恩身前，使喚老公捉住牠。奇爸爸使出一套從電視劇學來的武林神拳對著滾滾瞎比劃一番後，撲上去逮了兩次都沒逮著。滾滾俐落地跳開，速度快得驚人，他們甚至來不及看清楚牠是怎麼移動的，只留下一道藍色光帶後就消失了。

別說爸爸媽媽了，其實奇芷寧也沒看過滾滾這種模樣。牠一直安分地待在她的房間、她的視線範圍裡。牠情緒穩定，態度悠哉倨傲，甚至常讓她有種自己是不是正在被牠鄙視的錯覺。

欸？牠到底跑去哪了？

奇家四口愚蠢地在客廳裡翻來攪去，最後在藝術燈上找到了牠。滾滾在白熾光下亮著眸子俯瞰他們，不知爲啥，奇芷寧覺得那種儼然被高等動物睥睨的感覺又跑出來了。

她呆呆地張著嘴仰頭凝視牠，老爸已經開始四下張望有什麼能拿來捕捉牠的工具。她垂下肩，認命地面對自己捅出的婁子，朝著上方招招手說：「過來，滾滾，來我這裡。」

阿凡達色的奇妙小動物縱身一跳，向她俯衝而去，女孩張開雙手穩穩接住。滾滾仰頭看她，「嘎。」

她抱著牠哆嗦地看著沉默的家人們，捋了捋牠的毛，營造滾滾其實很乖巧溫馴的形象後，試著冷靜提議：「滾滾只是一隻還沒受過教育的小恐龍，我會好好教導牠的，這次可不可以……先放過牠呢？」

天真愚蠢的「小恐龍」三個字，成功爲奇芷寧迎來空前絕後的家庭災難——她被老媽用空氣拳海扁一頓，被老爸斷絕了兩個月的零用金，被血濺山河的哥哥罵狼心狗肺，最後滾滾還被爸爸五花大綁關進只戳了兩個洞的紙箱裡，澈底失去自由。

依奇芷寧對滾滾本身戰鬥力的觀察，她覺得紙箱是關不住這隻猛獸的，滾滾的爪子只消扒個兩下就能把天牢撕成碎片啊！但看老爸這晚折騰下來也累了，她便不好意思再打擊他。

滾滾被關了好幾天，爸爸媽媽連吃的也不給牠。奇芷寧只好趁其他人都不在時，偷偷地把攢下來的早餐、午餐和晚餐與點心，透過紙箱上那兩個小小的洞餵進去給滾滾。

爸爸好壞，洞打得這麼小，實在很不方便她塞食物，她偷偷摸摸地拿起美工刀，一天一天、每天將洞割大一點。

有天她挖洞挖到手痠，心力交瘁地問小恐龍：「你想走嗎？還是我把你放了，讓你回去大自然裡，怎麼樣都好過沒有尊嚴的囚禁？」

眞正的愛是放手，讓牠自由，這個道理她在小說上看過。

在一陣沉默的凝視中，滾滾對女孩幾不可察地搖了搖頭。

奇芷寧心底咦了一下，莫非滾滾不但聽得懂她說的話，還擁有省思能力及自我意識？

有天她不小心失手，把洞挖得太大，紙箱整個破了。牠看著那個出口，對上少女驚呆的表情，繼續規規矩矩地坐在裡頭，沒有半點想逃的意思。

這縫破得太大了，奇芷寧只好拿了卷封箱膠帶回來，自作聰明地把裂痕補起來。

「你眞的想繼續待在這裡？那以後爸爸如果把你放了，你還會隨便亂咬人嗎？」

牠倏地露出怒色，鼻孔不停地噴吐熱氣，喉間發出陣陣低嗚，見她愣愣望著牠，似乎也不明白牠怎麼了，才緩和神色，翻了個身背對她，不再理會可愛的小主人。

奇芷寧也不糾結，拍拍箱子，站起身來，走了。

爸爸和媽媽看滾滾連續多天都很安分，又聽女兒天天在一旁替牠澄清牠是隻多麼乖巧懂事貼心的小可憐，若不是受到驚嚇，才不會出於防衛無緣無故咬人。

奇芷寧義正詞嚴嚷著：「只要我們不傷害牠，滾滾不會傷害我們的！」

爸爸拿著手電筒和一支鐵鉗，撬開滾滾的牙關，仔細探照一番後說：「滾滾的牙好利呀，牠是隻天生的猛獸。」

老媽跟著伏在旁邊看，說這麼銳利的東西如果拿來開罐頭應該很好用，畢竟有免費的開罐器幹嘛不用，也可以試試看能不能切斷披薩，可以的話改天她上烘焙課時想把披薩帶回家，用獸齒切成喜歡的大小形狀。

「啊，我想到了，獸牙造型這麼別緻，把它做成鑰匙圈，隨身掛一個在包包上，遇難自救時還可以拿來作破窗器或逃生錘用呢。」

老媽勤儉持家，思想上也比較務實，已不停地想著該如何將東西物盡其用。奇芷寧望著老爸，老爸望著寶貝女兒，他們又同時看向紙箱裡的小獸。滾滾露出一種很厭世的表情，翻了翻白眼。

奇芷寧突然感覺很對不起牠。

奇爸爸看著奇媽媽，「所以，妳想要？」換來奇媽媽鄭重點頭。

對太太百依百順的男人轉頭看著女兒，曉以大義：「妳哥那天的樣子妳也看到了，誰也無法保證滾滾不再傷害人，我們總不能等憾事再次發生才來懊悔。爸爸不會阻止妳養寵物，但我也必須讓所有人處在一個安全的狀態，妳明白嗎？」

奇芷寧似懂非懂地應了聲。

這齣血腥鬧劇最後以滾滾被強行繳械，放出紙箱告終。

那時的奇芷寧還不大明瞭，爸爸這個舉動對猛獸來說意味著何種奇恥大辱，讓牠喪失了何等尊嚴。拔牙時，她只顧著蹙緊眉心在一旁擔憂爸爸會不會被滾滾弄傷，忘了關懷降臨在滾滾身上的痛。

她親眼目睹爸爸對她口口聲聲說會愛牠養牠照顧牠一輩子的滾滾做著殘酷的事，卻一語不發。而滾滾只是望著小主人，不發出任何聲音，被動承受。

後來滾滾眞正成爲奇家的一分子，奇恩則是傷好就忘了痛，他成了最喜歡親近滾滾的人，有時還自告奮勇帶著牠一起進浴室洗澡。

偶爾奇芷寧經過浴室，會聽見裡頭傳來哥哥低級的笑聲，她懷疑哥哥教了滾滾什麼不良行爲，但每次問，奇恩都說沒有。

雖然有點擔心哥哥把滾滾帶壞，但滾滾畢竟是一隻小寵物，和人類總歸不同，想著想著奇芷寧也就放心了。

也還好，滾滾的獸齒後來統統都長回來了。

奇芷寧每天都很忙，不只上課，放學後往往還得補習，有時假日會和胡孜孜去街上逛。背著包包離開房間前，滾滾總是沉默地望著她，讓她心生不忍，總覺得自己是個拋棄牠的壞主人。

大多數的時間，滾滾脾氣很好，也很安靜，鮮少發出粗啞的嘎聲，在飼育牠一段時間後，奇芷寧便有了將牠帶出門放風的衝動。

人關在屋子裡久了都容易生病，一天到晚悶在家裡呼吸不到新鮮空氣的動物實在太可憐了。

那段時間裡，這個念頭始終縈繞不休，某天出門前奇芷寧乾脆心一橫，把牠抓起來塞進包裡，快樂地出門去了。

那天坐在小河邊，她把滾滾放在腿上，和胡孜孜談了一整個下午關於恐龍之我見。

隔天胡孜孜上學時拿來一盒人體彩繪顏料送她，小聲附在她耳邊說話，建議奇芷寧替滾滾化個妝作為掩飾，蓋掉牠過於顯眼的毛色。她說，這樣可以避免掉一些不必要的麻煩。

奇芷寧覺得很有道裡，回家翻箱倒櫃想找好東西回送好朋友。正好哥哥去她房裡，意思意思叩叩兩下敲了大開的門板，沒好氣地問她成天乒乒乓乓的到底在幹嘛。

奇芷寧扭過頭，非常認真地看著少年，「哥，你聽過一句成語嗎？」

「什麼？」

「阮囊羞澀。」

「說人話。」

「借我錢。」

他靠在門邊，懶懶地雙手抱胸看著妹妹，「借錢做什麼？」

女孩理直氣壯道：「買東西送胡孜孜啊。」

少年挑起一邊眉唷了聲，「好朋友生日了啊？妳怎麼沒提早準備？」

她搖頭，彆扭地說：「不是生日，就是突然想送。」

老哥哦了一下，也沒說到底借或不借，就回了房。她嘆了口氣，認命地繼續摳寶箱，盼著裡頭沒準能摳出什麼值錢東西來，讓她回報胡孜孜的愛。

「欸，接著。」

哥哥懶洋洋的聲音在耳後響起，奇芷寧回眸看，一個盒子在空中劃出拋物線朝她飛來。反射性伸出手將它接住，她打開來看，裡面是條漂亮的鍊子。

「怎麼會有這個？」

他聳肩回房，「去年聖誕節交換禮物抽到的盲盒，我也用不著，妳就拿去吧。」

奇芷寧欣喜地收下，拉長脖子對著已不見的背影喊：「謝謝大帥哥啊！」

嗚嗚！她就知道哥哥對她最好了！

有了胡孜孜送的這盒顏料，後來奇芷寧出門前都會耐心地哄著滾滾，好聲好氣求牠，拜託牠讓她把顏料塗在牠身上，把皮膚染成溫暖柔和的米黃色，將牠的外表改造得更接近貓。

除了外貌，她還在房間裡千交代萬叮囑，讓牠在人多的地方千萬別出聲，若逼不得已要叫，也只能發出喵嗚的聲音。

「就扮演一天的貓咪，好不好呀？」奇芷寧雙手合十乞求。

牠冷漠地瞅了她一眼就把頭撇開。

在完全不知道訴求是否已成功傳達，也不知道滾滾到底願不願意配合的情況下，奇芷寧提起一口氣，勇敢地把滾滾裝在花俏的日系小碎花布提籠裡，帶上了捷運。

依照乘車規定，全程不得將寵物放出寵物運輸籠外，她滿懷歉疚隔著柵欄與滾滾四目相對，牠面無表情地看著她，高傲且跩，不吭一聲。

輕輕地對著籠內的滾滾允諾等會兒帶牠去吃好吃的食物後，一個大概還在上幼兒園的小朋友走了過來，坐在奇芷寧旁邊的空位，好奇地對著籠子裡的滾滾瞧個不停。

「姊姊，這是什麼呀？」

「是貓呀。」女孩面不改色地回。

「可是牠的耳朵好長、好尖哦。」

「這是長耳貓呀，耳朵這麼長是爲了聽得更清楚，耳朵這麼尖所以牠有個別名又叫精靈貓呀。」奇芷寧笑嘻嘻地胡謅一通。

小男孩露出恍然大悟的神情。

「那姊姊，爲什麼牠的眼睛像綠寶石一樣呢？我從沒看過這種顏色的瞳孔。」

聞言她苦惱了幾秒，正好列車到站停靠，車門開啓，月臺的燈光照了進來，打在滾滾身上，瞳孔又幻化成了另一種低調華麗的子夜藍。

小男孩看得目不轉睛，動不動就想伸手戳牠。奇芷寧怕他被咬，前後左右各擋好幾次。

他怨聲說：「我和我哥哥都很喜歡小動物，可惜爸媽不讓我們養寵物。」

原來是這樣啊，難怪這位弟弟一看到滾滾就被吸引過來。

「如果家裡不同意的話，那也沒辦法呀。」奇芷寧安慰他。

「但我哥哥說，如果他去寵物店工作，就可以整天跟動物們作伴了。」

「好聰明哦！那去動物園上班也可以啊，還能餵食牠們，幫牠們洗澡呢！」奇芷寧開心提議。

一位四處尋覓的少年走過來，看到男孩後露出安心的表情，他蹲下身摸了男孩的頭，笑著說：「原來你在這裡，我還想說怎麼手機滑到一半你人就跑不見了。不錯嘛，敢跟陌生人說話了，我猜猜……是因爲貓咪可愛，還是姊姊可愛？」

「都很可愛。」小傢伙認眞地說。

奇芷寧聽了臉微微一紅。

少年拍拍他的背，催促：「走了，該準備下車了，去拿你的包包。」

「好！」

那個人垂眸往奇芷寧膝上的籠子看了一眼，她有點擔心滾滾露出破綻，把牠往身側移了移，稍稍避開對方視線。他注意到了，抬眼對她笑了一下，很有禮貌地將目光往上拉。

少年用他溫柔的聲音安撫道：「沒事，家裡不讓我們養寵物，我和我弟在外面見了小動物總會多看幾眼。妳這隻貓還挺特別的，我似乎沒見過這樣的品種。」

當然沒有呀，牠又不是貓⋯⋯

奇芷寧不知道怎麼回答，尷尬地笑了笑。

離開房間後始終沒有聲響的滾滾忽然低低地猶如警告似的，發出了一聲喵嗚。

奇芷寧驚喜地瞪大眼睛，這是她第一次聽見牠發出嘎嘎嘎以外的聲音！天哪！牠記住了她出門前的叮嚀！滾滾是有學習能力的啊！

她猛地抱起寵物籠，雀躍不已，少年詫異地望著她。奇芷寧歡喜地提著滾滾衝下了車廂，一路跑到和胡孜孜約定好見面的地點才喘吁吁停下。

坐在站前公園的花圃前，正往筆記本上隨意記錄靈感的胡孜孜聞聲望過來，奇芷寧高高揚起手中的假貓咪，「我養了一隻天才！牠是動物界的天才！牠會模仿貓咪叫耶！」

胡孜孜還沉浸在自己虛構的故事情境氛圍中，久久不能平復，答非所問地說她寫的故事即將進入第一個轉折高潮，待會可以大致和她說個一遍。

奇芷寧繼續抱著籠子呵呵傻笑，「我認爲滾滾肯定擁有高等智慧，只要我多教幾次，牠什麼都學得會！什麼跳火圈或走鋼索啊，都太小兒科了，我得想個難一點的特技，以後帶著牠到全球各地去巡迴表演！」

胡孜孜放下筆，擰眉思考，「或許還是得改一改，才能呈現我想表達的意思。」

這對好朋友總是雞同鴨講。

奇芷寧發現胡孜孜手腕上戴了奇恩抽到的鍊子，趕緊湊過去讚美：「妳戴起來眞好看。」

話題終於搭上線，胡孜孜用力點頭說：「嗯！我超喜歡的！鏈條上滿載我喜歡的元素，妳看，這裡有筆，還有一本小書書！」

奇芷寧仔細盯著上面的小墜子瞧，眼前一亮，「欸，眞的耶！」

胡孜孜珍惜地抬起另一隻手蓋上去，將它摸了摸。看好朋友這麼喜歡，奇芷寧說不出口這手鍊其實是她哥那位硬漢不要的。

想了想，她卻有點迷糊了，爲什麼哥哥當初抽到之後不是拿來送給她呢？

這天陽光晴好，溫煦的微光從枝椏間篩落下來，照射在濕軟的土壤上，空氣帶著熱度，蒸出微鹹氣味。她們在森林公園的大草坪隨意揀了塊舒坦的位置，鋪上野餐墊後坐下，各自拿出準備的餐點吃。

從國中時期便在各科筆記本上手寫小說和漫畫的胡孜孜喝了一口珍珠奶茶，翻開她隨身攜帶的活頁簿，開始朗讀。

「在茲諾伊屋星球中，有一種叫做『迹亞』的小小群生物種，他們擁有超過智商三百的智慧，在很早很早以前便擁有航行宇宙各個星系的交通能力。」

「儘管迹亞這種生物雌雄同體，他們始終不曾放棄尋找宇宙中永恆的愛情。數萬年來在星球間展開一場又一場刺激冒險，直到眞愛降臨的那一天。」

奇芷寧滿懷憧憬，由衷爲這段文字痴迷陶醉。

永遠不放棄尋找宇宙中亙古的愛情是嗎……

伏在一旁的小獸靜靜地聽著，在微風輕拂中，許多朦朧卻深刻的記憶片段緩緩拼湊起來，一幀一幀在腦中回放。

在夾雜著青草味的微風吹拂下，小獸闔上眼，趴在奇芷寧的裙子上。

依稀聽見大海的呼喚。

他看見一個女孩從宮殿轉角走了出來。

從第一次見到謳妮至今，已過去半年。

繆瑟繼續長高，謳妮則變得更加清麗動人。不變的是，他仍喜歡躲在柱後偷看她。可愛的是，他那位引起全島母獸人們瘋狂愛慕的帥哥哥汀萊大人，有時也會加入偷窺行列。

眞是令他費解呢。

幸好今天汀萊前往長老大院那裡商議島上祭典要事，欣賞謳妮的一顰一笑成了他獨享的權利。

啊，來了！

她頭上戴著細緻精美的弧型頭飾，上頭鑲有彩珠、珊瑚及貝類，收起的長髮辮上用了天然寶石固定，其餘烏髮披在背上；纖細鎖骨上戴著傳統銀鍊，一顆一顆宛如雨珠的透明奇石垂落，隨著身姿擺動；身上穿著一襲火紅長裙，腰部收起，腰身明顯，胸上裙間以細紗及玉石點綴；放射狀的裙襬曳地，看上去璀璨而華麗，行走間響起噹啷噹啷的清脆聲響。

羌靈族女孩的服飾總是豔麗多彩，除了純白與純黑很不受歡迎外，女孩們幾乎各種顏色的裙裝都有一套。繆瑟注意到謳妮似乎特別偏愛火焰般熱情明媚的紅，他鮮少看她穿上別的顏色。

一個女孩子從樹林裡出來，喊謳妮名字，謳妮回眸一笑，挽起對方的手，說說笑笑往宮外走去。倩影漸遠，繆瑟琢磨沒一會兒就抬腳跟了過去。

「妳下半天要做什麼呢？」那個女孩問她。

「不告訴妳。」謳妮露出調皮的表情，一雙靈動明媚的眼睛骨碌碌地轉，對女孩吐吐舌頭後，嘻嘻哈哈跑走了。

他看見她們沿途嬉戲，離開後又遇上了一群年齡相仿的女孩，大夥兒熱熱鬧鬧牽著手消失在他眼前。繆瑟沒再跟，滿足地回了宮殿。

他尋思著，謳妮每天送一堆奇奇怪怪的東西過來，也不知給誰。但她似乎很怕他哥哥，所以應該不是給他的。既然不是給汀萊的，那就是給他的囉？這麼一想，少年心裡歡喜極了。

只是他覺得有點想不明白，哥哥這麼帥，身分地位這麼尊貴，全島的女孩們趨之若鶩，怎麼謳妮卻不待見呢？

有幾次他見她在宮殿外緣碰到汀萊，便如驚弓之鳥般閃電逃竄到不知何方，讓他心疼死了。

於是好心的繆瑟私底下拚命暗示哥哥別板著一張臉，否則女孩子會害怕。汀萊大概沒聽進去，幾乎每次迎面撞上謳妮都會故意酷酷地垂眸瞅她，散發一股不怒而威的高冷氣勢，讓小女孩心生畏懼。

後來汀萊大概把逗謳妮當成生活中僅有的樂趣了，她躲，他就追，在宮殿裡陪她玩起捉迷藏，有時還嚇得人家接連好幾天不敢上門。

唉！哥哥爲什麼對謳妮這麼壞呢？

繆瑟總是很無奈。

羌靈族人是極爲專情的物種，認定配偶後，一生只與對方交配。夫妻共同孵蛋，但因能成功孵化者不多，因此數萬年來人口仍僅幾百人之衆。他們視血脈傳承爲一生志業，不分男女，皆有種族繁衍的壓力。

幼獸化為人形即可視為成年，生育能力達到成熟，不久後便能開始分泌催情激素，自然尋覓伴侶。因良獸不多，競爭激烈，女子亦天性熱情，會主動求歡。若是天生強壯，身體素質優異，獸胎夭折率低的家族在眾人眼裡更為搶手。若能與基因如此穩定的對象交配，將來生出的蛋存活率也高，成功延續生命的機會也大。

也因此，來自於強大奧斯家族的汀萊大人和胞弟繆瑟簡直是全島母獸人們夢寐以求的配偶。已化為人形多年卻沒半點求偶動靜的汀萊到底是怎麼想的，繆瑟並不知道。繆瑟天天看著島上的女孩子們愛慕地望著汀萊，而他總是千篇一律地冷淡疏離，顯然不堪其擾。

有時繆瑟也會想，其實哥哥是對的，要是他不擺出那麼拒人於千里之外的模樣，肯定早已被熱情的女孩們糾纏得發瘋了吧。

但繆瑟有時也會希望汀萊能撐久一點，因為一旦汀萊擇好良配，島上的女孩們下一個全力攻略的目標就是他了啊！

每每思於此，繆瑟總是感到不寒而慄。

升上高三，龐雜繁複的課業讓奇芷寧壓力山大，她仍然徘徊在學校和補習班之間，學過的知識比照身高一寸一寸抽長。

別的同學用打球和聽音樂來紓壓，她把遛恐龍當成唯一樂趣。

滾滾的個頭已差不多有一隻中型犬那麼大，不但可雙腳站立行走，尾巴的靈活度也不可小覷。奇芷寧見過滾滾把尾巴纏在陽臺的曬衣桿上，整個身體頭下腳上像鐘擺晃來晃去，這副奇觀令她忍不住拿出手機錄了段影片，隔天到了學校偷偷播放給胡孜孜笑。

爲了帶小恐龍出門放風，順便聽胡孜孜寫的浪漫愛情故事，奇芷寧拿出第N盒人體彩繪顏料，把滾滾寶藍色的皮膚蓋得妥妥當當，不留一點痕跡。

她嚴肅地命令滾滾，改了口令：「在家裡你想怎麼舒服就怎麼來，但在外面你得習慣四隻腳走路，這樣才不會引來異樣目光。還有啊，如果眞的憋不住了想發出聲音，切記，只能汪汪叫唷！」

這隻高傲的生物意味不明地打了個哈欠，乖乖讓她繫上頸繩，被她拖了出去。

離成熟還有一段顯著距離的少女們，擁有相似的煩惱，除了功課壓力外，最多的便是那些瞞著父母師長偷偷滋長、不爲人知的心事。

儘管大考在即，也擋不住青春火熱，那時班上半數女生都陷入了戀愛危城。明戀暗戀、單戀熱戀、苦戀失戀……一個人的兵荒馬亂抑或兩個人的雙向奔赴，占據了女孩子們讀書之外的大半話題。

前天一個脫單，昨天又一個告白成功，友情不死卻逐漸凋零。奇芷寧眼看結伴上廁所的姊妹淘規模漸漸縮小，一個一個利用下課時間往男友那裡跑，連她這種打定主意絕不在大考前談感情的人都忍不住心生動搖。

大概是真的受到旁人影響，或是她本身對於大考的意志並沒有很堅定，隔壁班的許宸約她段考完後的假日去看電影時，奇芷寧只考慮了一節課就答應。

許宸外型白淨斯文，高高瘦瘦的，像極了熱播中的校園劇男主角，只不過又比人家更好看一點，在他們學校還有撕漫王子的封號。這麼好看的男生為什麼會看上她呢？真是讓人疑惑呀！

儘管奇芷寧對許宸認識不多，還是與他說好赴約。她很想體會看看和異性單獨約會到底是什麼神仙滋味，為啥都到考前這個節骨眼，大家還不怕死地往戀愛這條路手刀狂奔？

也許她親身體驗過一回，就知道了呢。

她問胡孜孜有沒有和男生約會過，胡孜孜表示沒有，但她強調自己常投入杜撰的劇情裡和男主角與男配角戀愛。

奇芷寧不忍心擊碎母胎單身者的自尊心，於是迂迴地說「她有個朋友」被男生約出去了，沒有頭緒約會前該做什麼準備或該打扮成什麼模樣才好。

胡孜孜說：「看電影？那得走文藝少女路線才行啊！」

奇芷寧問：「恕小民不才，斗膽請示大師何謂文藝少女路線？是否該在鼻梁上掛副常常會滑下來所以得常常把它推上去的粗框無鏡片眼鏡？手裡抱著一本又厚又重但是都看不懂內容的天書？穿著格子襯衫背雙肩包然後搭長襪以防露出太多的腿顯得不莊重呢？」

胡孜孜頷首，「聽妳一說我覺得很有畫面感呢，不妨就這麼告訴妳那個朋友吧。」

如果不是平時愛亂亂買，奇芷寧的零用錢逃亡速度也不至於這麼快，但由於這些行頭不難備齊，奇芷寧恭敬不如從命。

那天看的片子，是許宸選的。那是一部很好笑的鬼片，由於實在太搞笑了，不但放映廳裡傳出的聲音讓路過的人以爲裡頭放的是喜劇片，整整兩個小時奇芷寧只顧著仰頭哈哈大笑，讓本想在鬼魂出沒時展現男子氣概的許宸宣告計謀澈底失敗。

看完電影回家的路上，許宸第一次對奇芷寧告白。

奇芷寧當時穿著一身文青襯衫裝，假掰眼鏡和厚重的天書都被她扔進背包裡了，勒得她肩膀超痛。她手裡拿著一支吃到一半的大熱狗，門牙上大概還沾了番茄醬，從電影院離開不到十分鐘，就在這麼不浪漫的情境下他居然向她告白了！

奇芷寧震驚不已。

當然，她沒有答應他。

雖然她還不懂什麼是喜歡，但她知道自己應該沒有喜歡他。

許宸後來在奇芷寧心中被評爲戀愛界的不死鳥。

向奇芷寧要來手機號碼後，他照三餐噓寒問暖或似有若無地撩她。在隔壁班的壞處是，下課時間奇芷寧只要站在走廊上就能看見坐在教室裡的少年，不知是否像人說的心電感應還什麼的，許宸總會很快地抬起頭來迎視，對她微笑。奇芷寧有種做了壞事被抓包的犯罪感，立刻掉頭心虛走開。

對於這種懵懂的情感，奇芷寧感到煩躁。她不敢把心事說給任何人聽，她覺得現在還不是能無憂無慮暢談戀愛酸苦的時候，她仍想好好備戰大考。

許宸總是如影隨形的目光讓她渾身不太自在，有天吃午餐時她終於憋不住了，對胡孜孜透露：「好像有人在追我。」

胡孜孜沒想到奇芷寧這麼遲鈍的女生居然也有談論感情話題的一天，顯得很感興趣。她放下手中的筷子，笑著問她：「哦？是個怎麼樣的人？我認識嗎？」

奇芷寧偏頭思考了一下，「嗯……就滿斯文的啊，雖然瘦但眉宇間帶著一股英氣，不會讓人感覺文弱……笑起來淡淡地，眼神很真誠，相處起來令人如沐春風……我覺得只看外型的話，可以打個九十分吧，如果再加上個性，應該綜合評分應該有九十五了。聽說他的功課也很好……」

胡孜孜嗯了聲，眼神不知瞟向哪裡，繞了一圈又回到她身上，咳了咳正色說：「回頭，妳的九十五分在那裡。」

奇芷寧聞言轉頭，見許宸站在她們教室門口，似乎正要麻煩她們班的同學幫忙叫她，正好奇芷寧已看見他，便默默收回發到一半的音。

奇芷寧坐著不動，二人遙遙相望，胡孜孜好笑地催促：「原來是隔壁班的男生啊，那天約妳看電影的該不會就是他吧？去啊，發什麼呆？他從剛剛到現在一直盯著妳的背影看，妳再不過去，他的眼睛都要掉出來了。」

奇芷寧點點頭，靠近胡孜孜，「那妳幫我檢查看看我嘴角有沒有黏到飯粒。」

平時粗枝大葉的奇芷寧前兩天吃完午飯在走廊遇到許宸。那時許宸明明已經經過了她，卻突然停住腳步，回頭喊她一聲。她好奇轉頭，見許宸直直看著她，嘴角掛著淡淡的笑，一手插在口袋，漫不經心地邁著步伐朝她走過來。

奇芷寧胸口突突跳著，擔心在大庭廣衆之下被這麼帥的王子告白，萬一成爲全校女性公敵怎麼辦。

許宸停在她面前，高她那麼多，眉梢一抬，俐落地伸手往她嘴邊輕輕碰了一下。

少年修長的指尖多出一顆瑩白飯粒。

奇芷寧抖了抖。

天哪！那顆飯粒一直黏在她嘴邊嗎！所以她剛剛吃飽飯後到樓下繞了一圈，還到布告欄看了一會兒學務處最新張貼的校園資訊，最後還到圖書館翻了幾頁雜誌，那顆飯粒始終屹立不搖地陪伴著她，當她說話或微笑時，便大張旗鼓搖擺著它活潑的小身體嗎！那大家不就都看見她臉上黏飯粒啦！

要崩潰了，這簡直是有史以來最令她感到奇恥大辱的一刻，讓她拿一直以來苦心經營的文靜美少女形象如何是好啊……

奇芷寧想死的心都有了。

糗成這樣還不如成爲女性公敵呢！

然而胡孜孜並不知道這個問句背後還有那麼一段血淚悲歌，她平靜地掃了她唇角一眼後說：「沒有，趕快去吧。」

奇芷寧點點頭，悲痛地站起身來，從容赴義。她先走到門口，然後往外移動到走廊的牆邊，看他跟過來了才問：「有什麼事嗎？」

許宸把手從背後伸出來，遞給她一包東西，「吶，給滾滾。」

奇芷寧低頭一看，包裝上的總柴咧開嘴傻氣的燦笑，「哇，是狗狗餅乾啊！」

越想專心讀書，那些與課業無關的難解習題便越是凶猛地往地表冒出頭來。曖昧並未結束，反有越演越烈的趨勢。

每回同年級學生全體大集合時，兩班相鄰，許宸會刻意和他班上的同學換位置，坐到奇芷寧旁邊來。奇芷寧裝沒看見，他也不在意，反而就明目張膽地對著她瞧，瞧到奇芷寧都不好意思了，整個頭都要垂到地板上去，他才好心笑著把視線移開。

有次學校邀請知名舞團來表演，由於活動中心空間不夠，校方採取班級抽籤制，抽到的幸運班級才可入場觀賞國際級的演出。就這麼巧，他們兩班都中籤了。

表演長達一個半小時，對已被考試折磨得不成人形的學生來說，能短暫逃脫令人窒息的壓力，簡直樂瘋了。三三兩兩走進場內的學生散發著比平時更為輕鬆愉快的氛圍，一個一個進了導師安排好的座位坐下。

奇芷寧是女生倒數幾號，所以被老師排在班級最後一排的位置，不偏不倚落在許宸斜前方。

隔了幾個人，壓迫感也沒這麼大，奇芷寧暗暗鬆了口氣。

許宸看著她坐下，估算了一下兩人之間的距離，似乎對這個安排不甚滿意。

於是他故技重施，以連續請客一個禮拜的雞排作為答謝，成功地和朋友交換座位，坐到她正後方的位置。

耳後傳來隔壁班男生們幼稚的起鬨聲，她依稀聽見身後窸窸窣窣的像是移動的聲音，卻慫得不敢回頭確認。一個暗沉沉的身影籠罩她，在她後方落了下來，接著她便聽見那道總是溫潤卻懷著笑意的低柔嗓音，從她正後方往前驀地一湊，低低喊她的小名。

「寶妹。」

奇芷寧打了個冷顫，酥癢感從耳廓迅速蔓延到後腦。

家族裡男孩眾多，爸爸媽媽一直想要貼心的女兒，好不容易第二胎盼來了可愛的小女娃，在還沒取名之前那段時間便常喊她寶妹。寶妹，寶妹，我們的寶貝妹妹。

奇恩問爸媽，他是不是也有個小名叫做寶哥？爸媽冷漠地回他說沒有啊，男孩照豬養就好了，吃泥土和雜草也是會長大的啊。

同學裡沒人像她一樣到了這個年紀還被家人喊乳名，奇芷寧覺得丟臉，嚴厲禁止家人再叫。偏偏那天去看電影時，爸爸不知女兒旁邊還有人，在電話裡嚷了一聲寶妹。

中年男子聲音宏亮，許宸清清楚楚聽見了。

年輕的女孩總容易爲了小事糾結半天，她哭喪著臉用力抓著他的衣服問他能不能別把這個名字告訴其他同學，他掩唇笑了幾聲，答應了。

「寶妹。」用僅有對方聽得見的音量，許宸以一種讓人酥進骨子裡的語調再度呼喚。

臺上的舞者賣力躍動，奇芷寧聳起肩膀如坐針氈。她故意裝作沒聽見，擺出認眞看舞的模樣，直到椅子被人輕輕敲響。

活動中心內樂聲震天，儘管旁人聽不到這股微弱的雜音，塑鋼折疊椅上傳來的顫動卻令她無法忽視。

許宸很刻意，一下接著一下，叩叩叩，停個幾秒，再來一個循環，叩叩叩……

鬧她，看她困窘，讓她手足無措，是他一天中所有快樂的源頭。

起初奇芷寧想著不要理會，對方就不會再敲了吧。但許宸似乎逗她上癮，後來越敲越急，越敲越響……奇芷寧欲哭無淚，只能默默地回頭，看著許宸那雙帶著笑意的眼睛，小聲地問：「怎麼了嗎？」

他湊上前，盯著她，「我出生時算命的說……」

「嗯？」

「他觀察我的五行後說我命中缺了點東西。」

奇芷寧是個好奇寶寶，很快被勾了去，「缺什麼？缺水？缺木？缺土？缺錢？」

「他說我命中缺妳。」

「……」

「當我女朋友？好嗎？」

奇芷寧深深吸了一口氣後說：「不好。」接著她以非常快的速度把身體轉回去。

這是許宸第二次對她告白。

被拒絕的少年毫不感到意外，再度輕輕戳她背，壓低音量靠上前對著她的後頸說話：「爲什麼不行啊？家裡管得比較嚴嗎？還是怕被老師發現？妳擔心成績嗎？功課我教妳啊！」

對於所有問號，奇芷寧一一搖頭。

他故作傷心地說：「所以是我不夠帥嗎？」

奇芷寧簡直要瘋了。

許宸後來又戳了幾下她的背，被奇芷寧身邊那位從頭偷聽到尾，已達忍無可忍境界的胡孜孜瞪了後才收斂。

雖然奇芷寧不喜歡許宸，但有時聽到班上女生們紅著臉交頭接耳談論著隔壁班那位王子很帥時，她也會忍不住打心底生出優越感。許宸的喜歡，讓奇芷寧有了自信。她覺得自己應該也是很可愛的，這麼好的男生才不去喜歡別人，而是喜歡她。

相識時間往後拉長，奇芷寧心上那些初識時的尷尬忸怩都削減不少，單獨面對許宸時，也漸漸能從容應對了。

奇芷寧和許宸都有參加學校晚自習，碰面的機會很多。放學後許宸會約奇芷寧一起去吃晚餐，奇芷寧則拉著胡孜孜作伴。許宸為了爭取更多和奇芷寧獨處的機會，只好又拉一個男生來。

吃飯時他們四個人坐在一起，外人看來並不覺得奇怪。但吃完飯走回學校的路上，許宸就會暗示朋友去纏住胡孜孜，他便可趁亂把奇芷寧帶走。

許宸問過奇芷寧許多問題，比如她喜歡吃什麼、喝什麼，喜歡什麼顏色、什麼動物、什麼圖案、哪個季節、哪位偶像明星……

最後才偷偷說：「如果妳現在還不能談戀愛的話，至少先告訴我……」他羞澀地抓抓頭問：「妳想考哪間學校啊？」

什麼！連大學都不放過她嗎？

這一驚非同小可，奇芷寧嚇得連滾帶爬跑走了。

每回考完試，許宸都會和奇芷寧要成績單，研究她的成績，然後再次謹慎地分析她的落點，不時替她調整志願。

晚自習教室沒有固定座位，許宸總是挑著她身邊坐。

第一次，奇芷寧看也不敢多看他一眼，全程正襟危坐解題。

第二次，她偶爾會偷瞄他幾眼，還以爲人家沒發現。

第三次，許宸主動出擊。他故意用手臂撞開橡皮擦，讓橡皮擦滾到奇芷寧腳邊，卻遲遲不去撿。奇芷寧瞄到了，猶豫地把它撿起來物歸原主，許宸眼眸含笑輕輕說了聲謝謝，把東西接回去時用指尖偷偷捏了她的手，然後放開。

奇芷寧覺得自己好像被吃豆腐了，用力甩個幾下頭後，鎮定下來繼續讀書。

後來許宸又掉了幾次東西，奇芷寧怕影響自己學習，就都裝作沒看見了。

許宸：「……」

第二章　她養的寵物居然這麼帥

謳妮的父母親皆來自極爲普通的獸人家族，每一代皆有帶著基因缺陷孵化的獸，早夭率也高。謳妮的母親多次懷孕，在那幾年間前後產下近十顆蛋，只有謳妮順利孵出來，其他的蛋最後都腐爛了。

無法替深愛的男人傳承血脈，讓母親鬱鬱寡歡，身體隨之羸弱，很早就離開了父女倆。謳妮幾乎是由父親一手帶大的，和父親的感情極爲深厚。

然而這陣子，謳妮卻有了無法對父親訴說的心思。

那是一年前某個風輕日暖的好日子，她被最好的朋友瑤琳拉進島上唯一一座宮殿開開眼界，聽瑤琳說，那座富麗堂皇的樓宇裡住著奧斯家族的人。

奧斯家族是沃瑪波島上歷久不衰的權貴體系，後裔們承襲先人的優良基因，不只獸蛋孵化率高，各項能力皆睥睨群雄。奧斯家族與長老們一同守護這座海島，近千年來攜手瓦解過幾次重大危機，重建島民生計，全力打造一片祥和樂土，後來奧斯家族的人便自然承擔起各項島務工作。

瑤琳說得雙眼發亮，臉蛋紅撲，讓謳妮也聽得入迷。

父親從沒對她說過這些事，她從不知曉島上有這麼一個顯貴的家族存在。現在只不過在廣場繞了一圈，便被宮殿的氣派震懾住了。

謳妮扯著瑤琳綴滿珠飾的袖子，小聲問：「我們可以這樣隨意跑進來人家家裡嗎？」

瑤琳看了一眼遠處站著的守衛，一雙慧黠的眼睛眨了眨，說：「奧斯家族品格高尙，待人寬厚，只要別擅闖內殿叨擾他們，外面這裡平時都是開放的，所有人都可以進來呀。」

儘管瑤琳這麼說，謳妮仍是戰戰兢兢地跟在她身後畏縮走著。

宮殿外有一處好大的廣場，幾個女孩子圍在那裡席地而坐，手裡串著花圈，嘴裡說著笑。

瑤琳拉著謳妮加入了她們。

謳妮被分到了好幾朵花，新認識的女孩拿起彩紗教她如何把花朵加工上去。她笨拙地做好了，學她們把花紗戴在頭上。

瑤琳擅做細活，早完成了，不知誰開始哼起民俗小調，氣氛熱絡起來，瑤琳驕傲地站起來展示她的美麗。窈窕曼妙的身段翩然轉圈，絲綢般的紫裙襬在空中舞動著優美的圓，畫面美得令人屏息。她向來知道自己好看，也從來不吝惜展露給所有人看。

謳妮和其他女孩一起，捧著臉頰陶醉欣賞。

見慣如此濃墨重彩的美麗後，謳妮並不覺得自己特別。認識的人都形容瑤琳是島上最嬌豔的花中之后，而謳妮是一朵瓣上還沾著晶瑩露珠、清新怡人的晨曦之花。

瑤琳一舞仍未結束，忽然耳邊傳來其他女孩低聲驚嘆：「天哪，那是汀萊大人嗎，他走過來了！」

雖對奧斯家族感到陌生，謳妮卻常聽人提起這個赫赫有名的名字，只不過從未見過本尊。於是，有點好奇的她，緩緩抬起頭來尋找，想瞧瞧傳說中那個島上最好看的男人長得什麼模樣。

男人眉色如墨，眉形如劍，星眸澄亮，泛著幽冷的光，刀削般的輪廓丰神俊朗，神態疏淡，舉手投足自信瀟灑。他一身華貴黑衣，身量極高，露出魁梧結實的一小片胸膛，被黑褲包裹的修長雙腿邁著步伐，走過她們面前。

所有人都安靜了，包括瑤琳。一個接著一個，像傳染病似的，女孩們臉上紛紛泛起紅暈。

謳妮的心跳全面失守，她無意識地拿起花紗聊勝於無的擋臉，怕人發現她的異樣，嘲笑她。

那天風很輕，拂過臉頰的膚觸很溫柔，日光明媚。他渾身散發出沉穩貴氣，目不斜視，走起路來威風凜凜。所有初見時的細節，連同他的背影，她都記得清清楚楚。

一遍一遍，細細膩膩，在謳妮腦中不斷溫習，反覆上演。

後來女孩子們最喜歡結伴一塊去宮殿前玩，彼此都知道對方心裡打著什麼主意，也無須戳破。

島上的女孩們總是仰慕汀萊大人。

謳妮常聽瑤琳繪聲繪影地說她在宮殿的哪個方位碰上了汀萊大人，還和他說了一、兩句話，汀萊大人甚至還對她禮貌地笑了，這一切都讓謳妮羨慕不已，並默默地記下。

她也想故作偶遇，與汀萊大人說一句話。

真的，一句話就好。那麼她此生便無憾了。

可惜她高估了自己擁有的勇氣。

當她跑去汀萊大人常出沒的地方蹲點，看他真的從她前方迎面走來時，那麼猝不及防地對上他冷峻的眼睛，在心跳不爭氣地漏了一拍後，身體動得比她的意識快。她以最快的速度消失在他視野之中，一下子跑得無影無蹤。

愣住的汀萊大人：「……」

那天一衝回家，謳妮就後悔了。她鬱悶地推開門進了房間，一頭倒在床上，動也不動地持續了好一段時間。

然後她坐了起來，嘻嘻嘻傻笑。

她決定從明天起，偷偷去送小禮物給他。

瑤琳腦筋靈活，常常發明各種遊戲，把女孩子們挨家挨戶從家裡拉出來，找齊至少六、七個人和一處寬廣的空地後，開始玩跑來跑去、追來追去的遊戲。

她們大多在家附近的空地玩，但人數多的時候，也會集體跑到宮殿前的廣場活動。

喧譁聲驚動了橫躺在樹上睡覺的男人。

他睜開眼，坐起身打了個哈欠，低眸往樹下看去。銳利的眼睛看著看著，慢慢勾起唇角。

那個叫做謳妮的女孩嘻嘻哈哈地和其他女孩子在地面上追逐，一會兒躲在柱子後面，一會兒邊尖叫邊奔跑著，臉上掛著淘氣甜美的笑容，聲音清潤。她速度很快，紅衣如火焰般閃逝，所經之處抖落了銀鈴般的笑聲。

她們玩了很久，也不曉得是誰先玩瘋了，居然抓了隻會蠕動的小蟲到處嚇人，瑤琳還一舉把蟲丟在某個女孩頭上，把人家嚇哭了，倒楣的女孩拚命搖頭說：「好可怕啊趕快拿走！」

謳妮一把搶過去，霸氣道：「沒事沒事，不哭不哭，我幫妳扔了牠！」

她捏起毛毛蟲的身體，然後走到花叢間將牠放上葉片，與牠對話：「哎呀小傢伙，你看看你還這麼小，怎麼跟我們一起玩呢？回家多吃點葉子吧，我父親說吃得多長得快，胖嘟嘟的也很可愛哦！」

男人笑出來。

原來除了羞澀臉紅，她還有這麼活潑的一面。

女孩子們都沒發現樹上還坐著一個人，那個人唇邊噙著一抹淡淡笑意，把玩手裡的細枝，整個下午不嫌膩地欣賞她們玩樂。

鹹鹹的海風拂過樹梢，露出了他的衣角。鑲著烏金繡線，代表尊貴地位的華袍反射陽光閃耀，即便只是那麼一點點痕跡，也足以暴露來人身分。

其中一個女孩子看到了，驚訝地扯著瑤琳的袖子讓她往上看，這下子所有的女孩都噤聲了。

他苦笑，看來是躲不了了。扔了手裡玩爛的枝條，向前縱身一躍，黑袍揚起間，白靴從容落地。

謳妮和其他的女孩子們一同看著他。

「汀萊大人？」瑤琳驚呼。

另一棵樹上，汀萊的隨侍無翊也縱身躍下。

汀萊拍拍袍上的灰塵，鎮定地看著大家說：「妳們繼續。」便領著無翊走了。

瑤琳不想放過任何一個能與心儀男人攀談的機會，很快拉著謳妮追上去，在後面急急嚷著：「汀萊大人！汀萊大人！」

他回頭看，疑惑道：「嗯？」

瑤琳露出自己練習過無數次的完美笑容，「汀萊大人，這座宮殿這麼大，後頭還有哪些地方是宮外人准進的，能稍微讓我們知道一下嗎？回頭我跟其他人說，這樣就能避免糊塗亂闖打擾到您與家人了。」

汀萊本皺起眉，隨後注意到她身後還有一個影子，嗅了嗅氣味，這不就是紅衣少女嗎？見她始終躲在瑤琳後方，頭都不敢探出來，看來還是很怕他啊！他立刻燃起逗她的心思，故意說：「走吧，讓無翊替妳們介紹。」

瑤琳一聽，簡直喜出望外，反倒無翊顯得驚訝了。汀萊大人並不親民，極少與家族之外的人多說一句話，個性寡淡喜靜，慣來與女孩子們保持距離，會答應這種明顯是搭訕的要求怎麼想都覺得不合常理。

無翊看向不曉得哪根筋接錯的主子，無奈地點頭，比了手勢讓她們跟著他後，領頭走在前方。

每去到一處，無翊會停下來說明這裡是做什麼用的、平時是否能進入，有的屋子他還會在眼神徵詢過主子同意後帶著她們入內參觀。

一開始，背後那個男人帶來的強大存在感讓謳妮感到臉熱拘束，但走馬看花過了一段時間，她便沒那麼神經質了。

直到她忽然感覺背後被人輕輕拉扯，玉石撞擊後發出噹啷聲響，明顯有人在玩她衣服上的珠子。輕輕拉著，聽聽聲音、看看她的反應，便又放開……再輕輕拉，再觀察她的反應，復又放開……

謳妮不敢回頭，耳朵卻紅了起來，挽著瑤琳的手越收越緊，什麼也不敢說。

倒是聽覺敏銳的無翊很快聽見了那些奇怪的聲音，他故作不經意地往後一瞥，見主子玩心發作，正輕笑撥動謳妮衫後的珠玉，惹得無辜的當事人臉都紅了。

無翊：「……」

這麼調皮的汀萊大人，讓人好不習慣啊。

這時瑤琳覺得謳妮勒得她不舒服，便不耐煩地掙開了她的手，「先放開，我去前面看看。」

女孩失去保護罩後，男人很快湊近落單的謳妮，壓低音量說：「妳們女孩子怎麼回事，身上掛著一堆小彩石，不重嗎？」

他的嗓音很低沉，語氣中隱隱含有揶揄意味，突如其來的單獨對話讓她心跳如擂鼓。

謳妮邊走邊盯著碎石子路，點點頭，又搖搖頭，鼓起勇氣把父親說過的話原封不動說出來：「因爲……打扮得越漂亮的女孩，越有機會獲得男子青睞，如果有更多好的配偶可選擇，就不用挑人挑剩的了。」

汀萊不動聲色地送了個眼神給無翊，示意無翊先把瑤琳帶開。看著手下很快完成任務，雙雙順利消失在面前，四周終於靜下來，汀萊低下頭，眸色溫柔地看著謳妮問：「所以呢？有用嗎？很多男人喜歡妳？」

謳妮有點洩氣，誠實地說：「沒有，最多的時候也只有兩、三個。男孩們大多喜歡瑤琳，和她比起來，我實在太醜了。」

看著她那副委屈巴巴的模樣，汀萊忍不住又笑開懷。

看見他笑，她倒想哭了。

笑了幾聲，他抿下唇，意有所指道：「妳還小，這種事不必急。」

謳妮點點頭，很快看到一朵漂亮的花，奔過去蹲下來將它攀折摘下，捏在手裡轉著花莖玩，「我知道呀，但是父親大人身體不好，我怕太晚了……就、就……」

來不及看到她幸福呀。

汀萊走過去，跟著蹲踞在旁，高大的身子像團龐大的結界，瞬間籠罩她小小世界。他緊盯著她憂愁的臉，輕聲試探：「那妳喜歡什麼樣的男人？我認識的人多，可幫妳留意留意。」

謳妮疑惑抬頭，冷不防迎上男人深邃的瞳孔。他微微勾唇，揚起嘴角，形狀明顯的喉結滾了一下。

二人無聲對視半晌。

風颼颼地吹，一股不知從何而來的花香將他們團團包圍。

謳妮有點想打噴嚏，儘管現在不是打噴嚏的好時機。每回她打噴嚏都會噴出鼻水，惹得看見的人發笑。

爲了避免在汀萊大人面前出糗，她一個激靈站起身來，紅著臉結巴說：「我、我去找瑤琳，出來太久了，我們得回家了。」

男人哪懂女孩子心裡那些彎彎繞繞。他臉上的淺笑緩慢撤去，面容恢復平時的冷冽，跟著淡漠起身，整了整袍子，心平氣和說：「我帶妳去吧。」

「好的。」

走了兩步，鼻子眞的癢到受不了了，謳妮掐住鼻翼再用袖口摀住鼻子降低音量後哈啾兩聲，這才舒服許多。

呼，好極了，這次鼻水很克制呢。謳妮心情輕鬆起來，連忙跟上汀萊大人，心裡有些歡喜也有些羞澀地盯著他的背影直看。

汀萊大人整個人顯得有點心浮氣躁，也不說話，只是帶著她在宮殿裡亂繞。她感到奇怪，在心裡連連反省自己是不是說錯什麼話惹他生氣了，卻想不出個所以然來。最後她怕被汀萊大人討厭，索性配合他安靜到底。

他們各自靜默地走著，謳妮也不好意思問爲什麼走了這麼久還沒找到瑤琳他們，以前她並不知道宮殿後面居然這麼大，現在她走到腳都有點痠了。

汀萊大人不是住這裡嗎？該不會迷路了吧？

這個猜測太過荒謬，謳妮沒敢問，只好旁敲側擊說：「汀、汀萊大人，您平時常來後殿這裡嗎？」

男人停下腳步觀看四周，面露詫異，隨後頰上浮起淡淡紅暈，罕見地露出些許赧色，卻一本正經說：

「不，沒什麼來過。」

他接著說：「我找找路。」

謳妮震驚了。

這眞的是島上最強的男人嗎……

謳妮憋住笑，歡喜地跟著他原路折返。

好不容易，大考結束了，虎視眈眈的許宸傳訊息約奇芷寧假日去公園「走走」。

奇芷寧帶著滾滾赴約，由於他們到得很早，許宸還沒出現，一人一寵只好先找了張長椅坐下。

幾個大人牽著兩條狼犬從遠處走來，奇芷寧忽然興奮了，激動地問滾滾要不要去跟牠們玩？滾滾鄙夷地瞧了狼犬一眼，撇開頭，發出不屑悶哼。

狼犬快經過他們時，忽然嚇得不敢再動，縮在那裡不停顫慄發抖，低低地嗚嗚叫著死命退後。

牠們的主人奇怪地看了看奇芷寧，又看了看她腳邊一臉傲慢的滾滾，皺緊眉頭。他們喊著兩條狼犬的名字，嚷著：「怎麼啦怎麼啦，我們趕時間呢快點走了啊！」

他們試圖去拉牽繩，狼犬卻顫慄得更厲害，嘴裡發出的嗚噎頻繁響亮，看起來根本嚇壞了。

咦？狗狗怕滾滾嗎？

奇芷寧看出了狗狗的恐懼，尷尬地清了清喉嚨，僵硬地指著遠處一棵大樹，讓滾滾繞行一圈那棵樹後再回來找她。

滾滾抬眸掃了她一眼，終於抬起腳步慢呑呑地走向那棵樹。牠一離開，兩隻狼犬像瘋了一樣，沒命地往前奔竄，牠們的主人慌慌張張跟了上去，一下子沒了蹤影。

奇芷寧轉過去喊滾滾，這回牠速度很快，咻地像光一樣在空中劃出一道影子後奔回她的身邊，跳上長椅，奇芷寧呆呆地看著牠，「好快，你是怎麼辦到的？」

當然，牠是不會回應的。

許宸來了，手裡提著一袋剛買的香噴噴又好吃的糖炒栗子，帶著他一貫的清爽笑容趕到。看到滾滾，他伸出手想摸牠的頭示好，滾滾充滿敵意地對他張開長滿利牙的嘴，後來許宸就很聰明地與牠保持友善距離了。

剛炒好的栗子很好剝，許宸紳士地把整袋剝了個精光，一顆一顆拿給奇芷寧。奇芷寧享受著服務，一口接一口吃個不停。然後許宸放了幾顆在她手上，讓她餵給滾滾吃。奇芷寧張開掌心遞出去，滾滾彎下身來小心翼翼伸出舌頭把栗子捲進口腔裡。

整個下午，滾滾寸步不離地跟著他們，許宸好幾次想牽奇芷寧的手都被滾滾威嚇制止，他只好無奈地搔頭苦笑。

分開前，許宸再一次確定了奇芷寧的大學志願後，二人在公園出口說了再見。

奇芷寧拉著滾滾朝奇家的方向走，想起牠對許宸的不友善，一路上忙著對牠曉以大義：「哎呀，我的好滾滾，我當然知道你是我最親密的家人也是我最好的朋友囉～但是我活在一個群體社會裡，不可能只與你相依為命啊！我會有自己的同學、交到胡孜孜以外的其他好朋友，將來也會和其他男生組成新的家庭，然後迎接新的小天使們，或者是養其他寵物。你別擔心，無論是什麼時候，你在我心中都有個獨一無二的特別位置……」

「唧——」

一陣尖銳棘長的煞車聲打斷她的誦經，她停下來瞇著眼微微側臉迎向刺眼的光，還來不及閃避即將撞來的車輛，一道光影如閃電般竄過面前，接著是雷霆萬鈞的磅礴撞擊聲響，像電影中的爆破特效在眼前真實上演般，奇芷寧親眼看見那輛巨大的鋼鐵機殼朝反方向彈飛出去，直直撞上電線桿後玻璃四濺，凹成詭異的弧度後四輪仍不停打轉，直到砰地一聲落地後宛如一塊龐大的廢鐵冒出白煙。

她張著嘴，蒼白著臉，在那幅可怖的畫面中找到了滾滾。

牠回過頭來瞅著她，眼中閃爍著迷幻綠光。

救護車很快抵達現場，醫護人員救出奄奄一息的汽車駕駛後，一邊呼喚他的意識、一邊將傷者搬上擔架固定。車門關上前，奇芷寧看見他們正對駕駛者施以急救，接著鳴笛噪響，救護車一路喧譁著漸漸遠去。

一名員警走向奇芷寧，見她整個人腿軟坐在地上，嚇得魂不附體，安慰幾句後柔聲詢問事發經過。奇芷寧腦袋一片空白，吶吶地說她不知道，那輛車好像本來已經要撞上她了，但是又飛出去了，然後就變成這樣了。

他們露出一臉匪夷所思，望著驚人的車禍現場面面相覷。

在現場搜查與初步判斷後，他們對於奇芷寧的毫髮無傷感到不敢置信，直說根本是奇蹟。可惜發生事故的這條路緊鄰著公園外環，沒有商店，也未架設監視器可供調閱蒐證，加上沒有目擊證人，偵辦起來困難重重，只好請她留下電話號碼，晚點再請父母陪同一起上警局做筆錄。

他們擔憂地問奇芷寧能自己回家嗎？需不需要警車護送？

她搖搖頭說能自己走。雖然這麼說，回家的路上還是有輛警車不放心地一路遠遠跟隨，直到女孩進了家門，他們才離去。

車禍發生後就莫名消失的滾滾終於在半個小時後返家，牠跳起來撞了撞門板，奇芷寧聽見門外砰砰作響，恍惚地走過去開門，看見是牠，忽然爆哭失聲，把牠翻來翻去檢查，最後確認牠沒受傷、沒破皮才流著兩條鼻涕將牠緊緊抱住。

「嗚嗚嗚……滾滾，我嚇壞了，剛剛那輛車撞你撞得那麼大力，天啊，還好你沒事，嗚嗚，太好了，你平安回來了……」

滾滾到底是怎麼在如此巨大的撞擊中平安存活下來的，牠到底是什麼變態強大的物種，現在假若換算成人類的年齡應該是幾歲，諸如此類的種種疑惑，奇芷寧忽然都不敢想了。

她覺得那一切不是她這個人類有權涉足的。

後來奇芷寧沒和許宸考上同一所大學，兩校之間橫跨數個縣市，有幾百公里那麼遠。許宸悶悶地說那以後久久才能見一次面了。

「是啊。」奇芷寧只這麼說。

「那妳給我一個名分吧。」曾經飛揚的少年，語氣裡也有了從前不曾存在的委曲求全。

「……對不起。」女孩低低回。

許宸的第三次告白，仍以失敗收場。

奇芷寧依然不知何謂喜歡，但她相信，若有那麼一個人出現，她看第一眼就能了解。

一見鍾情沒有科學根據，但她就是相信。

後來奇芷寧扛著簡單的行囊、帶著她的小恐龍，跨過半個臺灣讀大學。宿舍不能養寵物，所以奇爸爸在學校外面替她租了個窩，奇芷寧過起了沒大人管的悠哉生活。

拜科技所賜，他們依然頻繁聯繫。

儘管許宸一次也沒成功牽過奇芷寧的手。

大二開學後的某個晚上，那天正好是月圓之日，奇芷寧一個人孤零零地坐在租屋處的小房間裡開著筆電喀喀喀打報告，怎麼打都不順，這時她想起了那位很會寫報告的狂人胡孜孜，立刻登入聊天軟體問她是怎麼辦到的。

胡孜孜不吝分享說每回她在打字前，都會先放一本教授推薦的專業書籍當作聖經擺在電腦螢幕的旁邊，然後深呼吸，吐氣，再深呼吸，再吐氣，如此經過十個循環動作後，整個人從內而外被大神的聖澤淨化，就可以開始敲鍵盤了。

聽起來是很神祕的儀式呢。

奇芷寧從書架上選了幾本修習領域相關的著作，一口氣全疊在電腦桌上，雙手合十，心裡喃喃唸著「拜託請讓我高分過關！拜託拜託！」後，吐了一口氣，感覺從內而外湧出豐沛的能量——她好像可以寫了！快趁現在！

月光透過飄揚的窗簾灑落，日光燈微微閃爍，室內比平時更加灼亮。她忽然有種很奇怪的感覺，總覺得滾滾安靜得很不尋常。

她遲疑地回過身去，房間裡哪還有滾滾。只見床上坐著一個白皙到會發光的俊美青年，身穿華麗衣裳，一頭皇家藍短髮柔順又美麗。他深邃的碧綠眼睛直勾勾盯著奇芷寧不放，她吞了吞口水，看見他身後的尾巴優美地在空中擺動兩下。

然後奇芷寧把頭靜靜轉回來——

就這麼暈了過去。

奇芷寧不知道自己睡了多久，醒來後年輕男人仍然是那副沉靜的模樣，站在床沿像座雕像，一動也不動地凝視著她。

他穿著一套充滿異域風情的繁複服飾，長衫寬袖對襟長袍，質地看起來頗為上等，也許是綢製的，飽和的黑色底布綴滿大量珠片，腰上繫著一條半手掌寬的腰帶，上頭繡了一些勇猛異獸和類似家徽的圖案。

她從他淡漠的雙眸移開眼，往下看，滑過明顯突起的喉結，來到形狀完美的鎖骨，接著是一片精壯的胸膛……美色當前，奇芷寧忍不住嚥了嚥口水。

才露這麼一小塊肉，她的心臟就快受不了了。

話說回來，這是哪國的服裝啊？她怎麼都沒見過？

而且，他是誰啊？怎麼進來的？

奇芷寧往他腳下看去，見他腳踩一雙白底金絲勾邊尖頭靴，周圍地板卻乾乾淨淨……怎麼可能？除非他用飛的。

大概是他把自己抱到床上來的吧，否則她絕不相信她會這麼剛好一邊暈眩一邊對準床倒下，還能體貼地替自己蓋上被子。

奇芷寧緊緊揪著被子，一臉警惕地望著他。

罕見的藍髮、美麗深邃的眼珠，還有那條莫名其妙的尾巴……她默默盯著尾巴看，男人注意到她的視線，特地讓它揚起來揮舞兩下。

欸，好像有點熟悉啊，難道、是滾滾？

奇芷寧倒抽一口氣。不會吧，真的是滾滾嗎？

她很快用眼睛掃過室內一圈，沒看見那隻小恐龍，再加上她明白滾滾並不會到處亂跑，除了她身邊牠哪都不會去，由此可證……

天哪！她撿回了一顆蛋！然後它孵化成了一隻獸！現在獸變身成了一個人！而且還這麼帥！

她望向窗外皎潔的月亮，心想這一定是滿月的魔法，就像動畫裡的主人翁遇到滿月之夜就會變弱的道理是一樣的。滾滾只不過在滿月之夜變成了人，明天太陽公公出來後他就會變回去了。

她興奮且遲疑地問：「是滾滾嗎？」

男子蹙眉瞅著她，沒有吭聲。這應該是默認的意思了？

奇芷寧呆呆地看傻了眼。

太帥了。

她養的寵物居然這麼帥！是她有生以來見過最好看的男生！打趴電視上一票頂級神顏男星啊！

咳咳，就是那條甩來甩去的尾巴，搭配那張嚴肅的臉看起來有點違和。奇芷寧跳下床抓住他背後那截毛茸茸的長尾巴，他愣然一驚臉色大變，她趕緊安撫道：「沒事沒事！滾滾，我只是想問你，這個東西能收起來嗎？」

他皺了皺眉頭，那條尾巴立刻滑溜溜地消失無蹤了。

哇！原來還可以這樣收放自如啊！

她驚喜地繞到他後面又繞回前面，不停繞著他打轉，他不明所以地側眸垂首望著她，直到她說：「那你再把尾巴變出來好不好？我還想摸！」

俊美男子：「……」

敵不過熱情請求，他乖乖地把尾巴又變了出來，奇芷寧謹慎且珍惜地握住它，緊緊抓著，這次他倒沒有抗拒，漲紅著臉默默承受著她的玩弄。

奇芷寧問他：「你可以變成另一種長相嗎？」

他搖搖頭。

她歪著腦袋又問：「你會講國語嗎？」

他仍然搖頭。

她沮喪地垮下肩，「好吧。」不會說話，不能好好溝通真是太麻煩了。

奇芷寧拉著他在床上坐下，鄭重地看著他，「今天起我教你說話吧？以後我們用人類的語言交談，怎麼樣？」

他再度輕輕搖頭。

可惡！為什麼一點都不配合啦！

奇芷寧懊惱地倒在床上，後悔自己不該從路邊隨便撿回一顆來路不明的蛋，如今變成這麼一個大活人，今後有得忙了。

好吧，既孵之，則愛之，不可任意棄之，她只好看著辦啦！

隔天起床，男人還是男人，沒有變回一顆蛋去。他坐在地上靠著她的床睡，奇芷寧悄悄爬下床，近距離端詳他好看的眉眼。

少了夜色遮掩，眼前人五官清晰，氣質清俊，自然垂下的睫毛又濃又翹，讓她看得目不轉睛。然後她看到他這身奇裝異服，覺得好奇怪啊，恐龍變成人後居然不是裸體？這身衣服哪來的啊？

他這麼穿，簡直像古老神話裡的混血貴族，清高孤絕，神祕莫測。

她伸長手在床上摸到了手機，偷偷地打開螢幕，轉為無聲模式後開啓鏡頭，對著他失心瘋拍了二十來張照片。

剛把手機放下，男人悠悠睜眼，一看見奇芷寧蹲在他面前近距離盯著他看，臉上露出奇怪的笑容、口水都快滴下來了，他猛然清醒！

奇芷寧見他醒了，動作也沒半分收斂，她逼近他，很快嗅了嗅，新奇地說：「你身上是什麼味道啊？好香哦，怎麼以前沒有？」

奇芷寧將屁股往後挪，退開一些距離後，戰戰兢兢地伸出一根手指，慢慢地接近他。他盯著那根手指，見它越靠越近，然後停在他的臉頰上。

奇芷寧：「戳。」

一下、兩下、三下、四下、五下、六下、七下、八下……就這麼戳了十來下。

男人看著她，面容微微扭曲。

「哇！好真實的體驗哦！而且觸感也太好了吧！怎麼辦？我好喜歡！我好喜歡你！我真的真的好喜歡你！滾滾！你真的好可愛！」

男人臉僵了。

奇芷寧站起身來，拍拍屁股，「不過呢~我要準備去上學啦，你乖乖在家等我，回來我再跟你玩啊。」

奇芷寧離開之後，男人跨出房間，開始在屋子裡漫無目的遊蕩。

一整天，奇芷寧都無法專心聽課，不時看著時間，評估著是否該衝回家一趟。可惜今天的課剛好排了滿堂，中午和同學一起吃飯，要折返租屋處有點困難，想了想於是放棄。

滾滾向來懂事守規矩，人說江山易改本性難移，他應該不至於……變成人後就性情大變吧？

憑著對小恐龍一直以來的好表現之信任，奇芷寧還是留在學校乖乖上完每一堂課。期間，她利用短暫的空檔拿出手機查詢「恐龍是否能變成高等智慧人類」，沒想到居然有科學家認爲，若恐龍當初沒有滅絕，這個推論是極爲可能發生的！

奇芷寧呆呆地看著手機裡搜尋出來的頁面，感到難以置信。天哪，再次印證滾滾眞的是恐龍？恐龍眞的變成人了？

奇芷寧火速把這則發現傳給胡孜孜看。

胡孜孜沒有和奇芷寧讀同一所大學，但兩校距離並不遠，奇芷寧假日時還是常常搭車去找胡孜孜吃飯或逛街。大概正在忙吧，那頭沒有回應，奇芷寧等了一下就關掉手機螢幕。

終於捱到最後一節課結束，教授前腳剛跨出教室，奇芷寧後腳破門而出飆速衝回家。她狂奔回到公寓，以最快的速度轉動鑰匙開門，然後殺進屋子，使出邊跑邊踢飛鞋的特技，接著一掌拍開房門。

「滾滾！」

男人好端端坐在她的床上，身上依然穿著華麗的衣服，姿態一派悠閒，聽見聲音才微微抬眸朝她看來。

奇芷寧陡然鬆了一口氣。

還好還好，腦袋裡幻想的那些他跑出去吃人、吸血啊之類的怪誕情形都沒發生，眞是可喜可賀！

她把包包放下來，注意到他手裡拿著她之前買給滾滾打發時間的狗狗玩具，笑了，「今天做了什麼？無聊嗎？」

他沉默。

奇芷寧一路跑回家，口有點渴，她讓滾滾稍等一下後走進廚房打開冰箱想倒飲料來喝，結果發現所有能吃的食物都被吃光啃光喝光了，整個冰箱裡只剩垃圾。

這到底是什麼生物啊！食量也太大了吧！距離昨天的好養小可愛到今日大食怪也才經過一天耶！

奇芷寧驚恐地倒退回房間，抱著最後一絲希望問：「你、你、你……你把食物挪去哪個櫃子放了嗎？」

他比了比腹肌的位置。雖然那裡平坦得跟早上她出門前沒什麼差別。

還眞的全吃掉了啊？天哪！

「你還很餓嗎？還想再吃嗎？」

他誠實地點了點頭。

家裡彈盡糧絕，奇芷寧抓起錢包打算出門一趟。男人跟了過來，停在玄關看她。他眸色淡淡的，頭已經快頂到天花板。

奇芷寧瞄了一眼他腳上的白色長靴，對他說了聲盡快回來後，心情複雜地開門出去了。

奇芷寧在離她家最近的餐館裡點了十個外帶便當，又不放心地再讓老闆娘幫忙打包半鍋白飯，然後利用時間殺向一旁的鞋店，分別買了一雙男性尺寸最大號的室內拖鞋和外出鞋後，又奔回來拿便當。最後奇芷寧吃力地扛著那一大堆東西爬上租屋二樓返回家門，用盡吃奶的力氣關上門後，倒在地上兩眼渙散呈現瀕死狀態。

身高將近兩百公分的英俊貴公子走過去，將她手上的東西卸下，不費吹灰之力將她輕鬆抱起，溫柔地放在沙發上後，好整以暇地端坐一旁看著她。

奇芷寧喘著大氣費力地伸出一根手指，指著地上那些食物說：「你趕快吃一吃吧，吃完後去試穿看看鞋子，不合腳的話我再去換啊，在屋子裡就別穿長靴了。」

他愣了愣，接著站起身來，乖乖動了。

終於把家裡那隻帥寵物餵飽了，看他過了月圓之夜還沒變回去，有可能像傳說裡那種修煉到了一個關卡後就會化為人形的靈獸，從此定型。

一想到以後都得和這樣一個活人相處，奇芷寧乾脆拉著他出門採購，免得每回看見他那身異域貴族裝扮都讓她這位平凡人自卑心發作。

「你這衣服到底是哪間出租店偷來的啊？」

男人沉默。

「不過你穿還真好看哩，我好喜歡哦！」她噗哧噗哧嘻嘻笑。

男人抿唇，跟著笑了。

笑起來的小恐龍比不笑時還要帥上一千萬倍。奇芷寧摀住小心臟，開始擔心往後能否負擔如此強勁的電流不時竄過。

她痴迷地看著他，發著花痴說：「我家滾滾好帥哦。」

男人一聽，臉色一沉，有點不悅地捏捏她的臉，高傲地撇過頭去。

奇芷寧嘆，果然是所謂的男人心，海底撈啊。

首站任務，帶小恐龍去買衣。

在前往服裝店的途中，奇芷寧不時轉頭盯著他，皺緊眉頭思索。雖然他那個顏值頂得住，但一頭前衛的皇家藍髮實在太引人注目。這是個民主開放的時代，什麼顏色的頭髮走在路上都不算奇怪，但問題來了，滾滾不是個普通的「人」啊，這麼高調是可以的嗎？

她越想越不放心，決定待會買幾盒染髮劑，強制將他染成黑髮，以免引起全世界高度關注。

由於恐龍實在太帥，身材比例也很完美，一雙長腿無懈可擊，奇芷寧快要在時尚潮流服飾店裡殺紅了眼，走來走去拿個不停，好幾個籃子瞬間裝滿要買給自己寵物的型男衣服。

奇芷寧拿起一件圓領T，煞有其事說：「你穿休閒的衣服一定很有親切感。」

恐龍點頭。

她繞到下一排，從架子上抽出一件黃色上衣，「你穿耀眼的顏色一定很適合。」

恐龍點點頭。

然後她又取出一件白襯衫，「天哪！這是禁慾系美男標配！簡直是為你量身打造的風格啊！」

恐龍不置可否。

後來她走走停停，又退回方才逛過的地方，拿出一件黑襯衫，嚴肅地瞇起眼不懷好意說：「男人還是該有一件沉穩霸氣、像黑夜一樣神祕魅惑的衣服。」

恐龍：「……」

奇芷寧身為一個女人，此生最大的福利便是發現恐龍不會穿普通衣服。

被奇芷寧粗暴地推進更衣間後，男人乾脆俐落地按照她的指令脫掉了所有複雜華麗的衣衫，只留下一條純黑長褲。接著他拿起簡單的T恤舉高高，看著那四個洞，狐疑它們為什麼有大有小，試了好幾次就是沒辦法把上衣套進身體裡。

奇芷寧一直守在更衣室外面等，問了好幾次換好了沒、換好了沒，他都沒有說話，也沒有出來，最後奇芷寧只好開門進去。

門才開了一條縫，她眼尖瞄到他上身赤裸發達的胸肌透出無限春光，立刻閃身進去試衣間裡把門鎖死，絕不讓她家寶寶的美色外洩。

這麼養眼的男人是她的！是她的！只有她能看啊！

完美肩線、性感鎖骨、冰塊腹肌，這身材真是絕了。奇芷寧笑呵呵地轉來轉去害羞了一會兒後，又偷偷看了好幾眼。

恐龍的臉漸漸紅了，挺著胸膛垂眸看她，喉結滾動，卻不知所措。

見他拿著那件上衣束手無策，奇芷寧有點想笑又忍不住覺得實在太可愛了，拉著他的手臂往下拖，把他按到椅子上坐。她抖了抖上衣，將它擺正後把領口套進他的脖子、袖口套進手臂，然後慢慢下拉，把整件衣服穿好。

恐龍垂頭一看，身體終於掩住了。

「這樣會了？」她笑嘻嘻看著他。

他點點頭。

奇芷寧瞄見他下身穿的那件貴族黑褲，嚷著：「等我一下啊。」她推開門跑出去，抱了好幾件長褲進來，先親身示範一遍怎麼穿後，就脫下來交給他，繼續到外面替他挑選男性內褲了。

恐龍身高太高，後來穿的每件褲子都變成八分褲，奇芷寧望著他露出來的那節小腿與腳踝嘆爲觀止，覺得不愧是獸類啊，腿毛好濃密、好性感。

他發現她盯著他的腿毛看，悠悠挑起眉稍。

「全部買吧！每件我都好喜歡！統統都想看你穿！」奇芷寧下定決心之後，大聲宣誓。

沒錯！破產就破產吧！儘管不吃不喝她也想好好打扮和照顧帥恐龍啊！

男人靜靜地看著她。良久後，緩慢地勾起唇，笑了。

收拾完恐龍吃掉的一大堆食物包裝後，奇芷寧播放一段小嬰兒洗澡的網路影片給他看，問他看懂了嗎？他點點頭。

「那你自己洗，要洗乾淨一點哦。」她指了指男嬰兩腿間的那個東西問：「你有這個嗎？有的話也要三百六十度無死角地洗乾淨哦！」

恐龍點點頭。

哇！好萌！好可愛哦！

奇芷寧興奮地抱住他，「嗚嗚～我好喜歡你！我就是想養這麼可愛的寵物！」

男人怔住，臉黑了。

奇芷寧幫他拿了一套乾淨衣物，讓他洗完擦乾身體後可以穿，就把他推進浴室了。沒多久，裡頭傳來蓮蓬頭的灑水聲。

坐在客廳休息時，奇芷寧把手機拿起來滑，看見胡孜孜的回覆。

「恐龍變成人？醜到我都不敢想像。」

奇芷寧關掉手機螢幕，決定暫時先不把滾滾已經變身的祕密說出去。看了一眼時鐘，她忽然意識到一個嚴肅的問題。

今晚開始滾滾睡哪？

總不能再和她睡同一間房了吧。

浴室傳來嘩啦嘩啦的水聲，看來恐龍很認真在洗澡。趁著滾滾還沒洗完，奇芷寧收拾了那間被她拿來堆雜物的房間，心中慶幸當初為了養滾滾，硬是跟老媽多拗了點生活費租房子，才能保有這麼多隱私呢。然後她從包包裡翻出皮夾，數一數裡頭的鈔票還剩幾張，心裡想著今天花了這麼多錢，加上恐龍食量這麼大，相對的餐費支出肯定也很驚人，接下來該怎麼請求爸媽救濟，讓她順利撐到找到打工啊？

正苦惱間，許宸傳了訊息過來，問她在做什麼。奇芷寧聽見後面傳來聲音，回頭看了一眼從浴室走出來的美男，低頭回覆說正忙著找打工呢。

大家如果看到滾滾變成人了，應該會發瘋吧？？？

恐龍走過來坐在奇芷寧身邊，渾身散發著剛沐浴完的清新香氣，好聞得讓人無法忽視他的存在。她擱下手機，摸了摸包包，翻出上課時絞盡腦汁想出來的二十幾個名字亮給他看，「你喜歡哪個？選一個吧。」

恐龍接過紙張，微皺著眉很快將它們梭巡過一遍，然後他困惑地望著她。

啊？他看不懂上面的字啊？

奇芷寧嘆了口氣，說：「現在你是個外表二十出頭的青年，在外面叫你滾滾實在不太妥貼，所以我想幫你取個新名字。之前你是顆蛋，理所當然沒決定權，現在你已經有腦袋有思想了，看起來還很聰明，不妨我一個一個唸給你聽，你看哪個順耳就說一聲，以後我就這麼叫你啦。」

聽到那句「之前你是顆蛋」時他面色微窘，然後才勉為其難點點頭。

滾滾是這麼大的一個人了，她想他大概很難想像自己其實是從蛋殼裡蹦出來的。奇媽媽如果把她的子宮拿給奇芷寧看，和她說出生前她就是在裡面孕育的，她心情的複雜程度應該和滾滾不相上下。

她開始唸了，一個名字唸過一個名字，「陳宇眞、言先囿、江唯捷、吳時椿、路茗、林琰……」

他敲敲她的膝蓋，要她停下來。

奇芷寧問他：「林琰嗎？你喜歡這個？」

他點點頭。

再見了小滾滾，以後她的恐龍改叫林琰啦。

奇芷寧託朋友的朋友介紹，順利找到一份家教工作，教正在就讀國中的林敬叡數學。奇芷寧的數學其實超級爛，擅長科目全部集中在文科，但偏偏文科不吃香，打工網站上放眼望去全是應徵數理家教，爲了賺錢，她只能硬著頭皮接了。

但可能因爲林敬叡的父母大概也不是眞的很要求課業，只希望有個人專門陪讀，然後把兒子順利固定在書桌前，不再四處亂跑或打遊戲，才找了家教。

認（誤）眞（人）教（子）學（弟）的那兩個小時，奇芷寧和林敬叡大多忙著埋頭解同一道題，比看看誰先解出來。

他們總是先集中火力完成林敬叡的回家作業，然後才鑽研其他奇芷寧從坊間教材裡找到的題目。想破腦袋解出一道題實在讓人太有成就感，林敬叡漸漸不那麼排斥數學。

「先有興趣，一切都會慢慢變好的。」奇芷寧以過來人之姿這麼鼓勵他。

青澀的男孩點點頭，露出了純真的笑容。

有時碰到比較難的題目，奇芷寧會拍下題目發給許宸求救。撕漫界的數學小王子許宸總是以飛快的速度詳解完畢，風雨無阻回傳給她。

可以幫上奇芷寧的忙，多少彌補了許宸心中那股不能一起上大學的遺憾。

林敬叡偷偷對奇芷寧說，如果數學不會也沒關係，老師會安排數學小老師下課教他，小老師長得很可愛，正好是他喜歡的類型。

奇芷寧聽完，哈哈大笑。

林敬叡很喜歡聽奇芷寧上課，他說每次解題贏過家教老師或抓出老師講錯的概念都能讓他對人生更加充滿信心。

奇芷寧：「……」

要不是爲了賺錢養寵物，她眞的好想打擊他的信心哦。

被激到的奇老師爲了能讓林敬叡學得更多更好，平時沒課的時間會自發窩在房間裡拿出爲他準備的講義多啃幾遍。拿了人家的錢，她想盡量發揮出最大價値，也不想總是麻煩許宸。

「欸，姊姊。」林敬叡瞥了一眼手錶後喊她。

「嗯？」

「時間已經超過半個小時了。」

「啊？這麼晚了？」她看著剩下的最後兩道題說：「哎呀反正回去也沒幹嘛，我們一起把題目解完，下次可以從新的進度開始。」

男孩想起今天發的那幾張不及格考卷，試探問：「如果我明年還是考不好，妳會不會生氣？」

「會啊，我會把你飛踢。」她指指外太空，「至少把你踢到MACS0647-JD。」

「啊？」男孩傻眼。

「哈哈哈，騙你的啦！」

奇芷寧想了想，大氣地拍拍男孩肩膀說：「有什麼好生氣的？升學只是生命中的其中一道關卡，態度才是一個人一生中最該習得的學問！趁早把跌打損傷的藥準備好，好好迎戰你這輩子至少得經歷一千萬次的挫折，擦完藥後甩開泥濘重新出發，又是一條好漢啦！」

林敬叡抿唇，說了聲謝謝。

原本他其實有點看不起奇芷寧，這個姊姊外表可愛歸可愛，相處起來卻有點笨，數學解題能力甚至比他還差，他一直搞不懂這樣的人怎麼能當家教？

但反正他也不愛讀書，家教老師這麼軟弱也好，不會管他太多，他可以瞞著爸媽輕鬆度過上課時間，就勉強當作小書僮在旁陪同寫作業吧。

可是奇芷寧卻超乎異常的認真。

「爸爸媽媽拉拔你長大很辛苦，如果好好讀個幾年的書就能讓他們開心，那我覺得這是你能力範圍可以做到的事，為什麼不呢？」有次奇芷寧一邊用筆在紙上寫下給他的算式，一邊不經意地這麼說。

林敬叡盯著手機裡的遊戲畫面，動作頓了一下。

「如果我的頭腦能像你一樣好，我會努力去追現在的自己不敢想的夢。」她把寫好的算式遞給他，微笑，「在還沒探索出其他興趣前，還是先讀書吧。只要曾痛快地努力過，輸了也很過癮哦。」

奇芷寧的超級能量場大大地影響了林敬叡。

林敬叡主動對父母提出想增加家教學科和時數的請求，後來奇芷寧不只教林敬叡數學，連國文和英文都一手包辦，整個禮拜幾乎每天晚上都泡在林敬叡房間和他一起苦讀。

林敬叡常和奇芷寧分享自己和數學小老師之間發生的事，她托著腮看他容光煥發、忽然變身話癆的模樣，心裡滿是羨慕。

眞好呀……純純之戀。

有時奇芷寧也會因此想起許宸，想起她近二十年的人生裡，那位唯一與她有過曖昧的男生。

夜幕低垂，天空繁星點點。

平時海邊到了晚間鮮有人來，但謳妮恰恰喜歡一個人的寧靜，不受打擾地傾聽海浪規律的聲音。

謳妮蹲在沙灘上，整個人縮成小小一團，用細沙堆出一座一座山丘。遼闊無垠的整座海灘上，唯有月光與她。

後來一個男人來了。

他由遠而近，故意在她附近晃來晃去，安閒踱步。

謳妮早就偷瞄到他，正因爲認出他是誰，更不敢抬頭了。她把臉埋進裙子裡，手指在平坦的細沙上假裝忙碌地畫出不同圖案，心裡不停哀號著快走快走趕快走啦。

見女孩的頭都要垂到地上去，男人懷疑下一刻她就會捧起沙堆把自己一併埋了，更覺得有趣，索性蹲下來興致勃勃觀賞她。

他單手撐在頰上，另一手抓起幾根她的頭髮，輕輕拉了拉。謳妮感覺頭皮被扯動，終於忍不住抬頭迎視對方。

汀萊維持著那個拉她頭髮的動作，瞬也不瞬望著她。

海上的風特別強勁，一陣夜風颳來，謳妮被凍得打起冷顫，卻看他不知何時已把手收了回去。

汀萊靜靜地把外袍脫下來，將它披在她身上，把她整個人包裹在裡面。身上覆蓋著滿滿汀萊大人身上獨特的味道，謳妮臉一熱，垂下目光盯著沙。

「還冷嗎？」男人低聲問。

她猛搖頭。頭上的額飾丁零響動。

他掀袍而坐，順手拉了她一把，把她扯到他旁邊坐下，「別蹲著，等會腿麻。」

謳妮看看四周，沒見著無翊，心裡覺得奇怪，嚥了嚥口水，小聲問：「汀萊大人怎麼會在這個時間來這裡呢？」

他沒回。柔和月光下，女孩只看見他含著笑，輕輕對她搖了搖頭。

大概知道她不會主動與他說話，彼此安靜了一會後，他問：「家裡除了父親，還有哪些人？」

「就只有我跟父親了。」

「哦？」他微微抬眉，看著她有些寂寞的側顏。

尋常人家，人丁總是稀薄。

「想早點誕下蛋寶寶讓父親開心的話……」男人側眸望著她，「也許妳可以開始練舞了。」

這是羌靈族共同擁有的其中一個默契。不比男人們求偶時的告白大膽直接，女人們大膽歸大膽，方式上還是稍微含蓄些，她們像蝶一樣，會選擇心儀的對象面對面跳起熱情的舞蹈，若對方也有意於她，兩人便能開始準備進行後代繁衍了。

很多獸人女孩在化成人形後，便著手練舞，越早練好越安心，免得終於遇見喜歡的男人時卻被其他女人搶先一步。

謳妮其實也有看瑤琳她們跳過，但她還不太會跳，也沒有能獻舞的對象，便一直拖著。

「等妳練好了，我好心幫妳看看？」汀萊沉著嗓音說。

什麼？跳給汀萊大人看？好丟臉啊……

謳妮一想到他那雙總是深沉的眸子直盯著她看就很害怕，光是想像那個畫面就羞到想鑽進地底去了，她困窘地搖頭說：「求偶舞好像……不能跳給非求偶對象的男性看……不然會……引起誤會的。」

汀萊大人畢竟是個男人，大概不知道還有這層顧慮吧，不然他就不會這麼說了。

「是嗎？」他冷冷地扯唇，輕哼了聲，挖苦道：「不讓我看？那妳還想跳給誰看？」

「就不知道能跳給誰看啊……」她含著聲音嘟噥，越說越小聲。

一陣死寂。

謳妮忽然覺得周遭比起剛剛更冷了，見汀萊大人臉色不是很好，驚覺過來，莫非她又說錯話了？她裹緊他的黑袍，抱住身體瑟縮著，恐懼地偷瞄他。

瞧見她的反應，他淡然轉移話題：「我父親幫繆瑟配了一個護衛，叫冷野。」

「咦？」她抬起頭，瞬間又讓好奇心占了上風，「像無翊那樣的？」

「嗯。」他頓了頓，又補充道：「改天妳來，我帶妳見見。」

謳妮應了。

過了一會兒她想，不是繆瑟的護衛嗎，為啥是汀萊大人帶她去見啊？

她歪著頭煩惱片刻，無果，也就算了，搓搓手閉上眼享受晚風。

良久之後，男人嘆出一口長氣，搖著頭站起身來，撥去黑袍上的沙，一把拉起她，「很晚了，走吧，我送妳回去。」

謳妮乖巧地走在他身後，也許是周遭太暗了看不清地面，還沒走出沙灘，她就絆到石塊摔了一跤。她紅著臉爬起來，心裡覺得丟臉極了。女孩子家臉皮特別薄，正想哭著奔回家躲起來一輩子再也不跨出家門時，汀萊厚實的大掌已經主動牽住她的手。

「舞也不會跳，路也走不好，怎麼辦才好呢？」他故作憂慮地說。

謳妮被戳到痛處，癟著唇說不出話來。

他牽著她往前走，散步在皎潔月光下，儘管一路無話，手裡傳來的柔軟令他心中盈滿歡喜。

謳妮感受著男人掌心傳來的溫熱，後知後覺地嚐到了一絲絲甜蜜。汀萊大人好體貼啊，眞希望他可以一直握著她，謳妮忍不住奢侈地祈求這段回家的路能遙遠一些。

像是上天聽見了她的心聲一樣，謳妮驚訝地發現汀萊大人走錯路了。她猶豫著要不要告訴他，但很快貪心地作罷。

二人各懷心思沐浴在月光下，遠遠看去，月亮彷彿對她露出心照不宣地竊笑。謳妮抑制不住地垂下頭，嘴角偷偷揚起好看的弧度。

「汀萊大人。」謳妮鼓起勇氣輕喚。

「嗯？」

「謝謝你的鼓勵，等我有了能獻舞的對象，會第一個跟你說的。」

汀萊：「……」

好哦，特地通知他，她有喜歡的人了。

眞是有心呢。

噹啷噹啷，旖旎全數破滅。

黑著臉把她送回家，男人看著那隻被女孩掙開的手，接過她脫下來還他的黑袍，聲調冰得嚇人：「兩天後的晚上，在剛剛那片海灘等我。」

謳妮迷惑地看著他，由於夜實在深了，也沒多問便點點頭，進屋去了。

黑暗中溢出笑聲，汀萊冷冷瞟過一眼隨侍無翊所在的方位，聲音馬上止住，主僕二人咻地消失在夜幕之中。

第三章 誰寵誰，還很難說呢

爲了賺錢養活大食怪，奇芷寧犧牲所有玩樂與發懶的時間，有空時會病態的上網搜尋、再搜尋，看看有沒有薪水更優渥的工作可以做。

林琰這麼瘦，除了家務活動外，他的運動量也不高，爲什麼需要吃這麼多的東西呢？她眞的不懂啊。

在奇芷寧非常缺錢之際，校版上正好跳出了引起她濃厚興趣的貼文。

「誠徵外拍男模。為杜絕後續修片困難，矮個免談，不帥勿擾。」

而林琰什麼沒有，最大的特點不就是高和帥嗎！

酬勞實在太吸引人了，奇芷寧很擔心這個肥缺被人搶走，立刻拿起手機逼林琰靠在牆邊立正站好，幫他拍了一張正面全身照。由於興奮過度，她不小心拍成了高糊照片還直接發過去應徵——更神奇地是居然還火速接到通知去面試！

出發前，她把林琰當成假人辛勞地裝飾一番，替他別上一個深藍色的帥氣小領結增添點時尙感，然後將他的頭髮弄亂營造點不羈，再讓他套上一件刷白長褲增加樸實感，這樣亂搭起來似乎渾身上下特別有可塑性？

網拍業者看到林琰，簡直驚爲天人，劈頭就問有沒有經驗，奇芷寧替林琰回答沒有，「但他很樂意學！」

林琰淡淡地垂眸望著她，然後慢呑呑地、慢呑呑地、配合地點了個頭。

嗷嗚，不枉她養他多年啊！

廠商看到林琰的藍頭髮，有點介意，認爲這不太好做造型，委婉問說能否去染個正常一點的顏色，因爲這種飽和明亮皇家藍和他的髮量其實很難用假髮完全蓋過去。奇芷寧保證她會在拍攝前把髮色搞定。

談完合作的事，他們從廠商租賃的工作室裡走出來，奇芷寧置身雲霧中還有些茫茫然……原來靠臉吃飯是眞的啊？恐龍從頭到尾都沒有講話耶！

回到家，奇芷寧拿出之前就買好的染髮劑，苦苦哀求林琰讓她染成黑髮或深亞麻，林琰一律高傲地拒絕。奇芷寧軟硬兼施，不停談條件，一下說會買Switch給他玩，讓他打發漫長的白天，一下又說黑髮比較適合他，現在的藍頭髮降低他的顏值巴拉巴拉。

勸了整個晚上，看林琰依然無動於衷，奇芷寧氣得大叫：「算了！不染就不染！隨便你！」她紅著眼眶跑回房間，用力關上房門。

奇芷寧趴在床上哭了一會兒，很快又擦掉眼淚坐起來想辦法，才想沒一下下，門板就被人粗魯地拍響。她家恐龍還沒學會敲門，總是粗暴地拍擊物品讓它發出聲音，奇芷寧聽見了，不禁想笑。

好吧，恐龍還小，又這麼可愛，爲什麼要和他計較呢？

她打開門，首先看到男人胸肌下面那塊部位，然後她緩緩抬頭，對上他的臉。見他站在門外，居高臨下俯視她。

林琰手裡拿著一盒染髮劑，面無表情伸出手。

由於經濟吃緊，奇芷寧沒錢帶林琰上髮廊，只能自己在家摸索怎麼染髮。詳細讀完盒子背後的說明，她覺得難度並不高，把林琰壓在椅子上，替他沿著脖子圍上一圈大浴巾後，躍躍欲試起來。

林琰仰頭看她，情緒莫辨。

奇芷寧雙手扶著他的肩膀對他嘻嘻笑，「放心交給我，好嗎？」

林琰唇角勾起一抹好看的弧度，點頭。

接下來的每個假日，奇芷寧帶著這位被她硬染成黑頭髮的俊美沉默青年，到各個外拍熱門景點從事拍攝大業，貼身照顧他的各種需求以及當個稱職的翻譯。身兼啞巴林琰的經紀人與因應生活無能之需求而衍生的打雜助理工作，她真是忙得不可開交啊。

拍攝工作真的很辛苦，奇芷寧以前只看過那些光鮮亮麗的成果照片，根本沒想過幕後的工作人員們揮了多少血汗才堆砌出那些唯美浪漫的影像。

看到林琰站在鏡頭前，酷酷地站著，偶爾側頭，偶爾慵懶地站著微笑，她常看得失神——五官這麼深邃好看的他，當真是從恐龍蛋裡蹦出來的嗎？

林琰不會說話，加上奇芷寧很怕他做出奇怪的舉動引起旁人懷疑，只要接到拍攝工作，她總是跟前跟後緊迫盯人，所有的協助換衣和勞務行動都一肩扛起，不敢假手第三者。

導致她常常有種快要累垮了，不行了不行了再也撐不下去了，快要死翹翹了的虛脫感。

一個工作天裡，奇芷寧腦海中至少能晃過三百次不幹了想摔帽洩恨之念頭，但往往領到厚厚一包工資後，她又會想著這麼棒的工作還真是可遇而不可求，還好他們有幸能談成合作，不知對方能不能趕快再安排下一次外拍或棚拍？

總之他們賺錢賺得很快，荷包以一種驚奇的速度膨脹膨脹膨脹，但他們並沒有因此成爲鉅富，林琰這個大食怪每天得吞下海量的澱粉主食和肉類，所以荷包它又消風消風消風得極快。

假設錢包君有靈性且會說話的話，它肯定嚴正抗議，讓他們不要玩它。

國慶連假來了。

這次假期一共有四天，如果再加上奇芷寧準備去頭去尾蹺掉的課，算一算總共可以放六天呢！

自從忙碌的家教打工和帶著林琰上山下海拍照賺錢後，她已經很久沒休息這麼多天，奇芷寧決定回家一趟看看老爸老媽，順便瞧瞧家裡還有什麼好吃好喝的可以摸走。

她沒辦法帶著這位被金屋藏帥的美男返鄉過節，所以突發奇想問他：「咦？你該不會能夠暫時變回原本的獸？在人形與獸態之間自由轉換風格？變來變去，隨心所欲？」

他否認了她愉快的猜測。

奇芷寧只好拎著行囊，答應他會早點回來，便獨自把他留在租屋處了。

臨別前，她試圖展現出依依不捨的心情以免讓他覺得自己被拋棄了，她問他有沒有想吃什麼故鄉的食物，雖然不會講話但他們可以玩「他比她猜」的遊戲，這樣很有趣。由於她講著講著就不小心笑出來了，她有點擔心他已經發現她即將奔向自由享受六天無拘無束的生活而暗爽在心中，但奇芷寧猜他和大多數的男性一樣粗神經，想著也就安心許多。

她囤積了很多很多的食物給他，冰箱和客廳還有小廚房裡堆得滿滿滿，幾乎不用烹煮就能食用。她還有想過萬一糧食眞的不夠他吃該怎麼辦，所以在紙上畫了一張狩獵地圖，列出她學校附近哪裡有大水溝可以捕魚，哪裡的山上大概還有山豬可以抓。

要不是林琰沒有翅膀，飛不上天，她覺得老鷹這麼大一隻，應該也是可以勉強抓一些來換個口味果腹。

「別人養的寵物千萬不能隨便撲殺來吃哦知道嗎？路邊的野貓野狗因爲長期沒洗澡也沒打疫苗，我擔心你會吃壞肚子，所以千萬不要貪圖近，走遠一點往大自然去，也許能發現一些山禽走獸，那是相當棒的天然美味蛋白質哦！」

林琰用一種相當微妙的眼神看著她。

奇芷寧伸出兩根食指撐開他的嘴唇，讚嘆地看著他的獸齒說：「好尖啊，哇塞，獵物被咬住後肯定很難掙脫，不過生肉有細菌還是不要常吃比較好，吃完要記得刷牙漱口哦！」

林琰維持靜默。

搭了幾個小時的車回到家鄉，早一步到家的哥哥來車站接奇芷寧。他們買了車站前讓人懷念的雞蛋仔後，邊吃邊回家。

一回到舒適可愛的家，看家人們全都到齊，奇芷寧當衆宣布她要當滿六天的廢人，除了吃喝玩樂外，什麼家事都絕對不做。

奇恩立刻拿起沙發上的抱枕替天行道，把妹妹毒打一頓。

可愛的女兒終於回家了，奇爸爸和奇媽媽非常高興，問她學校那邊有沒有缺少什麼東西，奇芷寧說她缺錢，缺非常非常多的錢。奇爸爸與奇媽媽沆瀣一氣，當場敲定以後每個月生活費多加五千塊，奇芷寧高高興興地提著行李上樓進房了。

奇恩如法炮製嚷著自己好窮好窮啊，奇媽媽裝作沒聽見，走向廚房說她看看雞湯燉好了沒，奇爸爸則跟在後頭說他來幫忙打下手，這樣菜煮比較快。

奇恩忍不住腹誹：女兒奴啊女兒奴，奇家一個個都是女兒奴！

這天晚上，林琰一個人待著，覺得屋子裡靜得出奇。

平時奇芷寧在的時候，他總是覺得她很吵很聒噪，但此刻她不在，又反而覺得不習慣了。

林琰不看電視，也不做其他的事情。他待在客廳裡坐了很久很久，直直盯著時鐘看。他覺得一個晚上的時間，比任何等待她下課的白天都還漫長。

她說她要六天後才回來。

現在還只是開始。

林琰站起身來，走向她的房間，轉動門把。平時他不會進去，但今天她不在家，他如入無人之境。

他走進去開了燈，靜靜地坐在她的床上，好奇地觀賞她的房間。

林琰拿起她的枕頭，湊近鼻尖一嗅，滿滿的都是奇芷寧的氣味。他喜歡她身上的味道，無論經過多久，都未曾改變。

他躺上奇芷寧的床，替自己蓋好被子，懷裡抱著她的枕頭，安然閉上雙眼。

和謳妮約定好見面那夜，汀萊很早就把自己打理好，特地換了身喜歡的長袍，還在廊道上碰見母親，被她用特別關注的眼神從頭打量了一下。母親張口欲言，汀萊神色鎮定，快語表明自己有點急事後閃身離開。

誰知他剛走出殿外又冒出了幾個女孩興奮地纏著他說話，只好再花了點時間脫身。

好不容易趕到海灘，汀萊四處張望，卻無論怎麼找，都找不著那個蹲得小小的害羞身影。

咦？她已經走了嗎？或是壓根沒來？

汀萊仰望月光，聆聽海潮，心裡想起許多與她相處的細節，包括她羞澀的個性，她笑起來彎彎的眉眼。耐心地再等一會兒，他沉不住氣了，抬步往她家的方向走。邊走邊拍袍內暗袋的位置，確認東西還在，男人呼了呼氣。

謳妮住的小屋靜得出奇，緊閉的門扉透不出一絲光亮。他閉了閉眼，動動耳朵，聽見屋內低微響著兩種不同頻率的呼吸聲。若其中一個稍微混濁的換氣聲來自她父親，那麼另一個便是她了。

他從平穩規律的聲音猜想，她已入睡好一段時間。

無翊從黑夜中走出來，見主子消沉，不忍心再笑他，小聲請示：「我們回去吧？」

汀萊點頭，把準備了兩天的禮物收回腰帶裡，帶著無翊返回宮殿。

翌日清晨，謳妮在聽見第一聲鳥囀時，自動睜開眼睛。

拜這一年來勤勞上山摘果子和鮮花送汀萊大人養成的規律作息所賜，她總是早睡早起，精神飽滿，整個人神清氣爽。

唯獨今早起床時，她驚慌到不敢面對天已大亮的事實。

她躺在床上猛啃指甲，臉色一下發青、一下發白，肚子也跟著絞痛起來。完蛋了，她和汀萊大人約好海邊見，結果她整晚人都沒出現，還在家睡死了。天哪，不曉得汀萊大人枯等她多久？有沒有勃然大怒啊？

她苦著臉猛捶自己的頭，捶完換捏捏臉，心裡哀號著不要啊不要啊，拜託時間之神讓寶貴的光陰重新來過吧，回到她放汀萊大人鴿子之前，她絕不敢再讓自己因爲貪玩誤事啦！

事情是這樣的，昨日繆瑟帶她和瑤琳去一處小森林裡探險，他們在裡頭發現了一張好大好大不曉得是何人所織、爲何而織的網。那張網的材質相當特殊，富有彈性，三人賴在網上不停地上跳下竄，簡直玩瘋了。

謳妮在網裡滾過來滾過去，繆瑟跟風照做，兩個人撞在一起，哎呦一聲，頭上各腫一個包，被瑤琳笑了。瑤琳待不住嚷著要走時，謳妮還纏著繆瑟，硬要他陪她再玩一下。

森林離家有段距離，後來謳妮喘吁吁地提著沒力的腿腳回到家，在深深的疲憊催化下，她睏得不得了，眼睛幾乎都快睜不開，只想立刻躺平進入夢鄉。天還沒黑，汀萊大人那張好看的臉在腦海中晃過兩遍，怎麼等都還不到碰面的時間。

她實在撐不下去了，本想瞇一下、瞇一下就好，豈知沾到床後就這麼堂皇睡到隔天了！

謳妮渾身冒出冷汗，忍不住又想縮回被子裡逃避。

她用被子蒙著頭，悲戚地慘叫了好一陣子，才又掀開它，深呼吸後跳下床。算了，總不可能永遠避不見面，繼續逃避也不是辦法啊。還是趕快去向汀萊大人磕頭道歉，從此洗心革面重新做人比較實際。

父親在院子裡處理魚，準備做成魚乾，見謳妮出來了，放下手裡的刀，慈祥問：「桌上的東西吃了嗎？」

「吃了吃了，謝謝父親。」

島上居民生活單純，勞務分配並不複雜。謳妮的父親專門向固定的海撈者收一些海裡的鮮魚，天方濛濛亮便將牠們運回前院，將魚洗淨後剖半去內藏，再鹽漬曝曬，做好的魚乾一部分自留，一部分分給島上的族人們食用。島民們會互相交換食物和各種生活物料，也常慷慨餽贈珍寶作爲重要節日時的祝福。

大海裡有豐富的魚貝類，島上各式農耕、狩獵資源亦很足夠，羌靈族人不愁吃穿，民風淳樸互助，能將所有心力投入在覓偶與繁衍後代，是座美妙的桃花源。

父親是個老實人，變不出什麼花樣，每天端上桌給寶貝女兒吃的東西，除了魚乾還是魚乾。謳妮特別喜歡在魚乾上撒不同滋味的調味粉變換口味品嚐，從小吃到大，怎麼吃都吃不膩。

聽說人類世界裡有個說法是吃魚會變聰明，謳妮常樂滋滋地想，自己肯定超級聰明。

瘦弱的中年男人已大致掌握住女兒每天的動向，不外乎就是和年紀相仿的女孩子到處奔闖、去山上或海邊玩、努力開發新的探險聖地用力地玩，於是他如同平時一樣嘮叨：「別太晚回來啊，進入山林特別注意安全，和朋友相處別吵架，有什麼委屈回家跟父親說啊。」

謳妮邊往外走邊回頭燦爛一笑，「知道了、知道了，晚點幫您帶好吃的回來唷！」

在前往小山坡摘果子的路上，她經過一處人家，裡頭傳來歡樂的道賀聲。她稍稍停下腳步好奇偷聽，原來這家婦人剛誕下了幾顆寶寶蛋，旁人頻頻誇讚蛋體又大又沉，說那是吉利的象徵。

謳妮暗暗在心裡爲每一顆蛋蛋虔誠祈禱，願寶寶們能順利孵化成獸，順利長成人形。

再往前走，謳妮經過女巫的屋子，她習慣性放慢腳步，傾聽屋內傳來那一陣陣咕嚕咕嚕冒泡聲。聞起味道，嗯，甜甜的，不知道大鍋爐裡正忙碌地調製著什麼神奇藥水。

「誰在外面呀？」

忽然聽到女巫這般喊道，謳妮作賊心虛，立刻提著裙襬溜得不見人影。

木門吱呀一聲開了，女巫探出頭來，雖沒看見那身烈火紅裙，但用力一嗅空氣中殘留的氣味～哈哈，果然又是她呢。小丫頭每天來，滿心好奇又害怕與她靠近，彷彿她會吃人一樣，真是太有趣了。

女巫莞爾笑了，重新把門關上，回鍋爐前繼續調配能讓幸福感激升的獨門妙藥。

謳妮上了小丘，到了摘慣小果子的樹旁，頭一歪，盯著光禿禿的樹看。這陣子摘太凶了，果樹來不及長出新果子呢。

她四處走走兼尋覓，眼尖瞄見海拔較高的陡坡上還有幾株果樹，立刻見獵心喜咚咚咚跑過去。像猴子一樣爬上樹後把小果子一顆一顆採下來用裙子外面那層紗包住，看了一眼太陽的位置推算時辰，她跳下來，往宮殿的方向跑。

一路上，她不時興奮地折下沿途美麗的小花，還幸運撿到幾粒不知哪位迷糊蛋掉落的堅果，雙手捧著這些寶貝，滿載而歸地開小山丘。

宮殿裡，守候已久的汀萊終於聽見由遠而近的急促丁鈴噹啷聲。他放下遲遲沒有翻動過的古籍，從案前站起來，振了振黑袖，撫平袍上皺褶，故作不經意地從殿內走出來，恰好目睹她莽莽撞撞地飛奔而至。

謳妮奔到男人面前，急速煞停，惶恐地挑著破碎的字句說：「汀、汀萊大人，您、您……」怎麼辦？她想主動認錯，但不知道怎麼開口提啊！

「嗯？」他平靜地看著她，「我怎麼了？」

她支支吾吾一陣後，艱澀地問：「您昨晚睡得還好嗎？」

他盯著她，沉默半晌，慢吞吞地嗯了聲，反問：「妳覺得呢？」

謳妮咬緊下唇，臉色刷白。

「忘了前兩天答應我的事？還是根本不想赴約？」他凝視她，面容淡淡的，「直說無妨。」

怎麼可能不想見到汀萊大人！

她拚命搖著頭，「沒有沒有！不是那樣的！絕對不是！」

他看著她拚命否認的樣子，心軟了幾分，「原因？」

內疚感讓謳妮難堪地垂下頭來，鼻子竄上一股酸意。她努力壓抑快奪眶而出的淚，一個字一個字結結巴巴地把失約的緣由說了。

「對不起。」最後，她用力彎身大喊。

男人聽完，也不惱，其實和他想得差不多呢。小丫頭愛玩，很正常。

他傾身向前靠近，興味濃厚地研究她泫然欲泣的臉，失笑後很快在心裡默默嘆了口氣，是他太壞了嗎，嚇到她了？小女孩怎麼這麼膽小啊？

他揉揉她的頭，無奈地說：「也沒什麼事，有什麼好哭的？」

「嗚嗚嗚……我……我沒哭啊……」她剛哽咽著說完，斗大的淚珠已經一顆一顆往下掉。謳妮看著地上水漬，也驚訝了，她平時很少哭啊，今天淚怎麼這麼容易就湧出來。

汀萊伸手滑過女孩臉頰，伸出指尖在她面前晃，瀅亮水珠在修長的指頭上閃了閃，「哦，沒哭。」

謳妮癟起嘴，抬眼淚汪汪瞅他。

俊逸的男人輕輕扯唇，打量她一番後從她鼓囊囊的裙紗裡拿出一顆果子，把它往袖上一擦弄乾淨，往她唇邊一湊，「張嘴，吃點東西心情就好了。」

謳妮瞄去一眼，聽話地咬了小小一口。果子太小了，她不小心咬到他的指尖。

汀萊嚴肅地看著自己沾上女孩口水而變得溼答答的指尖。

謳妮跟著看過去，默默在心裡叫聲不好，露出如臨大敵的戒備狀態。

完了，這下子眞的要被汀萊大人打扁了。

還好男人看起來不太介意，淡淡地瞅視手上那顆果子上被她啃過的不規則咬痕後，隨意把它轉邊咬了一口，拉長語調用一種十分疑惑的語氣說：「繆瑟和我討論過，他很好奇妳每天拿這些東西，到底送誰呢？」

謳妮把頭垂下來，假裝自己什麼都沒聽見。

「給他的啊？」男人輕飄飄問，語氣有些酸。

她搖頭。

他逼近她，瞇眼問：「不是給他？那也不可能是給我父親母親的吧？所以那是……給我的囉？」

謳妮受不了了，含糊地搖頭，「沒沒沒……我不敢，謳妮不敢……」

「不敢？」男人臉色瞬間沉下來，「什麼不敢？說清楚。」

謳妮也不知道自己在說什麼，只一股腦地奉承說：「嗯，謳妮不會那樣的。謳妮是一株小小的草，汀萊大人像是高空照耀的豔陽，無私地照拂著島上所有土地。我與所有羌靈族人上下一心，會永遠尊敬並仰望汀萊大人，願您安好，爲您祈福，此志永生永世不移。」

他沉默地聽著，在心裡琢磨她的意思，順帶把那顆她啃過的果子整顆扔進嘴裡吃了。這種果類沒有果核，果肉偏甜，但不知怎地，汀萊把它嚥下喉道時卻只嚐到澀味。

不高興，他一點也不想聽見這樣的話，瞬也不瞬地望著她垂得低低的腦袋瓜。

沒多久，男人自嘲一笑。

汀萊從自己的袍中抽出一支瑰麗璀璨的寶石髮釵，稍微思索該如何下手後，仔細將它戳進她編好的頭頂髮辮中穩穩固定。謳妮感覺髮中傳來異物刺入，身軀微微震動，她不敢有任何反應，垂眸乖乖就範。

弄好之後，汀萊低聲哄：「頭抬起來，看著我。」

女孩如願仰首，他瞇起眸來左右瞧了瞧，甚感滿意，嗓音低沉醉人：「挺好看的，送妳了。」

那支髮釵上鑲有一塊島上罕有的奇石，這塊石頭美就美在，每當陽光映照，便能閃爍碎金般的七彩奇幻光輝，多少年來勾得不少女孩爲它傾倒，它卻稀有到幾百年也不見得能覓得一塊。

汀萊小時候曾在母親用來收藏珍愛首飾的銅鎏金琺瑯彩嵌寶石盒裡見過一次，留下稀薄印象。這陣子莫名地惦記起它來，腦海中不時想像她配戴的模樣。

前兩天他終於厚著臉皮向母親討來，精心打磨去稜，將它嵌進另一支相合的髮飾中。

謳妮沒看見他插了什麼東西進她髮間，心裡想著汀萊大人這等尊貴的家世，吃喝用度各方面都極充裕，隨手就拿個什麼送人似乎也不奇怪，並未多做他想，只紅著臉彆扭地道了聲謝。

「那麼……汀萊大人昨晚找我，有什麼事呢？」

「忘了。」他淡淡地回。

「啊？」這都能忘啊？不是才過了一夜嗎……她懷疑地看著男人。

他一臉坦然，看了一眼萬里無雲藍天，往前走，幽幽催她跟上：「天氣這麼好，難得我有空，帶妳去一個地方走走吧。」

「好、好的！」謳妮小跑步跟上去。

離開宮殿，汀萊忽然對著後面揮袖，也就那麼一下子工夫，謳妮只來得及看見一團影，便什麼也沒有了，她眨眨眼，咦了一聲，「那是什麼啊？」

他語氣平靜，「無翊。」

啊？所以他剛剛一直在啊？

「爲什麼不讓無翊跟呢？他不是汀萊大人身邊寸步不離的護衛嗎？」

汀萊瞥她一眼，那眼神莫名有點冷。謳妮感覺汀萊大人有時都像這樣陰陽怪氣的，只好小心拿捏著分寸，不敢再問。

進了百花谷，再往前走，穿過一座草長半人高的荒原後，他們抵達一處祕境。汀萊大人說他常獨自來這裡散心，或待個一下午，沉澱思緒。謳妮看了看，的確是很隱密的地點呢。

她向汀萊大人保證，絕不會把這個地方說出去，汀萊深沉望著她，溫柔地笑了。

「以後，妳也可以來。」

「咦？我嗎？」謳妮很驚喜。

「嗯。」

謳妮很開心，連說十幾次好啊好啊。汀萊揉揉她的頭，眸光無限繾綣。

祕境裡有座汪潭，潭面黑漆漆的，僅憑肉眼根本看不出水有多深。謳妮很好奇，提著裙襬走過去，站在水邊探頭朝底下看了一會兒，卻怎麼看都只能看見自己與站在她身後的男人倒影。

「這裡面有什麼呀？」她問。

他本要說只有水而已，開口時卻轉了彎，正經八百道：「有很多可怕的東西。」

「什麼可怕的東西？」她露出一臉天眞。

一隻溫熱粗糙的大掌按上她的頭，汀萊壓低身軀凝視她，輕聲蠱惑道：「有很多凶猛的水獸，還有最喜歡吃妳這種小女孩的湖底妖怪。我聽說牠們逮到人後，最愛先把皮一層一層剝開，等到鮮血淋漓之後，再把肉一條一條撕下來，放進嘴裡品嚐滑嫩鮮甜的滋味。」

她哭喪著臉說：「不，我不好吃啊。」

他笑了，「胡說，妳肯定很好吃。」

謳妮打了個哆嗦，下意識往後退開一步，汀萊瞄了一眼自己杵在她身後的長腿，並不打算提醒她。果然，謳妮絆到他的長靴後往旁一跌，整個人差點栽進水裡。千鈞一髮之際，男人快手撈過她的腰際把她帶離水面，謳妮驚魂未定地擰緊他的衣襟不放開。

汀萊瞥過她的手，謳妮趕緊放開手往後跳開。

汀萊：「……」

他很嚇人嗎？怎麼她總避他如蛇蠍一樣？

看她摘了一會兒的花，男人邀女孩玩獸尾打架遊戲。謳妮心裡雖然覺得汀萊大人這樣會不會有點太調皮了，但因爲不知道怎麼拒絕，還是乖乖地變出自己那條粉嫩嫩的尾巴。

汀萊是第一次看見她的尾巴，直說它看起來簡直不堪一擊，像稍微用點力就能折斷。謳妮很不服氣，果然馬上就連挨十來下鞭笞，敗下陣來。她立刻又嚷著再比，汀萊也依了她。謳妮越戰越勇，尾巴一次比一次閃躲得快，二人一架打過一架。

最後兩種不同顏色粗度的尾巴糾纏在一塊，他愉快地絞緊她的尾巴，聽她嚷著認輸了、心服口服了，才笑著鬆開。

汀萊不讓她把尾巴收回去，大手握住它後來回輕按，「剛剛逗妳玩的，壓根沒出多少力，疼嗎？」

他粗礪的掌心傳來乾燥熱度，讓人難為情。謳妮害羞地掙脫出來把尾巴變走，乾巴巴地說：「沒多疼。汀萊大人平時都和誰玩獸尾打架遊戲呢？」

他輕笑，「沒玩過。」

「啊？」沒玩過，所以這是第一次？

果然啊，她就覺得汀萊大人這麼嚴肅，才不像會玩這種小孩子遊戲的人。謳妮訕訕又問：「那汀萊大人和繆瑟平時碰在一塊時都做些什麼呢？」

汀萊大人面不改色，「我的日常消遣，就是假鍛鍊之名，行單方面揍他之實。」

謳妮：「呃……」

這對兄弟還眞是……男以理解啊。

回到故鄉的奇芷寧心情相當放鬆，扎扎實實地睡了一個好覺。

醒來後她下樓吃了媽媽買的早餐，拿走爸爸手上的遙控器，踢開哥哥的長腿，坐在客廳沙發上開始看電視。

她安靜地等了兩秒……總覺得哪裡不對勁。她屏氣往奇恩那個方向看，見那廝似乎沒有打算報仇的意思，然後她又默默地把頭轉回來，眼睛直盯著電視。

耳邊雖然湧入大量節目主持人呱啦呱拉的聲音，她卻一個字也沒聽進去，心裡慌慌張張想著：天哪我哥怎麼了？我剛剛可是踹了他一腳啊！哥哥爲什麼沒爆炸？莫非反射神經異常了？！

奇恩氣定神閒地看著手機螢幕，餘光淡淡地瞥過妹妹臉上精采的表情，忍不住搖頭嘆氣。

有感於女兒即將口出驚人之語，邁向一條慘遭毒打之路，奇爸爸見不得兄妹鬩牆場面，不疾不徐開口了：「難得放假，別老悶在家裡，邀以前的同學出去玩啊。」

奇芷寧哦了一聲，心想很有道理，翻出手機開始聯絡胡孜孜。胡孜孜很快回應了，說她這兩天都行。

「妳們去哪玩啊？」奇恩可能也在聯絡老同學，雙眼直盯著手機螢幕，手指飛快動著，狀似不經意地扔了一個問句過來。

奇芷寧故意拉長脖子偷瞄奇恩的手機畫面。什麼嘛，原來又在打遊戲啊。爲什麼一直打遊戲？爲什麼會這樣？男生都是這樣嗎？遊戲眞的這麼好玩嗎？不打會怎麼樣嗎？偷走他的手機然後移除遊戲程式會讓他的理智全盤崩潰嗎？

奇芷寧認眞地看著老哥說：「我們又不是那種『喜歡泡在虛擬世界的人』，還能幹嘛？就逛街吧。」

喜歡泡在虛擬世界的人收了手機，靜靜看著她。

奇爸爸額上盜出冷汗。

完了完了，女兒注定在劫難逃嗎？兒子看起來已在腦內構思如何把妹妹帶到爸媽看不見的陰暗角落揍得她哇哇大哭了，他該如何維護女兒周全……

然而，兒子卻像轉了性，變得極為溫和說道：「我也最討厭那種只愛泡在虛擬世界的人呢，好吧，反正閒著也是閒著，那我就大發慈悲跟妳一起出門吧。」奇恩笑得有點猥瑣。

在他們出門之後，奇爸爸傳了則訊息讓奇恩對妹妹好點，別讓妹妹在朋友面前丟臉。奇恩無奈回傳了個「ＯＫ」的貼圖後，把手機插回褲袋，全程不再碰。

第一天奇芷寧和胡孜孜因久別重逢而聊得欲罷不能，分開時離情依依，還約好了第二天再見面。第二天，奇恩一樣跟過去了，美其名是做護花使者，但奇芷寧總覺得那是他為了掩飾自己身為社會邊緣人的藉口，也不忍戳破。

雖然好姊妹敘舊的時候，旁邊跟了一個哥哥，感覺有點奇怪，但金主哥哥替她們買單了所有娛樂費用，還請她們吃吃喝喝，奇芷寧帶著老哥出門兩天，一毛錢也沒花到，感覺賺了。

奇恩去排隊買烤香腸孝敬兩位美女時，胡孜孜扯扯奇芷寧衣角，偷問：「妳哥怎麼會來啊？」

奇芷寧攤手，誠實說：「單身狗，沒朋友。我爸大概怕他在家孤老一生，遣我好心出來遛遛他。」

胡孜孜露出一臉憐憫，「天哪，混成這樣？居然淪落到當妹妹的跟屁蟲，好慘哪……」

奇芷寧點點頭，「所以我們日行一善，不要排擠他了。」

另一頭，一邊對老闆烤香腸的姿勢指指點點的奇先生，正忙碌對著手機推掉連假以來的第十五個邀約，「哎，你們怎麼就不懂呢？不是我不想出去玩啊，但我妹已經上吐下瀉好幾天了，爸媽又都出差去了，我不照顧她誰照顧她？行行行，改天有空一定找你們玩啊。」

說完電話，他把手機塞回口袋，付完錢後帶著三支烤香腸離開。奇芷寧看見哥哥拿著食物的畫面過於刺眼，忍不住對胡孜孜抱怨：「唉，我哥真是沒啥情調的人，難怪總交不到女朋友。也不看看女伴們穿得跟仙女下凡一樣，怎麼可以請我們吃烤香腸呢。」

胡孜孜接過其中一支香腸咬了一口，熱燙的汁立刻噴得老遠，噴射中還散發出濃郁的香味。那畫面和味道實在誘惑，奇芷寧很快也拿了一支放進嘴巴咬。

不吃還好，這麼一吃根本停不下來！

穿得像仙女下凡一樣的奇芷寧很快就站在路邊把香腸啃得乾乾淨淨，吃完之後齒頰留香，甚感意猶未盡，特地替香腸伯拍了幾張照片，加上五百字真情推薦後上傳到社群裡分享。

許宸一馬當先按讚，私訊很快傳來：「回來了？」

這也沒必要隱瞞，奇芷寧回傳：「嗯。」

許宸：「什麼時候有空，見個面？」

奇芷寧斟酌之後說：「那就明天吧。」

於是連假第三天，許宸終於見到了好久不見的奇芷寧。

距離上回相見畢竟已隔數月，單獨和許宸見面不免讓奇芷寧心中有點彆扭，而且她也不知道能和許宸聊什麼呢。

他們約在捷運站出口，許宸早早就來了，身上穿著黑色T恤與休閒褲，腳上一雙潮牌球鞋，又高又帥又有型，好幾個年輕女孩經過還不時回頭偷看他，彼此露出精神亢奮的表情互相拍擊對方，走了老半天也沒走遠。

奇芷寧有種許宸被當成了圓心，而那些女生則一直走在圓周上的錯覺。

她遠遠看見他，憂心著自己在他旁邊看起來會不會很像走村姑路線的土氣丫頭，正想著反正他還沒看到她，不如趕緊臨陣脫逃，理由等回家半路想到了再掰一套敷衍過去。

奇芷寧才剛鬼鬼祟祟想離開，立刻被一名陌生男子攔住去路。

那人外型清秀，臉掛淡淡微笑，很有禮貌地看著她說：「小姐，不好意思，我新買的手機剛剛掉了，可以請妳幫忙撥撥看我的號碼嗎？」

啊？新手機啊，怎麼這麼不小心呢！

等等……

奇芷寧看著那人精明的臉，不相信這樣的人會糊塗到弄丟手機這種重要的東西。

她露出一副「你別想騙我」的臉，懷疑地問：「是嗎？真的掉了嗎？」

男子一愣，面色微窘。

奇芷寧很快接話，用很海派的態度說：「世風日下人心不古，什麼掉了啊，我看是被人偷了才對吧！哎，你也太可憐了，別擔心！我馬上打電話給你啊！」

男子鬆了一口氣，「……好哦。」

這不過就是舉手之勞的事，奇芷寧點點頭，很快從包包裡拿出手機，逐一按下他說的數字。手機鈴聲響了，那位男子從口袋裡拿出據說已失蹤的東西，看了一眼螢幕後揚唇笑說：「謝了，這串數字眞好記。」

奇芷寧：「？」

一隻戴著 Apple Watch 的手忽然從旁伸出來，直接把奇芷寧的手機抽走，還當著她的面把剛剛撥出的電話設成黑名單。澈底無視那名搭訕的男子後，他拉著奇芷寧平靜地說：「老師沒教過妳別理路邊怪叔叔嗎？別跟陌生人說話，我們走吧。」

長得人模人樣的路邊怪叔叔表示：「……」

奇芷寧被許宸拖著走，態度順從乖巧，許宸回頭看她一眼，空了幾個月的胸口忽地漲滿歡喜。遠距離眞不是人過的，一日不見，豈止三秋兮啊！隔了數百公里，他想她想到好幾次都差點要衝動的報名轉學了。

他咳了咳，問：「最近怎麼樣？」

「啊？好像沒怎麼樣？都差不多啊……」她搔搔頭。

除了豢養一隻化爲人形的地表最帥恐龍外，其他的沒什麼特別到能提出來說。

沒想到大家放連假都返家了，月臺上站著許宸的高中同班同學若干人，他們見許宸拉著奇芷寧雙雙進入視野，一陣嘩然：「快看！皇天不負苦心人啊！我們班草終於追到了他的飯粒公主！」

啥？飯粒公主？奇芷寧好無言。

巧遇這麼多熟人，不去打聲招呼也太說不過去，許宸鬆開她，靠過去與同學們寒暄近況。奇芷寧稍微站遠了些，再次低頭審視自己今天的造型。田園風格碎花襯衫，米色休閒褲，兔兔白彩鞋，這樣應該還可以吧？不會給他丟人吧？

手機響起提示音時，列車正好進站，許宸又走過來態度自然地拉她，把她帶上車後，將人好好安頓在靠門邊的座位上，又走回去跟同學們聊天。

許宸那群同學將二人的互動從頭看到尾，忍不住對她射去一道道充滿敬意的眼神。王子本人親身示範，再粗枝大葉的男生，談起戀愛之後都能懂得處處呵護，學會體貼。

奇芷寧腆著臉拿出手機打發時間，胡孜孜問她許宸還是一樣那麼帥嗎？她偷瞄了一眼當事人，被當事人敏銳抓包後，紅著臉低下頭來回覆訊息：「不。」

她慢吞吞輸入：「好像……變得更帥了。」

傳出去後，她忍不住又偷瞄了許宸一眼，對方仍隔著千山萬水將視線鎖定在她身上，嘴裡雖與同學說著家常，火熱的雙眼卻似乎從來沒離開過她。

她只好又把注意力轉回手機上，正好收到了新的訊息。

胡孜孜說：「奇芷寧啊奇芷寧，這麼帥又聰明，還特別專情的男人都給妳碰上了，妳不趕快拿下，是不是傻了啊？」

傻嗎？會嗎？但戀愛這種事更講究的不是感覺嗎？

奇芷寧嘟著嘴，不知道怎麼對胡孜孜說，關閉螢幕不再看。

同學們都下車之後，許宸回到奇芷寧身邊。捷運上出遊的人多，已經沒有位置坐了，他站在她面前單手抓著握把，垂眸靜靜地看她。他看了她多久，她就盯著他的鞋子臉紅多久，車廂微微晃動，許宸忍不住笑了。

「欸，奇芷寧。」

她不理他。

「芷寧？寧寧？小寧？」

她充耳不聞。

「寶妹。」他故意逗她。

女孩嗚嗚地抬起頭來，傷心地說：「你不是答應我不會再叫我的乳名了嗎？你不是說你會努力忘記那兩個字的嗎？原來你根本沒有把我說的話放在心裡……」

許宸噎住，連說幾聲對不起，才把她哄好了。

下車後，他們並肩走過一段路，許宸似乎很想牽奇芷寧的手，手伸了幾次過去，但都很不巧地被她發現。奇芷寧縮著肩膀有點害怕地朝他瞥過去，愣住的許宸只好默默把手再縮回來。

對他這麼防備，對別人倒挺大方的。

「怎麼隨便給人號碼？」許宸想起來還有氣。

奇芷寧意識到他說的是稍早之前被路人搭話的事，尷尬地說：「我哪知道啊，還以為他手機真的丟了呢，不幫忙的話我會良心不安啊。」

「遇見每個可憐蟲妳都要幫忙？好啊，那我沒女朋友，妳幫我找一個吧？」

奇芷寧難得脾氣很大的哼了一聲。

許宸主動提起，他們班代常拉他去聯誼，只要他出席，幾乎場場爆滿。見她無動於衷，許宸只好再接再厲暗示他很受歡迎，學長姊們頻誇他是學院的院草。

許宸露出一臉很期待她聽完之後的反應。

奇芷寧只好回答：「我哥也常被誇是系草，所以我對這種充滿爭議的頭銜感到無法理解。我哥耶，她們一定沒看過那傢伙起床時滿頭亂髮、吃麵時稀里呼嚕發出噪音、愛看年度十大搞笑片段並且笑得東倒西歪、打完球後把球衣拉開套在電風扇的擺頭上整個人與電扇合為一體狂吹最強風量、每當懶得洗頭時就戴一頂帽子蓋住油膩的頭髮辯稱走街頭型男路線，族繁不及備載，這樣邋遢的人，還有更多豐功偉業可供我連說七天七夜，他到底為什麼可以當上系草啊？這世間還有公平與正義嗎？」

起床時也會滿頭蓬鬆短髮亂翹、用力吸麵時也會稀里呼嚕發出噪音、超級愛看年度十大搞笑片段並且笑得東倒西歪、打完球後會乾脆脫了球衣用腹肌對準電扇狂吹最強風量、每當懶得洗頭時就戴一頂棒球帽蓋住油膩的頭髮辯說因爲晚點要去打棒球的許宸表示：「……」

好的，她的雷點，他全中了。

聰明的許宸果斷轉移話題：「哦，忘了問妳，滾滾還好嗎？」

一提到心愛的寵物，奇芷寧樂了，她開心地點點頭，「嗯，他很好啊，吃得很多，長得很大，他的食量已完全超乎我對所有大自然動物的想像。早餐可以吃五碗，午餐吃八碗，晚餐最多可以吃十碗。看他吃東西很像在看大胃王比賽，而且他狼吞虎嚥大口大口進食的模樣好萌啊～～～」

奇芷寧捧著臉頰陶醉，瞳孔瞬間變成了愛心。

許宸敏感地覺察她的情緒逐漸高漲，直覺自己挑對了話題，乘勝追擊問：「哦？這麼會吃啊，那滾滾現在很胖囉？」

「哎呀，不不不，正好相反呢！滾滾的身材棒極了！腰就是腰，腿就是腿，肌肉發達得剛剛好啊！這也是我最無法理解的地方，奇怪，他明明這麼會吃，也幾乎沒什麼在動，爲什麼不長贅肉呢？」

談及家裡那位帥寶寶，奇芷寧的話也變多了。她滔滔不絕地說著自家寵物有多乖巧多可愛，會喵喵又會汪汪，抱起來手感超好，臉也很好捏，只要看一眼就好想將他撲倒壓制瘋狂上下其手，一輩子都不放開。

說著說著她居然尖叫起來：「天哪！我眞的養了一隻好可愛的寵物！我現在就想立刻衝回家抱他！

使出臂力把他絞緊在懷裡啊！」

許宸：「……」冷靜啊這位太太。

他腦中勾勒出一幅頭上綁著蝴蝶結的軟萌毛小孩憨笑的畫面，卻怎麼也無法與之前見過的那隻齜牙咧嘴大型犬連結起來。

奇芷寧說的是同一隻狗嗎？還是她家後來又養了一隻類似比熊犬的新寵物呢？

「雖然飼育寵物讓人傾家蕩產，但只要一看到他乖乖地坐在那裡，讓我想抱就抱，想摸尾巴時恩准我盡情摸個痛快，身上總是散發出迷人的香氣，小腿還有致命性感的捲捲ＱＱ腿毛，偶爾聽不懂我在說什麼時的困惑表情也超級可愛，我就忍不住覺得啊——賺錢再怎麼累都沒有關係，只要能繼續摸到他活潑的尾巴，我願為此奉獻所有！與我的一生！」

奇芷寧嘴巴說到停不下來，雙眼發亮，抱住自己的身體扭來扭去，眼中閃爍著許宸從沒見過的琉璃光彩。

忽然間，他感到好心酸啊，為什麼自己就這麼羨慕起一隻狗來了呢……

上午電影院比較冷清，他們看了一場票房破億的燒腦神片，奇芷寧有看沒懂，許宸的理工腦派上用場，離開影城後對她解說了快半個小時。

由於奇芷寧極端思念家中寵物，許宸從她臉上的表情感覺出此人意興闌珊，只好帶她去逛動物園，想讓她見識不同物種的別樣風情。

世界這麼大，何必單戀一隻狗。

奇芷寧站在各種動物區前，面對那些形形色色的野生動物，心裡想著的卻還是林琰喜不喜歡吃猴子或猩猩還是老虎或斑馬？

許宸的策略多少還是奏效，不到一下子她的注意力就被恐龍探索館海報吸引走，接著就無意識晃進館內看恐龍了。

看完恐龍出來，許宸排隊去買雞肉捲和墨西哥冰沙給她吃，奇芷寧在樹下找了個位置坐，邊滑手機邊等他。

手機躺著一堆尙待回覆的訊息，奇芷寧一一點開，原來都是來邀請恐龍外拍的廠商。說來林琰也算敬業，對於業者和攝影師的要求都能盡量配合，奇芷寧個性也不愛與人囉嗦，合作起來總是皆大歡喜。

加上被林琰穿過的衣服總能狂銷，這陣子他簡直成了網路男裝賣場奇蹟，想找他來爲自家服飾加持的業者不計其數。

林琰的工作邀約暴增，奇芷寧不但得充當對話橋梁，還得兼顧上學及家教，無法全數應允，只好挑著時間能配合的先接。眞的應付不過來時，再優渥的合作也只能忍痛推了。

她隨意點開其中一個網址進去網站，發現是賣太陽眼鏡和皮件的。哇，現在連配件都找上門了啊！恐龍戴太陽眼鏡肯定很帥！

嗯，那就應了吧！

她又點開下一個網址看，沒想到這家居然是賣健身器材的。哇塞！好眼光啊！這個一定要接吧！恐龍這滿分身材存在的最大意義，就是要亮出來輾壓全天下男性讓他們自卑的啊！只要扒了恐龍，管他什麼健腹輪還是複合式重訓椅，統統一口氣賣到斷貨也沒問題！

奇芷寧嘿嘿笑著，誠心誠意地回覆對方，表示十分願意撥出時間拍攝健身影片。

關了手機，她有點苦惱，為什麼沒有在來米或紅燒牛筋牛肉、清燉牛肉的廠商來找林琰呢？他一定能當場表演把米飯吃得很香，呈現野性十足感大口撕裂肉塊的霸氣啊，拍完之後還能省下一頓餐費呢。

許宸遠遠看著她，知道女孩已陷入個人世界。

他向她走去，忽然頓住腳步。

都說旁觀者清，他望著她臉上不斷變換的神采與愁容，心裡極端不安。

總覺得她的心已經飄向他無法觸及的地方，離他越來越遠了。

回家路上，奇芷寧手上提著兩盒孝敬父母或自當宵夜兩相宜的鐵板燒潛艇堡，前一秒他們剛聊到了物價不斷上漲的嚴肅經濟話題，許宸鞭辟入裡地剖析著漲價造成的社會衝擊，下一秒他畫風突變，鼓起勇氣用力牽了她的手，被奇芷寧甩掉後，非常突兀地喊：「奇芷寧，我真的很喜歡妳，我答應妳絕不會再叫妳寶妹或做其他會讓妳生氣的事，我已經什麼都不想管了，就算遠距離也沒關係，給我一個能和妳交往的機會吧！」

此舉令奇芷寧震懾不已。

她抬頭看，原來那時距離她家門僅剩七步之遙，爸爸正好邊拿著牙線棒剔牙，一邊抓著會癢的肚皮從門口走了出來，讓奇芷寧幾乎可以預見哥哥中年發福的模樣，而感到不勝唏噓。

她爸的出現意味著美好的一天已到終點，有些話再不說出口又得等它個數把月，許宸大概是一時控制不住牙關才會在如此驚險的情況下實行毫不浪漫的告白。

但他又怎料想得到她這麼一驚非同小可，手上的食物差點就保不住。

幸好奇芷寧的手把塑膠袋抓得死緊，最後爆漿和風醬豬肉堡和爆漿紐奧良無骨雞腿排堡雙雙守住。若無法帶食物回家聊表孝心，讓父母高興之餘爲她赤貧的國庫做點貢獻，她這一生絕不原諒他！

一波驚嚇未平，另一波驚喜又起。在奇芷寧坦承近期人生想以學業和打工以及養寵物爲重，戀愛不在規劃範疇內而拒絕了許宸，返家後一上樓打開房門，剎那間她像被電擊似的瞬間石化了。

她眨了眨眼，瞠視眼前的英俊男人，詫異得說不出話來。

林琰怎麼在這啊？

她趕緊把門關上，衝上去問他：「你什麼時候來的？怎麼進來的？爸媽知道你是滾滾了嗎？」但後來奇芷寧又忖著：咦？不可能啊，那爸媽剛剛怎麼沒提起？

林琰搖搖頭，比了比窗戶。她愣愣地看過去，此刻窗戶是關上的，但難道他的意思是——

奇芷寧看著他，艱澀地從喉腔裡擠出聲音問：「你、你徒手攀上了三樓，打開窗戶進來？」

他點頭。

什麼！像蜘蛛人一樣飛簷走壁？用手扳開她的窗戶然後靈活地跳進來？！

在奇芷寧快瘋掉的時候，林琰忽然整個人湊近，他有點粗魯地抓起她的手，鼻尖貼在她手背上不停地嗅聞，然後像警犬一樣重複著吸吐動作。

奇芷寧忽然有點害羞了。畢竟不久前，有位異性友人剛握過她的手。林琰聞出來了嗎？莫非比女生的第六感更準確的是獸類的嗅覺？

林琰很快就換上一張鐵青的臉，惡狠狠地瞪著她，面露凶光，咬牙切齒磨著牙。接著他瞇起眼，從眼神中釋放萬分危險的訊息，奇芷寧嚥了嚥口水往後退，手足無措望著他。

猝不及防間，林琰忽然撲過來把她抵在牆上，他弓起身子與她平視，眼裡竄著熊熊烈火，對她張開他的口腔展示那一長排尖銳的獸牙。他換氣急促，熱氣全噴在她臉頰上，怒意顯然。奇芷寧嚇呆了，他開始對她憤怒低吼起來，咆哮一聲強過一聲。

奇芷寧恐懼的眼淚一口氣湧上眼眶，溼溼熱熱地在眼中打轉，她害怕地望著林琰，遲遲無話。

恐龍要咬人了！應該沒看錯吧？他好像想咬死她啊！

林琰毛茸茸的尾巴在背後高高豎起，繃得直直的，活脫脫就是一頭準備隨時迎接戰鬥的野獸。奇芷寧腦袋也要炸了，拚命想著有什麼方法能安撫恐龍，但腦袋就是當機了，什麼都想不到啊簡直要瘋掉啦！

求生意志驅使奇芷寧顫抖著伸出雙手，顫巍巍地撫上去捧住他的臉頰，用指腹摩娑。在林琰怔住的那一刻，她輕輕地吐出兩個字——

「冷靜。」

空氣凝滯半晌。獸尾漸漸軟化，從空中垂落。

奇芷寧驚訝地看著被她碰觸後熄了大半火焰的寵物，她想起他從獸態時代以來對靠近她的所有男性之不友善。是啊，除了她爸和哥哥，恐龍確實都不怎麼接納，許宸以前光想靠近她都靠近不了。

但是現在他只不過聞到她掌心殘留男生的氣味，就要抓狂了，這種占有欲會不會太強啊？

「你不喜歡、別人碰我？」她試探。

林琰緩緩點頭。

奇芷寧哭笑不得，但恐龍還這麼小，又這麼單純，哪懂什麼呢。喜歡就想討到手，喜歡就要一個人獨占，什麼分享啊？門都沒有……好像大家不懂事的時候都是這樣的啊。

她不想跟寵物計較，決定以唬小孩的方式對付這個棘手狀況。

奇芷寧清了清喉嚨，問：「餓了嗎？想吃什麼？我買黑胡椒豬排給你吃？還是你想吃牛肉？鴨肉？雞肉？我統統都買！」

林琰：「……」

她像摸狗一樣，溫柔地來回撫摸他的臉頰，好聲好氣哄：「沒事啦、沒事啦，手被人牽了又怎麼樣？又不會少一塊肉對吧？我們可以永遠在一起，但也該給彼此喘息。我知道你需要我、依賴我，但你不是我的附屬品，我也不是你的呀～」

他聽著，眼中驀然閃現一抹深沉哀傷，胸口泛起鈍鈍的痛。

奇芷寧有點詫異，驚訝地望著他。

片刻後，她的話慢慢發酵，起了作用。劍拔弩張的嚴峻情勢獲得有效緩解，男人重新直起身子拉開一段距離。

林琰碧綠深邃的眼眸黯淡下來，他安靜地俯視奇芷寧，持續了挺漫長的一段時間，獸尾如同消風的氣球那樣毫無生氣。

呼，不管怎麼說，警報解除了。奇芷寧鬆了一口氣。現在應該沒事了吧？

可她向上看去，林琰仍盯著她，直勾勾地望著她的嘴唇，喉結明顯滾了一滾。

赤裸裸的渴望，毫不掩飾，奇芷寧彷彿能窺見他的意圖。

他想親她？

天哪，人與人之間有親暱互動的需求，主寵之間果然也有！奇芷寧緊張起來，睜著雙眼看他，心跳猛然加快。

沒錯，他一定是想親她，肯定是這樣沒錯。因爲她被人握了手，所以他感到很不安，擔心自己有天被交了男朋友的主人拋棄，懷疑起自己對於主人的重要性了！

已經讓寵物不安到這個地步了嗎，她這個主人也太罪過了吧！

好，算了，不就是親親嗎，寵物這麼可愛，她沒道理連這種超合理要求都要拒絕啊！大家都親家裡的貓咪也親家裡的小白兔，她只是親恐龍而已，意思都是一樣的啊！

奇芷寧抱著視死如歸的決心狠狠閉上眼睛，嘴巴噘起，臉上只差沒寫著「我準備好了！你就來吧！」這幾字。

林琰感應到她的默許，略感吃驚，但他不願錯過這個機會，於是慢慢俯身，側頭將唇覆了下來。

不能嚇到她，還是克制一點吧。男人這麼想著，輕描淡寫啄了她幾下，便立刻抽身離開。

吻過之後，林琰認真地凝視她，十分在意她的反應。

奇芷寧慢慢睜眼，咬了咬下唇，卻不敢看他，心中五味雜陳，暗道不妙。

現在怎麼辦？爲什麼感覺這麼複雜？

天哪！他居然眞的親她了！她好像不應該嘟嘴，怎麼說親臉頰也是夠的吧，不，不能怪他，畢竟寵物不明白初吻對人類女孩的神聖意義啊，是她太衝動了思慮不周，才會這樣糊塗獻出初吻，天啊！

她從來沒有想過有朝一日會把初吻獻給非人類生物。

等等，恐龍的唇怎麼可以這麼香、這麼柔軟？寵物和主人親熱的範圍應該包含嘴巴嗎？那萬一以後他常常想親親該怎麼辦？她是不是該盡早教導單純孩子正確常識，以防人家將來三不五時熱情索吻？

現在他親的對象是她，他這麼帥這麼酷這麼忠心還這麼可愛，不管怎麼看好像都是平凡如草的她賺到了，那萬一以後白紙一樣的他以爲嘴對嘴親親也不失爲一種對人類表示親近友好的方式，而對別人做出同樣冒犯的事該怎麼辦？

那不就便宜到她們了嗎！

一想到養了這麼多年的帥寵物去親別的女生，她簡直要爆炸了。不可以，絕對不可以！恐龍是她的！

奇芷寧在心中瘋狂地自我喊話，就怕他被別的女生覬覦。看看，眼前這位從小拉拔到大的恐龍連話都還沒學會怎麼說，外面的世界如此危險，飼主有好好保護寵物不被飢渴女性整盤端走的義務啊！

好的，寵物的教育不能等，她很快開口：「林琰……除了我知道你曾是一顆蛋外，其他人完完全全把你當成真正的人類，有些在我們社會你必須了解的觀念，我得盡早告訴你。」

林琰點頭。

「我們這地方的人……向來比較保守，若你對他人做出親密舉動會招來誤會的，所以千萬不要多看別的女生一眼，也不要理她們，更不可以對她們笑，如果真的很想找人親親抱抱的話，對象只能是我唷，這樣你聽懂了嗎？」

如果把持不住想找人親嘴，只能親她？聽起來挺不錯。

林琰點頭，毛茸茸獸尾配合舉高搖晃。

他向前一步，眨眼間把她攬入懷中。他低下頭，鼻尖埋在她後頸處磨蹭。蹭著蹭著，男人輕輕吻了她的後頸一下。

酥麻感從背脊處一路向上蔓延至頭皮，奇芷寧暈乎乎的。

小恐龍在向主人撒嬌，不敵寵物賣萌的飼主嗚嗚嗚地說：「寶寶好乖～寶寶聽話又體貼～我、我快受不了了～～～」

奇芷寧慢吞吞地伸出雙手，繞到林琰背後回抱住他。

她家恐龍太可愛啦！

初吻獻給他，十萬個心甘情願啊！

由於奇芷寧還沒準備好讓林琰出現在爸媽面前，怕爸媽嚇暈過去，假期最後兩天她都將他藏在自己房裡。

晚上，她替林琰鋪了溫暖的地鋪，然後自己爬上床躺好後側身面向他，百看不厭地欣賞著恐龍帥氣非凡的臉蛋。

林琰沉靜地注視她，那雙夜光玻璃珠似的眼睛在暖融橘光中隱隱發亮。

奇芷寧其實也沒看很久，白天到處吃喝玩樂早累壞了，很快就睡死過去。只不過睡到半夜，迷濛睜開眼時，卻看林琰屈膝坐在地上遙望窗外的月亮。背影寥落，寫滿深深的孤寂。

奇芷寧抱著被子，看了他一會兒。

林琰爲什麼要望著月亮呢？

他想知道自己到底是誰嗎？想回去自己眞正的故鄉？他還有家人嗎？或者朋友？

在被她撿到前，他已在這個宇宙流浪了多少歲月呢？

回學校那天，奇芷寧很早就起床爲出門搭車做準備，她坐在書桌前對著小立鏡擦防曬時忽然想到一件事——

她轉身問林琰：「咦？你是怎麼從我學校那裡過來的？搭車嗎？你哪來的錢？你又不會說話，怎麼買票的啊？」

他手裡玩著奇芷寧拔下來的髮圈，搖搖頭，一點線索都沒給。

她繼續擦防曬然後上了點妝，塗完潤唇膏後忽然靈光一閃，狠狠打了個冷顫，全身起滿雞皮疙瘩，笑得比哭還難看，問：「你、你該不會、是雙腿奔馳在原野和山脈間，一路跑回來的吧？」

恐龍看她一眼，平靜地點頭，繼續玩她的髮圈。

奇芷寧愁眉苦臉地把化妝品收進抽屜裡，無法想像他像風一樣穿梭而過半個臺灣。

也不過就是分開了兩天而已啊，有必要這麼拚嗎他！

要不要再變態一點啊！

一回到租屋處，打開門便覺空氣中傳來悶味，奇芷寧趕緊開窗歡迎新鮮空氣平行流動，並著手整理亂七八糟的室內。清掃完家裡後，她把垃圾打包，吩咐林琰拿出去。林琰接過那一大包東西，呆呆地露出不知所措的表情。

奇芷寧只好又拉著他走到門後那裡，「先放著啊，放著。等垃圾車的聲音在很遠很遠的地方響起時，我們就要以非常快的速度提著它們衝下去，這樣才來得及把它們扔飛出去！」

林琰似懂非懂地點頭。

奇芷寧尋了一圈，發現家裡糧食告罄，拿起包包就拉著男人往外走，「快快快，換鞋，我帶寶貝去逛超市。」

林琰挑眉。

寶貝？

前往超市的路上，奇芷寧遇到了兩個認識的外系生，她們被林琰帥了一把，紛紛小聲驚呼。奇芷寧趕緊解釋：「這是我朋友，他真的不是我之前養的那隻大狗狗，他真的是人啊！」

林琰：「……」

如果這不叫此地無銀三百兩，那什麼才是？

經過一處紅色磚牆，牆上爬滿了藤蔓與小花。也不曉得這花是什麼品種，粉粉嫩嫩的，開得可好看了，奇芷寧遂拿出手機吩咐林琰替她拍幾張美照。

她先教他怎麼使用手機照相功能，然後實地拍攝幾張給他看，林琰大概知道她的意思了，默默把手機接過去。

奇芷寧開心地站在花下擺出俏皮姿勢，一下嘟嘴眨眼、一下頭痛牙痛脖子痛，把網路上看見的拍照基本手勢發揮得淋漓盡致，只不過恐龍看不太懂。林琰當男模有多輕鬆？通常攝影師只需要他酷酷地站著就夠！

林琰連續按下好幾次快門，奇芷寧頂著一張妝都花掉的臉和滿頭亂髮搔首弄姿，除了唯美浪漫回眸一笑，還有野性撥髮撩髮甩髮讓林琰嚇得不輕。

天性單純的攝影師對上一個自我催眠正在拍攝年度時尚大片的小嗨咖，心中甚感五味雜陳。

奇芷寧來來回回忙碌地跑，檢視完照片後眉頭一皺，順帶指點一、兩句又跑回定點燦爛地笑，對於一個攝影新手十分苛刻，任勞任怨的恐龍就這麼陪她耗在路邊狂殺記憶體。

最後，奇芷寧把照片的失敗歸因於林琰的身高，認爲兩百公分的萬惡鏡頭高度把她的腿拍得肥短，比例拍得太差了。

「我需要你蹲低一點，你蹲越低我的腿就會看起來越長，這樣你聽懂了嗎？我們來練習一次！」

他蹲越低，她的腿看起來就會越長？只要她的腿越長，她就會越開心？

林琰點點頭，懂了。

奇芷寧重新回到剛剛的位置等待，卻見林琰慢慢地、慢慢地跪下來，繼續往下……最後整個人臥倒在地。他像趴在壕溝裡瞄準射擊敵人的槍手一樣，結實的身軀幾乎完全貼平地面，只稍稍揚起手機對準她。

也太低了吧。

奇芷寧相當震驚。

恐龍為何如此單純可愛？

後來她檢視照片，腿不只被他拍得逆天長，簡直都快延伸到天邊去了。她整個人看起來龐大無比，角度問題顯得臉很大很腫，用死亡視角都不足以形容畫面有多慘烈。

用力閉了閉眼，奇芷寧為自己的教導不力感到心碎片片，她忍耐著關掉手機，昧著良心說：「我們琰琰好會拍啊，每張照片都是傑作，但我捨不得你衣服髒掉，下次還是半蹲就好。」

她憐惜地把恐龍拉起來，拍拍他身上的灰塵說：「好了好了不拍了，是我不上相，不怪你了。」

林琰曲起食指敲她前額，看她惱怒立刻湊上去親她，見她臉紅愣住，他露出微笑，抿唇往前走。

進了超市之後，奇芷寧提著籃子在偌大空間裡亂無章法地移動，一下走直的，一下又斜切到其他排櫃架前煞住，步法毫無邏輯與規劃可言。有時走著走著她忽然又想到要買什麼了，就會像一條蛆蛆那樣繞來繞去，一條路重複走了三、四遍，盡情呈現全天下男人最看不起的無效率購物方式，並感到發自內心的充實快樂。

林琰跟著她滿場亂飛，只要奇芷寧停下來，他就好奇地把架上的物品拿下來搖一搖、聽一聽，或是研究上面的彩圖。

奇芷寧發現林琰偷偷地放了一些東西進籃子，低頭看，原來是零食啊。她寵溺地拿起洋芋片問他：「你想吃這個？」

他瞅她幾秒，點頭。

她又拿起鐵蛋笑嘻嘻問他：「這個也想吃啊？」

他再次點頭。

「好啊！都買啦！你再看看想吃什麼，自己放進來啊！」

只想把寵物寵上天的奇芷寧提著爆滿的籃子繼續亂走，好一會兒後才意識到理想與現實的差距。她默默在心中回憶了一下扁扁的錢包，無聲苦嘆後，故意趁他不注意時，把一盒自己要吃的巧克力派迅速塞回架上。

好，成功省下幾十塊錢了。

她偷偷在心裡打著美好的如意算盤，希望恐龍多吃一點能多長點肉，那樣抱起來手感才好啊。錢不是消失了，而是變成她喜歡的 man 味肌肉回來了，到最後享受福利的還是她自己啊，哈哈哈哈哈哈哈哈哈哈……

等到了生鮮區，她餘光瞄到籃子……怪哉，巧克力派怎麼還在啊！她腳步一頓，停下來伸出手往籃裡翻攪。咦？洋芋片和鐵蛋呢？

奇芷寧折回原處，再次抽出它們，東西才剛扔進籃子，又被林琰充滿禁慾感的修長手指挑了出來，擺回架上。

她抓住他的手，情緒激動逼問：「爲什麼不要了？你不是想吃嗎？」

林琰搖搖頭，走到放巧克力派的地方，像玩疊疊樂一樣，狂抽十來盒後一一堆在籃中。保持著微妙的平衡感，他從她手裡奪走提籃，兀自走了。

那個背影，莫名有點太帥。

他高傲的姿態彷彿對她宣示：誰寵誰，還很難說呢。

奇芷寧摸摸鼻子，羞答答地跺了兩下腳，很快又嘻嘻哈哈追上去了。

第四章　妳是特例

孔雀蛋的孵化期大約是二十到三十天。

企鵝蛋的孵化期大約是四十到六十天。

蛇蛋的孵化期大概是三個月。

鴕鳥蛋是活禽的卵中體積最大的，由公母鳥輪流孵化，孵化期平均爲四十二天。

恐龍中有一種龍叫做偷蛋龍，因遺骸被發現的位置正巧位於一群恐龍蛋的上方，起初被推論以蛋爲食，而後有個論點認爲牠們並非竊蛋一族，只不過是正在保護、孵化自身的蛋。但各項研究中至今尚未排除偷蛋龍以蛋爲食的可能性。

奇芷寧一手托著腮，在筆電向她展示的網海資料庫中，疲憊地瀏覽一則則可用或者無用的訊息。她對曾經的滾滾掌握最多的，除了一開始那顆包覆著他的粗糙蛋殼和碩大外型外，剩下的就是他的孵化期了。

把蛋撿回來後，經過了不止三年滾滾才孵出來。而這期間她並沒有調整所謂的光度、溫度、濕度什麼的，奇芷寧心裡其實認爲他已經是一顆死去已久的化石了。

恐龍的霸權時代距今橫跨了太多太多年，人類對恐龍的認知遠遠比不上那些未知。她有種預感，不管再怎麼搜尋，一切都只是白費力氣。

「啊啊啊啊啊」地鬼叫著伸直筋骨後，奇芷寧往後仰躺倒在地上，抓狂地想著爲什麼林琰不肯說話啊，太可惡了，像他那種學習力和適應能力都這麼強的傢伙，要是肯學習人類的語言，她與他溝通起來該有多方便啊。

越想就對林琰這種奇特生物越好奇，奇芷寧抓著頭髮不停鬼吼鬼叫，終於把當事人引來房間。

林琰拍著門，沒經過她同意就旋開門把進入。這已經算很好了，他剛開始化爲人形時，根本是走到哪就徒手劈到哪，或是長腿踹飛鐵門之類的，破門而入的方式千奇百怪，時機也都很不尊重人，她花了好多錢修繕租屋處，幸好房東阿伯至今沒發現他的屋子差點被他們拆了。

奇芷寧花了一點時間教育林琰，好在他態度良好，願乖乖配合以人類的方式溫柔對待門板，並進化成進門前還會先禮貌地以發出聲響的方式告知門內之人。

養一隻獸和養一個由獸進化成的高智力高武力值的沉默人類，到底哪個比較累，她眞的不知道呢。

比手畫腳、你猜我答、心電感應？如此豐富多元的溝通方式，難道就是她以後的人生了嗎？

林琰走過來，站在奇芷寧面前，靜靜瞅著她，想必是聽到剛剛那陣無意義的吶喊了。

帥帥寵物已經洗好澡，渾身散發出清香，一身淺色居家休閒服，氣質乾淨無害。這麼好看的男人就站在面前，該有多大的意志力才能忍住不撲過去抱住他？

奇芷寧意志不堅，回過神來她已經整個人巴在人家身上了。

林琰：「……」

投懷送抱完畢，奇芷寧推開他，沉住氣爲自己找了個合情合理地說法：「都是因爲你越來越可愛，我才會這樣，平時我可是很矜持、很含蓄的。」

林琰挑眉。

餘光瞥到書櫃一角某本厚厚的XXX概論，奇芷寧忽然想起來有份課堂報告還沒做。這時她特別羨慕林琰不必坐在課堂裡撐開眼皮努力維持清醒，然後發明出不如數數看教授有幾顆假牙的遊戲。

他既不用擔心找不到組員一起做報告，也不用耗去美好的週末之夜討論報告，亦不用擔心抽籤抽到自己上臺報告，更不用說萬一口頭報告時緊張吃螺絲會講不出話來，導致報告分數全班墊底引起組員們撻伐唾棄，然後被強制離組，之後修同一堂課狹路相逢時就更難找組員了。

如果她也是一隻野獸該有多好啊，去外面抓點雞呀鴨呀或去深山裡和黑熊赤手空拳肉搏一番就能飽餐一頓，然後挖個洞把自己埋起來，再鋪點樹葉蓋在身上禦寒，這樣又是無煩惱的一天了。

雖然每天都得吃血淋淋的生肉有點太血腥了，但當她眞的成爲一頭野獸時，大概就不會這麼抗拒了吧。

奇芷寧嘆著氣抽出那本厚厚的書，開始打開筆電面對人生。報告繳交的死限就是這個禮拜五，她可不想隔了一年還得重新去數教授的假牙，她都已經記得這麼清楚了，明年重修讓她玩什麼好呢，除非牙齒又掉了啊。

奇芷寧打定主意要認眞投入打報告，所以林琰坐她旁邊盯著筆電看時，她狠下心來不去理他。

翻翻從圖書館搬回來的另一堆參考書目，再輔以功能強大的網路搜索引擎，她感覺在deadline前完成報告這個乍看之下有點困難、但實際做起來好像也還好的目標已露出神聖曙光。

奇芷寧大聲「喝」了一聲，蓄勢待發地打開檔案準備大殺四方。林琰被她那股氣勢震撼到了，愣怔看著她。

奇芷寧把手放在鍵盤上瘋狂敲擊，碰到有點卡的地方就放自己一馬，豪氣地跳過去避而不談。活著都已經這麼累了，打報告何必鑽牛角尖呢。她心態調整好了，書寫過程也越來越順，有種音符從指尖緩緩流瀉的優美流暢感。

換句話說、引經據典……她反覆置換著不同的連接詞，歸納分析後再提出疑問，爲了證明報告是自己燃燒有限的腦細胞後擠出來的，還得適度闡述己見，最好觀點能特別到令人耳目一新，畢竟印象得先鮮明了，分數才能拉上去啊。再來就是綜合胡扯瞎扯的上述所言把它重新集大成一次，佐以海量彩圖，努力掰到假設要列印的話連印表機都會感嘆它非常吃力的印量後，便可兩眼一翻，坐等教授施捨同情分數。

先天不足，熱血來補，爲了掰出令教授終身難忘的厚度，奇芷寧只差沒口吐白沫暈了過去。

啊，太慶幸不用眞的輸出紙本了，晚點來找找教授的信箱吧。

奇芷寧是個容易滿足的人，只要不用重修，管分數是不是低空飛過，無論幾分她都拿得很開心啊。

檔案還沒存檔，林琰湊上前看了看，學她移動滑鼠滾輪不知在搞什麼名堂但總之此刻的他側臉看起來很認真而且很帥，重點是還特別像個真正的人類，所以她一直看著他。

他蹙眉點了點螢幕，讓她看過去。奇芷寧只好吃力地坐起身來，望向他指尖直指的地方。

她看到了幾個錯字，可能是輸入法的問題，有時未謹慎選字下會自動跑出另一組同音異字的詞語來……

咦？不對啊！

奇芷寧望著林琰，「你看得懂文字了？而且知道排列組合後它們的意思？」

他點點頭，快速往螢幕一掃，又點出了兩個錯字。

天啊，林琰他、他到底是……奇芷寧眼角瞥到靠著牆壁的那面書櫃，如醍醐灌頂，「你看了我那些書？都看了？趁我不在家的時候？」

他勾起唇，點頭。

奇芷寧敬佩地看著林琰，兩秒後忽然有點失落地說：「你什麼都懂了，卻什麼都不說。如果我沒主動問，有些事我永遠也無法從你那裡得知。要是你願意跟我說說話該有多好，這樣我就不會這麼寂寞了。我喜歡和你安靜作伴，更渴望能與你真切交流。只能不停猜測你的心聲——」

她遲疑一秒，「有時讓我感到好累。」

奇芷寧轉過去，把辛辛苦苦掰出來的報告檔案按了存檔後關閉視窗，決定等明天頭腦清晰時重新檢查一遍再寄出。

收拾筆電放回筆電包裡，奇芷寧打了個大大的哈欠下起逐客令：「夜深了，我好睏啊。林琰，你也回去睡覺吧。」

他微皺著眉，把視線從她的倦容上移開，然後若有所思地站起身來走出門外。

沃瑪波島上除了高聳偉大的神山，還有一些高度不高的無名小山。其中一座山上生長著各種奇花異草，也常能撿到漂亮石頭，有時女孩子們喜歡結伴去上面尋寶，瑤琳最常邀謳妮同行。

出門前，父親對謳妮說，小心一種本身無色無味、但能透過光、反射各種顏色的美麗小花「比絲」。誤觸比絲花的人渾身會搔癢難耐，誤食的話，它的毒性足以致命，不可不慎。

「好，我知道了！」

往臉上塗抹足以抵擋毒辣陽光的天然植物汁液後，謳妮開開心心地從家裡跑出來，一路奔到瑤琳家，挽著好朋友的手一起上山去。

兩人帶來了自己家的籐籃，在山上先是分頭探險，只要發現美麗的花草或石頭，欣賞完後便把它們放進籃子裡。不多時，她們各自的籃子都裝滿了彩石。

「這陣子我母親總讓我盡情玩，她說過段時間，就不能再像這樣整天虛度了，我們得加把勁尋覓良緣，與伴侶認眞交配，繁衍出很多很多的獸蛋，維持物種延續。」瑤琳坐在草地，雙手向後撐地。她的表情看來有些煩惱，卻也露出對於成長的期待。

「嗯，我父親也是這麼說。」謳妮點頭附和。

瑤琳想起其他女孩子們開的玩笑，湊過來賊兮兮笑著，「聽說繆瑟大人很喜歡妳啊，如果他向妳求愛了，妳會答應他嗎？」

能和奧斯家族的男人結爲伴侶，是多少島上女性畢生所求。在繆瑟可能對謳妮懷抱情愫的說法傳開來後，不曉得羨煞多少旁人。

「沒有、沒有。」謳妮胡亂搖頭，「繆瑟大人只是個普通朋友，生小寶寶的事晚點再說吧……」

關於終生幸福，謳妮其實也不是完全沒想過。只不過無論怎麼想，她腦海裡有道偉岸身影總是揮之不去。

是她曾忙碌地蹲在宮殿前階梯上把小果子擺放整齊時、腳踩一雙長靴、不出聲響的走到她面前的那個人。

她還記得他蹲下來時，那股與生俱來的龐大氣場籠罩住她，她動作停頓半拍，遲疑地抬頭——便迎上那雙飽含促狹的深眸。

匆匆一瞥，一眼萬年。

「妳叫什麼名字？」這是他對她說的第一句話。

她很害羞，縮起肩膀，死死咬牙搖頭，不敢吭半聲。

任憑歲月沖刷，他低沉醇厚的聲線雷打不動雋刻在記憶裡，固若磐石。從此她再也忘不了男人低沉魅惑的嗓音。

雖已是很多個月前的事了，一想起來仍令她雙頰發燙。謳妮摀住臉頰，胸口撲通撲通狂跳。

瑤琳渾然不覺好朋友的異常，口若懸河說著：「不是三天兩頭往妳家跑嗎？這樣還普通朋友啊？我勸妳趕緊把他拿下吧。我分析給妳聽，雖然呢，繆瑟大人各方面條件沒汀萊大人好，戰力指數甚至沒有汀萊大人的隨從無翊高，但畢竟奧斯家族出來的人，怎麼說那張臉和身材都是島上拔尖的呀。如果繆瑟大人眞的向妳表明心跡了，妳千萬不要錯過這個大好機會！」

謳妮紅著一張臉，「別說我了啦，妳有對象嗎？」

「當然啊。」瑤琳很有自信地回道，「除了汀萊大人，我誰都不想要。」

聽到這個名字，謳妮轉過頭想看瑤琳，意外對上她身旁那條虎視眈眈、直立著的毒蛇。一條色澤瑩亮，身軀飽滿健碩的鮮豔毒蛇。

不知牠已在該處悄無聲息待了多久，正張著嘴露出尖牙，蓄勢待發瞄準瑤琳的脖子。

謳妮嚥了口口水，不敢輕舉妄動，心裡連聲暗叫不好了，完蛋了，這種花紋的蛇不好惹啊，毒液擴散很快，短時間內就能引發心臟痲痺致死啊！

瑤琳仍滔滔不絕地說著汀萊大人的各種好，一臉崇拜。謳妮抖著喚了幾次她的名字，都被興高采烈的女孩選擇性漠視。

終於，那條毒蛇發動攻勢，朝著目標竄出，謳妮使盡全力推開瑤琳，兩人重重往旁邊一摔。瑤琳還糊塗著，毒蛇再度掉頭朝她們襲來，這回謳妮火速拉起瑤琳，順手提起籃子，在毒蛇攻過來時揮動提把狠敲在牠頭上，毒蛇被打趴在地，暫時暈了過去。

「呼，沒事了，抱歉啊，我剛剛不是有意推妳的……」本想解釋的謳妮抬頭，見瑤琳一臉慘白地望著四周說不出話來，她心生不妙，跟著看去，果然到處都是顏色豔麗的蛇。

什麼花色都有，各種粗度、紋路，看得她眼花撩亂。

「怎、怎麼辦？這麼多……」瑤琳哆嗦著看著四面八方，怕得都要哭了。

毒蛇們動也不動，眼中閃爍著精光，直勾勾地盯著兩位如花似玉、散發香氣的女孩。

謳妮也很害怕，但她知道現在不是軟弱的時候。她邊拉著瑤琳退後邊想，以她們的腿力，肯定快不過蛇群。

額上狂盜冷汗，謳妮在腦裡匆促分析情勢。

平時她們常來這座山頭玩，蛇並沒有出現過，為什麼今天來了這麼多？莫非，她們撿的什麼東西把牠們吸引過來？

她低頭看了一眼自己和瑤琳手上的籃子，可裡頭什麼都有，暫時猜不出來也無心去猜。該把它們全部扔掉嗎？但萬一猛蛇還是緊追不放呢？赤手空拳搏鬥未免太可怕了，無論如何她都想留點東西作爲近身防衛。

她用眼睛觀察地勢，現在不能冒險往高的地方爬，若是移動速度慢下來，被咬的機會肯定狂增。這裡還聞得到海水的腥鹹，離海並不遠，如果能跑向最近的海跳進去，她擅游泳，亦能長時間漂浮，在水裡活下來的機會應比陸上高出許多。

百蛇寸寸逼近，蛇信嘶嘶，謳妮注意到牠們開始躁動，恐怕一刻也不能等了。

瑤琳話中帶著濕氣，小聲求助：「現在怎麼辦？謳妮？」

謳妮當然也很害怕，但敵強我弱，不跑難道要等著被咬死嗎。她壓低音量問：「這裡有兩條路，我想試試靠海的那條，妳跟我一起嗎？還是我們分頭跑？」

瑤琳對自己的腿力很有信心，選了另一條山路。

「嗯，我們都盡力逃吧，晚點見。」

終於，第一條蛇率先飛出來，謳妮和瑤琳各往不同方向躲開，換了個眼神後，同時一鼓作氣分別奔馳。

謳妮火速朝著地勢未明的緩坡全速衝刺，蛇群以非常快的速度兵分兩路，朝她們追去。瑤琳不敢往後看，拚命往她熟悉的下山路徑跑。

瑤琳一邊跑，眼淚一邊狂掉。好可怕，平時玩耍的山上居然出現了這麼多毒蛇，她以後不敢再貪玩了！

還沒脫險，一抹精黑驀地在空中竄過，速度快到令她難以分辨那道殘影究竟是什麼。奔跑中她愣愣地往回看了一眼，卻什麼也沒看見，她恍惚懷疑是不是自己看錯了，再次眨眨眼確認方才只是一道光後，繼續加速。

另一頭，謳妮快速地跑了好一段路，嫌提著東西礙手礙腳後，開始從籃子裡抓出比較硬的石頭握著，將籃子與那些花花草草全數往後扔。地形陡變，前方出現一道長長的斜降坡，一條蛇忽地張開大口飛過來，接著其他蛇也跟著仿效，全撲過來要咬她。謳妮不得已深吸一口氣後跳起來抱住頭，一路向前滾下去。

汀萊抵達現場時，就看見無數黑點狂躁地緊追謳妮不放，她像顆球一樣砰砰砰地向下翻滾，遙遙領先。

男人：「……」

謳妮滾落平地後渾身都疼，眼冒金星，沒時間恢復神識，才睜開眼看見不遠處的石頭和樹枝，立刻掙扎著爬了起來快速衝去撿。她腳都還站不穩，蛇已經到了。

她扔出石頭砸牠們，忽然眼前一黑，感覺撞上了很硬的東西，下一刻已經什麼都看不清楚了。

無數黑影在她眼前花樣百出的竄過，耳邊傳來不絕於耳的慘叫聲，還有活體被硬生生撕裂的可怖聲音，空氣中飄散的腥味越發濃郁。在迅速移動的黑色中，噴濺出了鮮豔的紅。

沒有耗費很久的時間，謳妮感覺周遭恢復了平靜。一身黑袍矗立在她面前，她的視線正對一片敞開的胸膛，看見肌肉紋理清晰，起伏的胸口勃發野性力量。瞟一眼繫在窄腰上的腰帶圖騰，她辨明來人，立刻把頭垂得更低了。

「不謝謝我？」

男人低沉的嗓音在頭上方響起。

「哦，謝謝汀萊大人。」

「嗯。」他似是很不滿意，懶懶地又說：「就這樣啊？」

謳妮終於仰頭看他。

四周都是蛇的屍體，散發出令人作嘔的濃郁腥味，汀萊皺著鼻子拉她一把，「算了，先離開這裡。」

謳妮剛走兩步就疼得叫了一聲。

他停下來，望向她的腳踝，「受傷了？」

謳妮不太確定，扭了兩下，傳來更劇烈的疼痛，只好難為情點頭。方才顧著逃命，什麼時候受傷的她也不知道，「還忍得了，我慢慢走就行了。」

汀萊蹲下來掀開她的裙襬，仔仔細細檢查兩隻腳，見擦傷並不嚴重，也還未腫起，猜測是傷到了筋骨，「待會去我那裡，上點藥看會不會好一些吧。」

接著汀萊一把抱起她，「走。」

就這麼騰空了，謳妮抓著他的衣襟緊張亂看，發現他的尾巴晃得厲害。

獸人處於戰鬥模式時會露出獸尾，肯定是剛剛與蛇群交戰完忘了收回去，謳妮不時貪婪地偷瞄著。

男人忽然戲謔道：「很喜歡啊？」

「什麼？」

「這個。」他高調搖了搖那條毛色極美的粗長尾巴，讓它從後方繞來前面往她懷裡鑽，故意說：「一直盯著看，是不是很喜歡？」

謳妮被毛茸茸的東西撓得有點癢，只好用手抓住。父親曾說獸尾對已化成人形的男人來說，相對脆弱，像小辮子一樣，是不能隨便讓人逮住的，因此也極少坦然顯露。汀萊大人好奇怪，三不五時放出來逗她玩。

見他沒打算收回去，謳妮珍惜地握在手裡玩了一路。

「眞的喜歡啊？」男人見她那副模樣，忍不住輕笑低語。

「嗯。」她點點頭，羞澀承認。

忽地一陣微風拂面，草原花香撲鼻，汀萊收緊了摟她的手。謳妮毫無所覺，專心撫摸他的獸尾。

途中經過一條清澈河流，汀萊走過去把她放在石頭上，蹲下來將手上的蛇血清洗乾淨，走回來繼續抱起她，獸尾重新鑽入她懷中。

前方的路逐漸開闊，回到熟悉的場域，謳妮知道這裡距離宮殿已不遠了。

謳妮頭往上仰，看著男人剛毅的下顎，疑惑道：「汀萊大人怎麼會去那裡呢？」

他垂眸瞥她，淡淡解釋：「聽到了妳的叫聲。」

謳妮太驚訝了。

完美承襲獸類優良基因的汀萊大人聽力絕佳是眾所皆知的事，但是聽力好並非全然帶來好處，若無法習得過濾技巧，將耳力巧妙運用，只會被大量龐雜的嗡嗡聲淹沒，導致精神衰弱。

在淩亂雜沓的聲音中，汀萊大人怎麼聽得見山上傳來那道屬於她的獨特聲線？太不可思議了！

「好可怕啊，突然竄出好多的蛇，我和瑤琳都嚇壞了。」她不自覺捏緊他的尾巴，心有餘悸表示。

汀萊暗暗吃痛，低眉看了一眼她絞緊的手，苦笑著解釋原因。原來海底地層最近震盪頻繁，整座島隨著微幅晃動，次數多到驚擾了蛇群。牠們不得安寧，情緒穩定度變差，才會一有風吹草動就憤而出洞攻擊無辜。

他抱著她回了宮殿，無翊見了趕緊上前，想接過謳妮爲主分憂，汀萊淡然看他一眼後側過身維持同樣的姿態，直直往寢殿走去，隨口一問：「繆瑟呢？」

無翊跟上去，說：「繆瑟大人原和冷野在殿前比蠻力，瑤琳忽然過來，把繆瑟大人帶往山上去了。」

去山上？大概是擔心謳妮未脫險境吧。

汀萊點頭，「你沒有看見我回來。」

主僕之間只消一個眼神便能感知對方心中所想，於是無翊彎身複述：「是的，從剛剛到現在，無翊都不曾見汀萊大人或任何人走進來。」

「嗯，去外面等吧，幫我把氣味全數消匿。」寢殿的門在身後關上。

謳妮聽得一臉茫然。

進了汀萊大人的寢間，他把她放在絨凳上，抬起她受傷的腳平放在另一張椅墊，撩開裙襬，以食指與中指併攏按了按腿肚後，走向一旁的櫃匣取出一罐藥瓶，又走回來。

他倒了點草色液體到她白皙的腳踝上，掌心帶著點力道畫圓輕推。液體涼涼的，氣味淡雅芬芳。

「痛嗎？」他抬眸問。

謳妮本將目光定在他修長優美的手指上，看得入迷，經他一問立刻回過神來說：「不，不痛的。」

他聞言輕笑，故意加重力道。

謳妮很能忍，默默承受他的惡趣味。過了一會兒，他若無其事地放輕掌力，斂下笑意，認真凝視她的小腿，充滿力量的粗糙指腹一寸一寸技巧性揉壓。

他把身子伏得很低，忽然整個人挨了過來，她往他近在咫尺的俊顏望去，被鴉羽似的濃黑長睫吸住了目光。

謳妮忽然想到，汀萊大人畢竟對自己有救命之恩，除了口頭道謝外，好像也該送點東西報答一下。

但她不知能送什麼，只好厚著臉皮問：「汀萊大人有什麼喜歡的東西嗎？」

他緩緩抬頭，放大的俊美五官近在眼前，謳妮看得心跳加速。汀萊短暫思忖一秒後微微勾唇，顯然對這個話題很感興趣，「問這個做什麼？送我啊？」

「嗯。」她垂下頭，聲音小得像飄在空氣中。

「喜歡的東西自然是有。」他的表情諱莫如深。

汀萊盯著她的眼睛，說他喜歡圓圓亮亮的東西；然後他看著她的鼻子，說他喜歡小小翹翹的東西；

他把目光移向她的嘴唇，說他喜歡紅潤飽滿的東西；接著他欣賞她茫然的表情，說他喜歡可愛迷糊的東西；最後他的視線繞回她的腳踝，說他喜歡白白嫩嫩的東西。

他站起身來，語氣帶笑，「都記住了？」

她一頭霧水地眨眨眼，有點心虛地點點頭。

汀萊大人說的到底都是些什麼呀？

●●●

這年冬季來得有些遲，進了十一月才泛起寒意。明明這麼晚到，溫度卻一口氣降得很快。短短一個禮拜的時間，奇芷寧從秋天進入冬天，差點連厚衣服都來不及從衣櫃裡翻出來，就被凍僵在上學路上。

滾滾從小就有動物皮毛護體，堪稱金剛不冷之身，以往冷鋒來襲或寒流發威時，奇芷寧總愛湊近牠，抱緊猶如暖爐一般熱烘烘的牠取暖。

高中後兩年她讀書讀得猛，常熬夜到三更，因此體虛得厲害。要是正逢生理期，四肢冰冷僵硬不說，骨子裡從內寒到外，怎麼裹衣都無法趨緩那股瀰漫全身的涼意，讓人生不如死。

有次滾滾陪伴她從家裡走到車站搭校車，主寵二人同時迎著冷風，只有她狂打哆嗦。脖子上的圍巾繞了一圈又一圈，噴嚏還是打個不停，鼻水流啊流，鼻下都被面紙擤到磨破一層皮。

等校車的時候，冷風往她臉上毫不留情地拍，一開始她抱著熱呼呼的滾滾瑟瑟發抖，然後漸漸溫暖起來。她把冰涼的十指往牠最溫熱的腹部貼，不停使用老祖宗的辦法試圖摩擦生熱，那時牠好像轉過來看了她一眼，最後很沒良心地在寒風中拋下她，跳下椅子跑走了。

奇芷寧望著牠逐漸縮小的背影，感嘆寵物都養這麼久了居然還不忠心。唉，就搓搓而已，牠幹嘛這麼生氣呢？

此刻林琰不再是毛茸茸的小獸了，她只得忍痛放下這個樂趣。

奇恩來奇芷寧讀的大學找他的高中同學，與對方約了一起吃火鍋，特地打電話關心妹妹吃了沒。免費的晚餐加上今晚正好不必家教，奇芷寧沒理由不去。

她拿著通話中的手機瞄了一眼林琰，看他穿著一件純白色的毛衣搭配黑色長褲，靜靜地待在她身邊聽她說話，異常乖巧也可愛。

咦？是不是可以讓哥哥先在不知情的狀態下見見化為人形的滾滾？也許能找回他倆當年的拜把情誼？

她結結巴巴地對著手機問：「那個……哥啊，我可以……再帶一個……朋友去……嗎？」

奇恩不知嚼著什麼酥脆的東西，發出響亮的噪音，「可以啊，誰啊？男的女的？」

「就就就、就朋友啦！哎呀你別問那麼多了，到時候就知道了。」

那頭繼續喀啦喀啦，含糊不清說：「唔，那我發火鍋店地址給妳，妳們自己過來啊。」

「哥，你到底在吃什麼東西？」

奇恩沒理她，逕自掛了電話。

奇芷寧心想算了，正想站起來去廚房灌一杯熱熱的茶喝了再出門，卻見林琰把她的手機抽走，指骨修長勻稱、指節分明的手指快速在螢幕上滑行。奇芷寧又坐了回來，好奇地看著他。

林琰亮出螢幕給她看。

畫面中央是一款網路搜尋到的零食照片，她曾買過，當著恐龍的面吃過。

林琰這番操作讓她驚呆了。

奇芷寧詫異地問他：「機子裡發出的聲音你能聽得這麼清晰？甚至能憑音色辨識出來是哪款品牌零食？」她甚至還沒開擴音耶！

他點點頭。

她嚥了嚥口水，艱難地想著，不會吧？

奇芷寧半信半疑地把圖片存下來，發過去給奇恩，傳訊息問：「哥，你剛剛是吃這個嗎？」

幾秒鐘後，奇恩回傳語音訊息，他在那頭飆出髒話，嚴厲指控她在他身上裝設迷你監視器，剝奪他身而爲人應享有的隱私權與自由，以及一大串不堪入耳的母語方言。

奇芷寧掛斷電話，默默望向林琰。

邪門，太邪門了。

低溫總讓人痛不欲生。

從室內到室外，氣溫一口氣降到只剩七度左右，這簡直是奇芷寧無法存活的溫度了。她與恐龍站在候車亭外等車，整個人縮在羽絨外套和毛帽裡，只露出一雙眼睛和兩道秀氣的眉毛，表情顯得痛苦且猙獰。

林琰感覺很新鮮似的一直看著她，她嘿嘿嘿對他傻笑一通後，笨拙地吸了吸鼻子，呼呼呼地喊冷。

林琰穿著一件當男模時廠商送的長版黑色羽絨外套，純黑外套包裹著白皙膚色，把他的氣質襯得更加清冷，整個人立在蕭瑟的街景中很是顯眼，女孩子們走過去都不自覺貪心地一看再看。

奇芷寧注意到了，想擋住寶寶美色，可惜身高不夠，於是心裡有點不高興。但還好活潑的小腦袋動得很快，她主動勾住林琰的胳膊裝親密，更沒忘對那些女孩露出凶惡眼神示威。

林琰側眸望著她，半晌後，抓住她的手腕，扳開。

奇芷寧身為一個女人的自信心碎了滿地。

所有飼主應具備的良好品德在這感傷的時刻也蕩然無存。

她現在只想雇輛車把這隻不知好歹、不懂感恩圖報而且很小氣的寵物載到天涯海角拋棄，詛咒他永遠都找不到路回來，回來也不讓他進門更不給他東西吃了。

奇芷寧有點被爸爸媽媽和哥哥寵壞，偶爾會有比較任性的想法，認為被她真心付出過愛的人都該同等對她好，不可忤逆她更不可讓她傷心——這觀念放在她最疼愛的小恐龍身上，更是囂張。

沒想到僅過半秒，她忙著在心裡磨刀之際，情勢峰迴路轉。林琰以迅雷不及掩耳之姿抓住了她的手，將她緊緊扣在他溫暖厚實的掌心裡。力氣大得要命，她感覺骨頭都差不多被他捏碎了。

冰涼的手瞬間灼熱如火。

原來是這樣。

他不想被她挽住，是因爲想直接牽她啊？

奇芷寧目視前方，不敢亂動。畢竟在路邊等車這種無聊的空檔，他們很會利用時間進行良好的身體接觸與適度的情感交流。

喜歡讓腦袋處於忙碌狀態的她並沒有因此放棄分析，趕緊打鐵趁熱再下一個命題：手居然、居然被他牽去了！怎麼辦，從今以後該抱持什麼樣的心情面對他？該把他當成男人或是寵物看待才比較不會尷尬呢？

說來她有點汗顏，沒想到連啵都啵過了，現在只不過牽個手她的心臟還能跳得這麼厲害。是寵物的魅力太大了嗎？還是該歸因於她和異性接觸的經驗不夠豐富呢？

爲了確認恐龍是眞的想跟她牽手，還是只是急於掙脫她的情況下手又滑了下來而且還不小心抓到她的手只好誤打誤撞繼續握著，這兩者的出發點太過不同，對於她的意義天差地別，就算她要胡思亂想，她也應該有個準確的亂想方向。

奇芷寧決定做個小小實驗。

她把手甩了兩下，沒掙開。然後她又前前後後上上下下左左右右朝十六個方位各甩了兩下，沒想到他依然握得很緊。

看來這手有很大的機率不是陰錯陽差下牽到的。

林琰壓根不管奇芷寧在瞎忙什麼，只是淡定地抓著她。接著他可能有點嫌煩了，乾脆微微分開五指，掐進去，完成十指緊扣。

奇芷寧望著他，欲言又止。他看著她，一臉平靜。她只好繼續忙碌地扭捏作態，用鞋尖摳地，還沒摳出一幅清明上河圖，公車就來了。她跳上去，裝成什麼都沒發生過。

林琰湊過去又想牽她，她假惺惺地推拒兩下後就接受了。

兩人並肩而坐，各自看著窗外景色，手始終沒放開過。

這麼冷的天，火鍋店湧進大量客群，人聲鼎沸。奇芷寧牽著自家寵物走到店門外，透過透明玻璃已可見奇恩和他朋友坐在裡頭談笑風生，她拉著恐龍進去蹭飯。

奇恩見妹妹帶了男人來，笑意一秒僵在嘴邊，然而他的情緒向來藏得極快，一下子面色便恢復如常，語氣熱絡地招呼林琰坐。點完鍋，兄妹開始閒聊。

奇恩皮笑肉不笑，呵呵兩聲道：「妹啊，妳朋友真帥，怎麼稱呼？」

「哦，他叫林琰。」

「臨演？臨時演員？」

「不是啦！雙木林，玉字旁加上炎熱的炎。」

奇恩點點頭，低下頭來拿起手機傳訊息。

三秒後，奇芷寧聽到手機提示音，點開後發現是哥哥傳來的。

奇恩：「坦白從寬，自己說啊，男朋友嗎？」

奇芷寧：「不是！」

奇恩：「那妳喜歡人家嗎？」

奇芷寧：「不是你想的那種喜歡，我對他的感情就像普天之下的貓奴對貓主子一樣，是畢恭畢敬那種虔誠的愛。」

蛤，說啥啊？

奇恩收起手機，開始百無禁忌大說妹妹壞話。

奇芷寧：「……」

聊到火鍋端上來了，奇恩隨口問了句「滾滾還好嗎？」，讓正在喝可樂的奇芷寧全噴了出來，差點嗆到。

林琰看她一眼，代替她對奇恩點頭後，抽張面紙溫柔地替她擦臉。

男人眼裡的霸氣與柔情並存，看得奇恩起滿雞皮疙瘩。

鍋裡的湯咕嚕咕嚕冒著泡泡，奇芷寧替林琰夾了一整碗的肉，還貼心替他沾了沙茶。林琰之前在家一直是用大湯匙吃飯，沒用過筷子、也不會用，奇芷寧心想林琰這麼聰明，學什麼都很快，不如利用時間教他一下，等吃完火鍋回去他也學會怎麼用筷了。

她一邊循序漸進指導他握筷，一邊慢慢地夾起肉片靠近他的嘴唇，「手像我這樣拿著筷子，然後就這樣，夾穩有沒有，然後啊～你張嘴，對，很好，這樣就可以把東西放進嘴裡吃了。」

恐龍咬住筷子，靜靜看著她。

奇恩和他朋友同時停止進食，望向他們。

奇芷寧用力抽出筷子，嚷嚷：「吃到東西之後就要把筷子放開，咬筷子是壞習慣。」

林琰舔了舔唇，緩慢地咀嚼起來，喉結滾動，肉片吞嚥下去。

奇恩和他朋友看得目不轉睛。

給他魚還不如教他捕魚，奇芷寧決定放手讓孩子學飛，所以推推林琰的碗，慫恿道：「來吧，按照我剛剛說的，你試一次？」

恐龍高深莫測地看了她一眼，搖頭拒絕。

奇芷寧猜想林琰大概很沒有自信，而且其實外國人都覺得筷子並不是那麼好拿，何況是恐龍呢，所以她決定再手把手教他一次。

像剛才那樣引導完後，奇芷寧將肉餵進林琰嘴裡，繼續鼓勵他用筷子進食。他嘴唇動了動，似乎想說些什麼。

奇芷寧從沒聽過林琰說話，心裡也認爲不太可能，但看他那副模樣好像眞的打算開金口了，忍不住屏息以待。

男人低沉而嘶啞的嗓音從那張唇線優美的嘴巴裡破天荒的溢出來——「餵我。」

繼續，餵我。

奇芷寧整個人呆掉了。

恐龍眞的、眞的說話了？！

不是喊她「媽媽」也不是說「我想」、「我要」，居然是說「餵我」？！

這兩個字遐想空間實在太大，奇恩哇靠一聲用力拍桌後道：「奇芷寧，妳還說不是男朋友！」

這頓火鍋，奇芷寧吃得異常艱難。其一是因爲曖昧，其二是因爲林琰的食量把哥哥他們嚇壞了。買單時，奇恩看著他們的眼神格外陰森。

奇芷寧本來以爲自己死定了，吃完火鍋從店裡走出來，卻冷不防被奇恩拉到一邊，看他笨拙地塞了幾張大鈔進她羽絨外套口袋。

「女孩子家需要買什麼我不清楚，妳自己省點用，畢竟還要養男人……唉，算了，眞的不夠了儘管跟我說。」

哥哥一定是想起來國慶連假回家時她在爸媽面前喊窮的事了，奇芷寧拍拍外套口袋，用力點頭，「嗯！謝謝哥哥！雖然你很醜，但你很善良！」

奇恩白了妹妹一眼，「我醜？那全天下就沒人稱得上帥了！」接著他偷覷林琰，勉強再補了一句：「除了他。」

「走了。」奇恩揚起手，在空中揮了揮，「有事打給我啊。」

「好！」

看著哥哥和朋友慢慢走遠，奇芷寧忽然有種奇怪的感覺。奇恩的個性什麼時候這麼熱情了？特地過來找沒有很熟的朋友吃飯？

她摸摸暖呼呼的口袋，會不會……也許哥哥根本不是來找那個人的？而是來探望妹妹過得好不好，還有沒有錢用的？

對於林琰終於肯說話一事，奇芷寧一則以喜，一則以憂。喜的是從此有人陪她聊天了，憂的是萬一林琰口無遮攔，不小心對外面的人洩露他的物種機密，那是一件多麻煩的事啊！

先不說會不會有不肖人士想抓恐龍去進行非法商業行爲牟利，光是政府機關研究院什麼單位的想抓他去合法研究，剝奪他的行爲自由，對一隻獸來說都太可憐了。

所以吃完火鍋回家後，奇芷寧拉著林琰在沙發上嚴肅地談了一晚上的話，與他約法三章。爲了他的人身安全，他在外面應該如何如何謹言慎行，什麼話可以說、什麼話不該說，巴拉巴拉，幾乎她能事先預警地都對他灌輸一遍了。

林琰整個晚上其實也就只說了那麼兩個字「餵我」，然後就再也沒吭過一聲，她一個人說得口乾舌燥，他只是平靜地聽著。到底懂還是不懂，聽進去了還是放空，她也沒半點把握。

由於林琰實在太安靜了，奇芷寧忍不住懷疑起來，該不會在火鍋店裡是她聽錯了吧？會不會他其實從頭到尾根本沒發出過聲音呢？

搞不好他只是在清痰或什麼的，是她自己幻聽成了「餵我」？

想到這裡她忍不住嘆了口氣，如果眞的是幻聽而已，那也太令人失望了。

她抱著最後的期待，決定測試看看。

「林琰，你怎麼都不講話？你剛剛吃飯的時候是不是說了『餵我』？對吧對吧？你有說的吧？」

他深邃漂亮的眸子凝視著她，始終如一的沉默。

奇芷寧不死心，循循善誘：「你說『芷寧好可愛』，說說看？」

他搖頭。

她稍微懊惱了一點，但還是很樂觀，「那你說『芷寧冰雪聰明』？」

他蹙眉，安靜且堅定地搖頭。

她撓撓腦袋，煩惱地苦思著要讓他說什麼好呢，要說什麼他才會願意開口呢？是不是就像小朋友一樣，給他一點獎勵才能激發出他的意願啊？

奇芷寧猝然握住他的手。他沉著的目光裡終於閃現一點動搖，眸色隨著溫柔許多，視線緩緩下移，停在她的手背上。

其實林琰就是一隻可愛的小怪獸，依循寵物飼養守則給的建議，順好毛，給予安全感，他肯定就會服服貼貼的了。

「從今以後，我只養你一個人。」她鄭重地表明心跡。

沒有其他小貓或小狗，沒有鸚鵡，沒有天竺鼠或金魚，也沒有小白兔或小烏龜。他是她的寵物初體驗，也是唯一。

他似乎非常動容，直視她的雙眼低低地嗯了一聲。

成功了！她終於又聽到他發出了一個音節！

「嗯！好！那就先這樣啦！我去睡了唷！你也早點睡吧，晚安！」說完她鬆開他的手，熱情地抱了他一下，十分滿意地回房去了。

林琰：「……」

奇芷寧是奇家上上下下所有人的心肝寶貝，上回不過嚷了一聲快沒飯吃了，老家那頭開始往這裡寄山珍海味。

這天奇媽媽又從鄉下宅配了箱子來，宅配人員喊奇芷寧的大名讓她下去，女孩滿心期待立刻衝了。簽完大名，宅配大哥留下箱子就走了，裡頭不曉得裝了什麼東西，沉甸甸的。

奇芷寧使盡吃奶的力氣卻扛也扛不動，在樓下該該叫了老半天，正打算上樓搬個救兵，林琰已經出現了。

他沉默地把箱子拿起來，輕鬆得像抱一箱棉花似的，轉身上樓。奇芷寧跟前跟後替他開門又替他關門，踢飛鞋子後赤著腳進了客廳，跪在箱子前，拿起美工刀雀躍不已，準備迎接老爸老媽的澎湃好意。

林琰沉沉道：「穿鞋。」

奇芷寧只好癟著嘴放下美工刀，乖乖走回玄關找她的室內拖鞋。

林琰看過很多次奇芷寧開箱子。把刀片推出來後，對準箱子中間一劃，就能開啓神祕寶盒。

但事實上，再怎麼容易的技能，第一次做難免生疏。

奇芷寧前後不過用了不到三秒的時間穿鞋，當她回到客廳時，林琰正手持美工刀，一臉冷漠地看著他自己噴血的手指。

奇芷寧驚慌失措、鬼吼鬼叫在他面前跑來跑去，抽了一大坨衛生紙，不停往傷口上面蓋去，然後尖叫著說：「沒事沒事！你冷靜一點！這個傷口不大！很快就會好了！天哪！眞的好多血啊！我從來沒看過那麼多血！好可怕啊啊啊啊啊天哪怎麼會這樣！」

林琰：「……」

在她忙著把家裡翻得亂七八糟只爲了找出ＯＫ繃幫他貼的混亂時刻，恐龍已經慢慢地把所有黏著在手指上的衛生紙撕開。好不容易奇芷寧拿著ＯＫ繃回來了，卻看見他的手指居然完好無缺。

她咦了聲，眨眨眼。然後舉起他的另一隻手，十根手指澈澈底底檢查過一遍……妙哉，沒有一處傷口呢！

林琰聲音低沉，抽回手解釋：「好了。」

奇芷寧感到非常驚訝，「你的身體有自癒能力？不用擦藥也不用看醫生？」

他很乾脆地點頭。

哇塞，這簡直太可怕了！不管受了多重的傷，都會自己好起來的話，根本是魔法啊！

奇芷寧忽然想起一件事。

有次她帶著滾滾從公園裡走出來，那時有一輛車子疾速駛向她，是滾滾飛撲過去肉身擋車，她才倖免於難。後來滾滾消失了半個小時，再出現時安然無恙。

那時她一直覺得奇怪，爲什麼滾滾會失蹤半個小時呢？牠不會隨便亂跑，而且也從未在不明原因下離開過她的身邊。

當下她雖然嚇壞了，看不太清楚整個車禍發生的經過，記憶也有些紊亂，但冷靜後再仔細想想，滾滾是肉體凡胎，車子是鋼鐵硬殼，儘管車子當時彈開了沒錯，但正面遭受撞擊的小獸有可能全身而退嗎？

莫非那時……滾滾也受了很重的傷？

怕她擔心，或者為了避免恐龍的眞實身分曝光，所以離開現場？等到身體全部恢復後，才又回到家裡？

天哪……居然是這樣嗎！

奇芷寧忙著風中凌亂，林琰淡淡瞥她一眼後拿起美工刀繼續未完的任務。這回他優雅地劃破膠帶，順利打開箱子。

從裡頭拿出了十穀米若干包、好幾盒蜜汁肉乾，還有一個長方形硬殼盒子。他把盒子遞給她，她打開來，裡頭掉出厚厚一疊白花花的鈔票。

奇芷寧興奮地尖叫了。

「哇！是錢錢啊！好多好多的錢錢啊！」

從來沒看過她這麼雀躍的林琰愣住了。

他抽起其中一張仔細瞧，鈔票上的四位小朋友不曉得正忙些什麼，一起看著一個圓圓的儀器。想起每回他當完模特兒領到裝滿這種紙的信封袋時，她也是這麼高興的，她為什麼這麼喜歡這種東西呢？

「以後我會給妳很多。」男人把紙片還給她，低低起誓。

胡孜孜從奇恩那裡聽說奇芷寧和一個男人走得很近，趕緊來電詢問。

胡孜孜：「妳哥擔心妳交了男朋友不敢說，從我這裡旁敲側擊。所以呢？妳眞的脫單了哦？」

脫單啊……

奇芷寧心虛地往後看了一眼，正好林琰抬起頭來看著她，發現她眼神似乎有點閃爍，感到不解。

所以聽力比人類敏銳百倍的恐龍就走過來，光明正大地坐在她旁邊聽了。

奇芷寧：「……」

好直男哦。

但是，好可愛哦。

胡孜孜：「奇芷寧？奇芷寧？還在嗎？怎麼不說話？」

奇芷寧：「哦哦哦我在啊，剛剛說到哪了？」

胡孜孜：「說到妳有男朋友。」

奇芷寧清楚看見林琰的耳朵動了動。

奇芷寧：「別別別亂說，我沒沒沒有。」

胡孜孜：「妳一說謊就會舌頭打結。」

奇芷寧：「……」

胡孜孜想起奇恩還提到奇芷寧經濟陷入困境，於是好心介紹了一個大賣場試吃員的打工給她，強調雖然只有假日缺，但不無小補。

謝完胡孜孜並掛斷電話後，奇芷寧試圖心情平靜地看著林琰，林琰則淡漠回望。

自己跑去上學和打工，把恐龍扔在家裡一整天，放他一隻龍在家自生自滅，奇芷寧常常深感愧疚。既然要養，就不能只給他飯吃，心靈上的關懷與陪伴才是寵物最想要的。

奇芷寧看看時鐘，還不到就寢時間，夜晚如此放鬆，適合與寵物聊點內心的話，於是盡責的飼主開了話題。

「你今天……在家無聊嗎？」

恐龍點點頭。

「跟平常一樣……吃了很多東西嗎？」

恐龍點點頭。

「那你累了、想睡了嗎？」

恐龍搖頭。

眼前擺著這麼一位酷酷的大帥哥，奇芷寧忽然就想惡作劇崩壞他人設。

「我幫你做漂漂的指甲好不好？很好玩哦！」

恐龍皺眉，搖頭，奇芷寧隨即露出很失望的表情。然後她看見林琰愣了一秒後……很艱難地點頭了。

奇芷寧開開心心地翻出她很久以前買的指甲油，一刷一刷塗在林琰媲美藝術家的手指指甲上。塗完後，她滿意地欣賞他的美手，還替他吹了幾口氣加速乾燥。

林琰快手抓過她，拿起指甲油如法炮製刷在她手上。

奇芷寧盯著他手上十根芭比粉色的指頭看，見他毫不在意，忍不住感動地撲上去抱住他的腰，發自內心說：「滾滾，你對我眞好～」

林琰騰出一隻手摟住她，讓她靠在自己的胸膛，懶懶啓唇：「不是滾滾。」

「嗯？」

他看她一眼，強調：「我不是滾滾。」

「好。」她改了口，「琰琰。」

「……」

這個夜晚還很長，明天只有兩節課，心情相當放鬆的奇芷寧忍不住想對她的寵物再好一點。

「我想到了，這個你一定會喜歡，來，你趴在我大腿上，快！」

恐龍遲疑半晌，緩慢地側身躺下。將頭枕在她被裙子蓋住的大腿上。

奇芷寧開始順著那頭蓬鬆的髮絲由上往下撫摸，慢慢地，輕輕地，摸到他的後頸就把手拉回來，從頭再來過一遍。

「舒不舒服呀？應該很舒服吧？」她嘻嘻笑。

「嗯。」

奇芷寧難得有如此溫柔的時刻，林琰閉上雙眼感受。

空氣中滿是她的氣息，是她獨一無二的氣味。

他幾乎無法控制地，思緒飛快竄回從前。

回到那一片大海。

成年後的羌靈族人並非永遠定居在島上，有一些人選擇離開打小生存的海域，帶著地底蘊藏的無價礦產，遠渡重洋，到人類世界謀生。

有的人還會回來，有的不會。無論身在地球的哪一端，他們誓死捍衛這個古老族群的祕密。

謳妮的父親身體已邁入老化，前陣子開始頻繁生病，有時甚至虛弱得下不了床。有位從海外回來的族人，慷慨割捨滋補身體和痲痺感覺的藥物給父親，爲男人減輕不少疼痛。

但藥物畢竟有限，食用完後，父親躺在床榻上輾轉呻吟，令門後偷聽的謳妮多次心疼落淚。

父親是她唯一的家人，謳妮寸步不離守在床前照顧，瑤琳她們知道，也不再找她出去玩了。謳妮待在屋子裡，除了起身料理飲食，常常就這麼呆滯地坐掉一天。

繆瑟來尋過她幾次，帶點東西給她，也帶來外界的消息。他的護衛冷野一開始只安分地守在屋外等候，後來謳妮邀請他一塊進來。

冷野身板單薄，一雙眼睛狹長銳利，情緒又淡，剛開始謳妮有點怕他，覺得他似乎不好親近。但某次父親忽然疼痛難耐，在房中低嚎，是冷野先聽見了，他毫無遲疑地扛起父親箭步如飛將人送去醫宅。

後來謳妮親手織了條腕帶送給冷野作爲答謝，此舉讓繆瑟吃味了好幾天。

比起歲數相差較多的汀萊，繆瑟和冷野的互動似乎更融洽一點。未見上尊下卑，卻見兄弟情義。

有時瑤琳也會來，四個年齡相仿的人相處起來輕鬆自在，他們共同分享繆瑟的母親爲兒子的朋友準備的點心和森林果汁。

繆瑟說，很多女孩子對哥哥跳起了求偶舞，但高傲的汀萊大人都拒絕了。

瑤琳露出鬆了一口氣的表情，謳妮則托腮望著冷野手腕的那條織帶發呆。

爲了證明自己富有魅力，繆瑟接著嘻嘻笑說：「其實也有幾個人對我和冷野跳舞唷。」

謳妮詫異地回過神來，正好對上冷野微窘的表情，他清秀的臉龐微微泛紅，要繆瑟別再說了。

足不出戶守候床前的日子過得讓人失去時間感，有天晚上睡前，謳妮房間的窗戶被小石子敲響，她走過去疑惑地推開窗探頭看，外邊卻一個人也沒有。

正覺得奇怪，關窗時她卻瞄見外面地上放了一包不知什麼東西。

怕吵醒父親，她輕輕地把門掩上，躡手躡腳走出去。剛撿起它，一雙長靴緩步映入眼簾，那道曾令她日思夜想的磁性嗓音在頭上響起：「近來可好？」

她愣愣抬頭，見汀萊大人站在眼前，仍是一雙沉靜無波的眸子。

她說不出違心之論，因爲父親近幾日人並不好受，所以誠實搖頭。

汀萊大人了然，指指她手上的那包東西，「給父親吃的。」

謳妮當時並不知道，她手裡拿著的是多麼珍稀的藥材和補品，所以她點點頭，只把它們當作是一般的肉收下。

夜很深了，周遭很暗，只有月光灑落一地柔和光芒。汀萊大人伸出手，輕捏她的下巴抬起，一雙深邃星眸注視著她，「上回妳問了我喜歡什麼，我便一直等候妳的謝禮。」

謳妮咬著下唇逃避他的凝視。

他極有耐性地，輕聲說道：「我清楚現在不是說這些話的時候，也無意逼妳。若妳已明白我想要什麼，那我便很欣慰了。」

謳妮皺著一張臉，看起來很憂愁。

汀萊抿唇微笑，捏著下巴的手指轉而撫上她的臉頰，有意逗她：「看妳和別人說話時總是嘰嘰喳喳的，爲什麼到了我面前這麼安靜？」

謳妮覺得被他指尖摸過的每一處都燙得像要燃燒了，整張臉又癢又熱，好不容易才嘟噥說：「因爲會害羞。」

「哦？」汀萊故意彎下腰來湊近她，近看她臉上的窘迫表情，揚起唇角，「這樣就害羞啊，那以後可怎麼辦才好呢？」

她垂下頭，老實問：「什麼以後啊？」

突然屋子裡傳來咳嗽聲，謳妮臉色一變，急著進去看看父親，「先不跟您說了，汀萊大人，您快回去吧。」

「等等。」男人一把拉住她的手，塞了條漂亮的寶石額飾在她手上，「給妳的。」

他的笑容中帶著點難以察覺的落寞，輕推她的手臂，低沉道：「進去吧，我走了。」

難得有一回週末如此清閒。

正值元旦假期，沒有外拍模特兒的工作可以幫林琰接，學校期末報告也完成得差不多了，只差臨時抱個佛腳到現場去亂寫一通交卷後就能等著放寒假。

奇芷寧決定利用週日帶恐龍出去走走，順便邀胡孜孜一起來。如意算盤打得很好，卻沒想到週六晚上奇恩忽然按了門鈴，說想在她這裡睡一覺。

「爸媽讓你來的？」奇芷寧關上門板後，醍醐灌頂。

「聰明。」奇恩甩著背包往裡頭走，「他們讓我來看看妹妹現在落魄成什麼樣子了。」

走到玄關，他往鞋櫃看去，慢慢挑起一邊眉。一雙、兩雙、三雙、四雙……這麼多男人的鞋子？這是怎麼回事？

然後他往客廳看去，那裡居然端坐著一個人高馬大的雄性生物。怎麼這麼眼熟呢？啊，這不就是妹妹上次帶來火鍋店的那個人嗎！

好啊，奇芷寧，都住在一起了，還辯說沒交往！

奇恩眯眼磨起了牙，雙手環胸發出不屑的冷笑。

林琰一臉淡漠，慵懶轉過來迎視奇恩，沒有主動打招呼的意思。

奇芷寧走過去，聲音很嗨，「林琰，我哥哥來了！今晚在這裡住！」她注意到林琰手指上被她好玩塗上的指甲油，立刻奔向抽屜翻找卸甲液，還恐龍正面清白形象。

看到奇芷寧坦蕩的態度，奇恩無語了。妹妹似乎毫無同居被揭發的羞愧感，也完全沒有跟他解釋幾句的意思。

「什麼時候開始的？」他也不避諱了，直接當著他們的面問出來。

奇芷寧態度自然地走過去林琰旁邊坐下，著手替他卸掉指甲油，「嗯？什麼？」

奇恩追過去，抓著妹妹的手把她扔到另一邊去，很幼稚地把屁股硬卡在他們兩人中間，「就是同居啊！什麼時候開始的？不對，先回答我，你們到底什麼時候開始交往的？進展到哪一步了！」

奇恩拋了好多問題過來，奇芷寧支支吾吾好一會兒後，自暴自棄地招出來：「哪有什麼交往啊，哥，真的不是你想的那樣……好啦好啦我告訴你啦！其實林琰就是滾滾，滾滾長大以後變成人類了！」

奇恩當然沒蠢到相信這種鬼話，但奇芷寧成功地把他的注意力拐彎，他左右看，站起來在屋子裡走來走去觀察，然後回到奇芷寧面前，「滾滾到底去哪了？」

奇芷寧指指林琰。但林琰很不配合地搖頭。

奇芷寧：「……」

奇恩大概猜到是怎麼回事了。依照他的推測，原本生活重心全擺在寵物滾滾和課業上的妹妹，在某天滾滾趁她上課時偷跑出去從此失蹤後，她傷心欲絕沿著大街小巷搜索未果。心愛寵物下落不明讓她夜夜以淚洗面，深受打擊。心靈如此空虛的奇芷寧就在這種脆弱的情況下遇見了林琰，林琰大概是奇芷寧在學校或校外認識的男生，很可能是沒有正職的流浪漢。他長得很帥，令識人不清加上急需心靈寄託的奇芷寧對他一見鍾情，瘋狂倒追他。

而由於傻妹妹長得非常可愛，個性也很好騙，所以林琰不擔心惹上麻煩，就接受了她。他不務正業，還有極大的機率是個吃軟飯的傢伙，全靠奇芷寧養。也因此奇芷寧的生活費完全不夠用，需要大量掙錢來維持兩人生活開銷。現在被無預警上門的哥哥戳破同居這個事實，奇芷寧只好胡謅說林琰是恐龍變的來混淆視聽，企圖以怪力亂神之說擾亂哥哥心智。可怕啊可怕，女人爲了捍衛愛情，果眞什麼事情都做得出來啊……

「哥？哥？你怎麼了？」奇芷寧看奇恩若有所思地把目光放在她和林琰之間來來去去，偶爾露出震驚貌，偶爾又露出心領神會的表情，最後用一種頗憐憫的表情瞅著她，眼角還隱隱泛著淚光。

林琰也很疑惑地望向奇恩。

奇恩腦補完那一大串妹妹沒有說出口的戀情內幕後，有點難過。

他靜靜地坐下來，像一個活到人生盡頭已對世間沒有任何留戀的滄桑老人一樣，看起來很疲倦，再沒有想繼續說話的力氣了。

奇芷寧和林琰互看對方後，她站起來，去冰箱拿了一罐冰奶茶放在奇恩面前，「哥，喝點。」

奇恩哦一聲，聲音聽起來有濕氣。奇芷寧拉著林琰進了她的房間，共商大計。

把門關上，林琰被奇芷寧拉到窗邊，她擠眉弄眼說：「你看到我哥那個傷心的樣子了？看到了吧？」

林琰點頭，「嗯。」

「你把尾巴變出來，讓他看一看，讓他摸一摸，讓他知道我沒有亂說，好不好？」

林琰拒絕。

「爲什麼？就讓哥哥看一下而已啊！你明明變得出尾巴，哥哥也不是外人，讓他看一下又不會怎樣……你知道他爲什麼這麼傷心嗎？他以爲妹妹和男生同居了！這在我們人類世界裡面、在我們家，是一件超級嚴重的事情耶！」

林琰抬起手，輕輕撫摸她的臉龐，態度仍很強硬，「不行，妳是特例。」

什麼特例？看尾巴的例外嗎？除了真正的飼主以外，林琰不想讓任何人知道他是恐龍？包括從小一起洗澡的哥哥？

奇芷寧有點洩氣，但想想後也不是不能理解他的顧慮。恐龍身分一旦曝光會爲林琰的人身安全帶來空前危機，她好像也不該爲了一己之私任寵物置身險境呢。

奇芷寧妥協道：「好吧，我再想想辦法。」

整個晚上，奇恩幾乎把時間全花在對奇芷寧曉以大義上，他不停苦口婆心教導妹妹如何防狼，還告訴他天下烏鴉一般黑，男人心裡在想啥他全都知道，女生一定要好好保護自己，像現在這樣繼續分房睡是對的，在結婚之前最多只能親親抱抱，其他都不可以。

看妹妹全程無動於衷，林琰也坐在旁邊用一種置身事外的態度從頭聽到尾，他澈底急了，覺得這對小情侶到底什麼毛病啊，語氣逐漸轉向威脅兼恐嚇發展。

「奇芷寧，聽到沒有！如果妳敢在婚前做什麼不可饒恕的事，還有你這傢伙！」奇恩憤憤指向林琰，「我絕對會殺了你！」

林琰聽了整個晚上，這才一本正經地說話了，不僅詞彙量多，訊息也豐富，跟之前那位寡言男子根本不在同一級別。

「這是我們倆的事，與你無關。靈肉合一的過程應是愉悅並且神聖的，也是維持穩定關係之必須手段。一旦確定心意，我會立刻進行交配，繁衍後代，讓她在最健康的年紀爲種族誕下新生。」

這席話聽得奇芷寧震驚、茫然、呆滯，臉刷刷刷地紅了、燙了，然後像被電到一樣立刻低下頭來摀住臉。

奇恩錯愕、憤怒、氣血翻湧，直接撲上去想海扁這隻惡狼一頓，但連林琰的衣服都沒碰到，就被對方扼住手腕反折。林琰看起來完全沒出力，臉上表情淡淡，實際上力氣大到讓奇恩已經滿臉漲紅了仍掙脫不開。

對獸類來說，求歡是與生俱來的天性，也是本能，是命脈得以延續下去的必然手段。一切都很簡單，也純粹。

羌靈族人並不濫情，大多數人一生只會有一個伴侶，全身心忠誠至死亡來臨那一天。林琰不明白爲什麼到了人類這裡，情況就變得複雜迂迴。

他親眼見證過無數美好的愛情。

也曾倚近過。

林琰放開奇恩，聲音帶著澀度，自顧自低喃道：「偏執也好，頑固也罷，天地毀滅前，生生世世，我只愛同一個女人。」

奇芷寧怔了一秒，倏地按住發疼的胸口。

由於奇恩到訪，星期日和胡孜孜約好的出遊，順理成章多了一個人。他們在校園附近的河岸風景區租了自行車，各騎一輛遊河。

「天哪，我不敢想像這裡居然沒有 YouBike！我以爲我們活在一個先進的時代！」一對路過他們的情侶這麼誇張地說。

租車店老闆走出來，露出讓人感到舒服的笑容，對著奇恩一夥人說：「是市府體恤我們、讓賺觀光財的商家能繼續維持生意，所以這附近才沒有設公共自行車站點。」

奇芷寧聽了，說：「那我回去多告訴一些朋友，讓他們都來租！」

奇恩敲她的頭，竊笑道：「妳也可以每個禮拜都來騎啊，該減肥了呢。」

下一秒，兄妹倆當著胡孜孜和林琰的面打起來了。

胡孜孜和奇恩挑的是外型簡潔俐落的車款，奇芷寧今天穿得比較漂亮，是蕾絲上衣和修身褲，搭上可愛短襪配休閒鞋，外面再套了件粉嫩嫩的排釦大衣，所以選了一輛前面有籐籃的車款。

奇恩狠狠鄙夷了妹妹選車的眼光，然後意有所指地連帶唾棄她看男人的眼光，被林琰冷冷地看了一眼後才噤聲。

林琰個子高䠷，雙腿格外修長，租車店老闆抬出一輛適合他高度的自行車，邊整理邊問林琰是不是外國人。奇芷寧在陽光下仔細看了林琰，發覺他的瞳孔變成了更淺的湖藍色，倒映出凜凜水光，一不小心看直了眼。

到底是什麼血統呢？恐龍長得好像混血兒哦……

奇芷寧擔心小恐龍不會騎腳踏車，非常焦慮地在他面前騎了十幾圈給他看，一邊騎還一邊雞婆的像個大嬸一樣嚷嚷：「不要害怕！你快看，看我，就這樣就這樣，手要抓穩一點，然後把腳放在踏板上，你看好啊，就是我這樣！然後就用力給它踏下去，它就會動了！你看啊！看到沒有？它是不是眞的動了！

因爲就這麼簡單啊！天哪別擔心啊你千萬不要恐慌好不好！眞的不會騎也沒關係，這一點都不丟臉啊！」

林琰露出很有意思的表情欣賞她慌慌張張轉彎的模樣。

奇恩和胡孜孜：「……」

這傻妞還好嗎？爲什麼以前沒看出她毛病這麼大？

由於胡孜孜很想繼續看傻瓜二人組接下來還會做什麼蠢事，所以當奇恩拉著她走，提議別管這兩個瘋子時，她說先等等。

承載著衆人期待，奇芷寧那位寶貝恐龍終於跨上他那輛超高的自行車。

林琰按照奇芷寧剛剛說的，手握扶把，雙腳踩上踏板，然後用力一蹬——自行車就歪七扭八騎出去了。

奇芷寧有點激動，在後面嚷著「加油加油你是最胖的」，奇恩頭上無數隻烏鴉啊啊啊飛過，胡孜孜忍不住笑噴了。

林琰騎了幾十公尺，長腿一放，安安穩穩地踩在地上。從頭到尾，輕輕鬆鬆。微風拂過他的瀏海，畫面美得像電影海報。

他回頭靜靜看了她一眼。

奇芷寧讀出他眼中的同情，那眼神似乎是說——不過就是個測試平衡感的東西，簡單成這樣還需要學？值得這樣大驚小怪？

一行人終於各自跨上自己的自行車出發了。

奇恩是個四肢發達的直男，很快就騎到不見人影了。胡孜孜骨子裡流著硬漢的血，巾幗不讓鬚眉，腳踩風火輪說她要跟奇恩拚了，然後也消失在奇芷寧面前。

奇芷寧與她中看不中用的浪漫淑女車共同營造美麗的畫面，由於速度快不起來，一路龜速向前。分明已經踩了很久，但自行車還是沒有前進很多，在體力逐漸透支的情況下，只好靠著意志力繼續有氣無力地踩踏板。

爲了所謂的青春感，她回去大概能養出一圈小腿肌。

林琰悠哉而帥氣地騎在她前後左右，還進化到了能放開雙手，全程踐著臉、雙手環胸騎車。如果發現領先太遠，又會好心地繞回來她身邊，那副游刃有餘的模樣看起來很討人厭。

騎到其中一個岔路，奇芷寧氣喘吁吁地問林琰：「接下來該往左轉還是右轉啊？你知道他們轉去哪邊了嗎？」

他頓了一秒，快手指向左邊。

奇芷寧掃了一眼林琰那輛腿短一族無法輕易嘗試的車，心裡做了個決定。

好，把希望放在正常人身上吧！待會一找到胡孜孜他們，她就立刻使出耍賴絕招滿地打滾，哭著求哥哥和她換車！

對奇恩那個體力相當變態的年輕男性來說，多遜的車都拖垮不了他的速度，多女孩子氣的車款都無損他的男性魅力，這個精力旺盛青年的唯一死穴是妹妹的眼淚啊！

奇芷寧做了個深呼吸後大吼一聲，奮力一股作氣瘋狂踩踏，近乎癲狂地使出最後的蠻力往前衝去，風呼嘯著掠過耳際，景色越發遼闊，環湖之路不停地延伸再延伸，彷彿怎麼騎都騎不到盡頭。

奇怪？怎麼還沒看見哥哥他們？他們也騎太快了吧！

視線裡終於出現一張長椅，奇芷寧擔心過了這個村就沒了這個店，趕緊煞停了車，跳下來停好後，累垮到癱在長椅上休息。林琰默不作聲走過去，半點不喘坐下來。

她面對著眼前那片幽綠的山水調整氣息，偌大的湖中央有幾隻黑天鵝優雅地游過，留下一圈圈漣漪。

林琰盯著那群黑天鵝，不知想些什麼，專注看著。奇芷寧戳了戳他，「你能跟其他動物溝通嗎？」

他似乎很訝異她會這麼問，微微蹙眉後搖頭。

奇芷寧用好可惜的語氣說：「唉呀這樣真是太不好玩了。」

她摸摸肚子，覺得早上吃的飯糰都消化得差不多了，想著待會吃什麼好呢，忍不住問林琰：「還完車之後，你想吃什麼？姊姊請你啊！」

「不是姊姊。」他語氣平靜糾正她，「妳比我小。」

啥？她比他小？這是用他們獸族的年齡演算法去推斷的嗎？

她好奇地看著他，「所以你現在大概是幾歲啊？」

他沒有回答。

胡孜孜和奇恩不曉得騎去哪了，奇芷寧休息了很久，半天沒等到他們的人影經過。不是環湖路線嗎，按照出發前約定好的一人騎個兩圈就離開風景區，照理說他們還會再從他們面前騎過去才對的啊……除非那兩位騎錯路了？

奇芷寧望著空蕩蕩的幽徑感嘆道：「我哥從小方向感就特別好，所以我本來十分放心的，也不知道他今天是怎麼了，居然到現在還沒找到這條路。可憐胡孜孜被那個傢伙拖著跑，也不知猴年馬月才能再回到我們面前了，唉。」

林琰挑了個眉後，點頭。

既然流著獸族之血、能靠著兩條腿跑過半個臺灣奔回家的方向感王者林琰都這麼說了，奇芷寧更加認定走錯的就是那兩位人類蠢蛋，安心地嘲笑起自家哥哥來：「哎，林琰我跟你說啊，剛剛岔路那裡不是有路標指引方向嗎？我的天哪他是看不懂嗎，居然能迷路這麼久，眞的是……哎，都不想說他了！」

她拚命搖頭嘆氣，覺得自己輾壓了哥哥一把好威風啊。

奇芷寧拿出手機對準天空胡亂晃了晃，發現沒啥訊號，只好又把它收回隨身包包裡，坐著枯等。

身體完全冷卻下來後，她開始發抖，瞥向一旁只穿著毛衣長褲、神態愜意的林琰，心裡打起壞主意。

林琰敏銳地瞥她，「怎麼了？」

奇芷寧擠過去挨著他，軟聲軟氣說：「我好冷，借我取取暖。」

恐龍愣了一下，張開其中一隻手臂擁住她。

男人好聞的氣息與熱度不斷遞送過來，奇芷寧卻還是冷，她只好縮著臂膀說：「可以握手嗎？拜託！」

林琰一手摟著她，讓她靠在自己身上，另一隻手探過去抓住她的，這才發現她的指頭幾乎凍僵了。

林琰很不高興，直接抓了她的手往自己毛衣裡面塞，貼住他結實的腹部。男人的腹肌又硬又燙，暖呼呼的，奇芷寧覺得這不失為一種有效的袪寒方式，於是很自然地把另一隻手也伸進去了。

林琰顫了一下，沉默。

她漸漸紅起來的是手，他漸漸紅起來的是臉。

貼著她的專屬暖爐，讓兩隻手反覆翻面烘烤了十分鐘，奇芷寧心滿意足地把手取出來，搓了搓，熨貼自己冰涼的臉龐，對著恐龍說：「嗚嗚～好暖和啊，謝謝寶寶～我最喜歡你了～～～」

「喜歡我？」

男人的眼神一瞬間犀利起來，眼中燃燒著熊熊烈火，熱情地注視著她，似乎下一秒就能將她吞噬。

奇芷寧想起昨夜那句「確定心意就原地交配」，臉燙了起來，直覺她不慎把恐龍誤導到另一個方向去了。恐龍是一種多麼單純的生物啊，一心奔著大量進食和傳宗接代去，天哪天哪她怎麼能讓林琰以為他已經可以著手進行有性繁殖了呢！

在良心的折磨下，奇芷寧立刻澄清：「我說的喜歡，就是那種喜歡爸爸媽媽和我哥哥一樣的喜歡，因為我早已經把你當成我自己的家人了，在我眼裡你和他們是一樣重要的人！」

林琰思忖片刻，淡淡嗯了聲。

林琰的萬年低音炮實在太酥太好聽啦！奇芷寧搓著手，反正假日嘛，也不急著走，乾脆坐在長椅上欣賞湖光水色，順便撒嬌要聽林琰多說點話。

「說什麼？」他問。

「都行啊！」

「什麼都能說？」

「當然啊！你說啊！什麼都可以！」她興奮地嚷著。

他靜靜點頭，側過頭來用一雙碧綠深邃的眼眸凝視她，神情溫柔，緩緩勾起唇，略帶嘶啞的低沉嗓音赤誠表白：「我愛妳。」

奇芷寧嗚噎一聲，害羞地把臉鑽進他懷裡，「太好聽了，我的耳朵簡直要懷孕了，你再說一百次好不好？說點別的也可以，別那麼肉麻也行啊！」

林琰：「……」

獸人並不明白人類怎會以爲這樣便能受孕。

他愁容滿面地望向遠方。

奇芷寧跑去湖邊拍攝黑天鵝時，兩名打扮漂亮的女大生騎了過來，看見獨坐在長椅上的俊美男子，立刻激動地煞停了自行車，她們心照不宣對上彼此的雙眼，手拉著手走過來搭訕。

奇芷寧聽到聲響回頭看時，見長腿優雅交疊的小恐龍仰頭與站著的女孩子們對話，女孩們紅著臉笑得花枝亂顫。她家寵物電力太強，被搭訕的名場面防不勝防，她都已經司空見慣。

接著林琰比了比奇芷寧，她們這才注意到那裡還有個女生，尷尬著臉向奇芷寧點點頭後匆匆離開了。

奇芷寧走回來，「你們說了什麼啊？」

林琰搖頭，走向他的自行車，「沒什麼，去找妳哥吧。」

還完車吃完飯後，奇恩和胡孜孜各自回了自己的學校，奇芷寧則帶著林琰返家。

在外面跑了一天，奇芷寧累得癱在客廳沙發上，林琰坐得遠遠地，臉色看起來有點怪。

奇芷寧問了幾句，他都不說。但他雙頰薄紅，看起來頗爲難受。

她心想，他這是怎麼了？莫非眞的累壞了？

奇芷寧趕緊到廚房倒了滿滿一杯水給他，「先喝點水，喝完看會不會好一點，眞的不舒服的話我帶你去看醫生啊，沒健保卡也沒關係，我報哥哥的名字，掛號費貴了幾百塊但還能負擔得起。」

他搖頭，把杯子推開。

林琰的脾氣向來很好，不會無緣無故對她這樣，奇芷寧想著想著更擔心了。糟糕，她難得有空帶恐龍放風，結果硬生生把人累出病來了？

奇芷寧不知道怎麼幫他，放心不下，擔憂全寫在臉上，寸步不離。

林琰見狀，緩了語氣，「沒事，妳坐遠一點。」

坐遠一點？爲什麼讓她坐遠一點？

奇芷寧看著男人泛紅的臉頰和緊抿的性感雙唇，眼底那若有似無的隱忍火苗，拿出手機爬上她之前偷偷關注的野獸小百科，輸入症狀關鍵字線上查詢，搜尋結果顯示——很有可能是寶貝寵物的發情期到了！

什麼？發情期？

林琰只是看起來大隻了一點，他不是還很小嗎？爲什麼身體已經成熟到會發情了！

天哪！她該如何是好？

「你你你……」她說話忍不住大舌頭，「你是不是有生生生生理需求了？」

他沒說話，看著她的眸色卻逐漸加深。

奇芷寧咬住下唇，心裡叫苦連天。天哪，這麼臨時讓她去哪抓隻母獸來舒緩他的不適？不，不行啊，林琰這麼帥，這麼可愛，怎麼想都覺得天底下沒有任何動物配得上他，抓誰來她都不喜歡。

這麼一想……欸？都說肥水不落外人田，恐龍這麼帥，有便宜不占她是不是白痴啊？

爲了幫助從小養到大的可愛小恐龍，她決定做點無關痛癢的「犧牲」。

奇芷寧艱澀地嚥了嚥口水，慢慢地把屁股挪近他，用一種箭在弦上、不得不發的眼神盯著他，佐以義無反顧的決心，後轉爲亢奮，「我有個提議……」

男人挑眉。

奇芷寧慢吞吞說：「如果只是親親抱抱，我可以……」

她可以？

「我可以……」

她可以？

「我……」

到底可以什麼啊！恐龍眼裡竄出惱怒火苗。

奇芷寧溫吞糾結的話沒說完，林琰已經伸手將她拉過去，動作乾脆直接，用力吻在她唇上。一秒，兩秒，三秒……兩分鐘後，他將她放開，在她石化的過程中刻意傲慢地舔了舔唇角。

是兩分鐘啊。

美國一名二十歲男子，能在一分鐘內拍手一千一百四十下，也就是說，給他兩分鐘的時間，如果他的手都不會痠而且速度不會變慢的話，他可以拍手兩千兩百八十下。

雖然現在不是想這些奇奇怪怪金氏世界紀錄的時刻，她還是第一時間歪樓了。

這世界上有多少女子會在接吻的時候忍不住盯著時鐘計算時長呢？

她深深吸了一口氣。

噢，兩分鐘……兩分鐘……居然親了兩分鐘啊……

奇芷寧冷靜站起來，冷靜倒退走，退啊退地一路退回房間。她冷靜地把門關上，冷靜上鎖。瘋狂忍住想放肆尖叫的衝動，慢慢踱向衣櫃，然後她沉住氣，把衣櫃拉開，整個人鑽進去裡面，最後再把衣櫃的門關上。

很好，很安全。

黑壓壓的小小堡壘，帶來強大的安全感。

她覺得自己住在裡面安享天年也不成問題。

剛剛那長達一世紀的 kiss 帶給她的衝擊絲毫不亞於初吻，雖然對象都是同一個男人。為什麼他的吻變得如此霸道？上次不是才輕輕碰一下而已嗎？

她惶恐不安地想著，自己對恐龍到底是什麼感覺呢？為什麼好像也不討厭被他親……這一切，眞的是出於飼主的使命感嗎？

她聽見房門被打開的聲音。

她好厭世。錢錢又飛走了。

她一直都知道小恐龍非常擅長用怪力開鎖，他輕輕一扭，門把就壞了。她已經聽見穩當的腳步聲一步一步朝著衣櫃這個方向，帶著令人恐懼窒息的驚心動魄氛圍而來。

他聽覺嗅覺都這麼好，沒道理聞不出來她的味道、知道她躲在衣櫃裡，也不可能聽不到她幾乎要跳出胸腔的心臟撞擊聲。

但他剛剛才親了她，現在又想幹嘛呢？

被動等待實在太折磨，奇芷寧決定先發制人。

在他把衣櫃門拉開前，她率先拍開門板跳出來憤怒地指著他的挺鼻問：「我鎖了門的！你能不能尊重一點我的隱私啊！」

林琰愣了一下，「妳有鎖門？」

奇芷寧啊啊啊啊啊地衝過去關懷那個被強行擰開都已經完全變形的門把，開始回想哪位師傅開的維修費用較公道。

林琰走過去想幫忙，她還來不及阻止，他已經將門把拆了，還驚訝地看著那個斷面說：「它好脆弱。」

奇芷寧忽然有一個想法。

除了暴力破壞家中設備外，林琰曾在路邊當著她的面徒手扛起一輛違停休旅車，休旅車在他手裡儼然像保麗龍做的那般輕盈，他輕鬆地把車騰空移送到十公尺外放下，好讓奇芷寧有條順暢寬廣的路可通行。

路邊撿到一隻恐龍，狠狠寵壞她的生活。

那時好幾個路人看見了，一直湊過去抬頭看天上是不是有吊鋼絲之類的，畢竟林琰這長相很像是電影明星啊。後來一群傻子圍在那裡使出吃奶的力氣想模仿怪力移車，奇芷寧搖頭嘆息後趕緊拉著林琰走了。

雖然當外拍男模比較好賺，但做人還是可以多方嘗試啊！感覺戴著工程安全帽在工地露肌肉青筋的恐龍肯定超帥，她好想看看爆汗爆到浸透吊嘎的男人到底可以多man啊！

奇芷寧讓林琰等她一下，開始上網搜尋「工地搬磚」與「搬家公司」等臨時職缺，只要是工作地點在附近，統統都幫林琰按了應徵。

好，接下來只差買件吊嘎了！

咦？感覺林琰這隻小恐龍，好像眞的是隻能生財的金雞母耶。奇芷寧不再清算寵物將門把拔斷的恩怨，反倒回頭對他燦爛一笑。

林琰顯然也很愉快，問了句：「再親一次嗎？」

奇芷寧：「……」

沒想到繞得這麼遠了還能被他繞回來。

那天稍晚，奇芷寧覺得林琰應該已經冷靜得差不多了，睡前還是上門找他談談發情之事，想與他共渡難關。

林琰穿著她爲他精心挑選的全套斜紋睡衣，一臉淡然地開門迎接她進去。奇芷寧環顧他的房間，最後選擇坐在木椅上。房裡沒有別張椅子了，林琰坐在床上，靜靜等她發問。

奇芷寧問他：「你今天這樣是進入求偶期了嗎？發情了？」

林琰搖搖頭，「還沒。」但她還來不及鬆口氣，又聽他說：「但是快了。」

奇芷寧很苦惱，想必今天他那不太正常的臉紅就是徵兆。那該怎麼辦才好呢？這次親了一下就能平息，下次呢？

養恐龍之前，她完全沒有考慮過這種生理層面的需求。

林琰見她整張臉都皺成一團，煩惱極了，心裡不免覺得好笑，忍不住摸摸她的頭安撫道：「別亂想，沒事的。」

女孩垂頭喪氣地回房間去了。

第五章　在我這裡，只認妳

繆瑟感覺得出來，自己體內有了些變化。全身熱呼呼的，嗅到雌性生物的氣味時還會口乾舌燥。父親是威嚴的，所以他選擇找哥哥詢問煩惱。

汀萊聽了，建議他盡快擇偶。

「擇偶……但是謳……不是，我是說，難道沒有別的辦法了嗎？那哥哥都是怎麼度過的呢？」

汀萊表示他本身控制能力比較強，只對喜歡的女孩發情，所以目前並不影響生活。

「那哥哥發情過了嗎？」繆瑟一臉純眞地反問。

控制能力很強的男人選擇不回答。

謳妮的父親越病越嚴重，漸漸地連意識都變得十分模糊。

儘管這是生命的必然，她仍深陷悲傷。假如父親不在了，那麼今後她就眞的無依無靠了。

汀萊行事低調，身邊只有無翊陪伴的他極忌諱旁人閒言耳語，從不在白天上門叨擾謳妮。夜裡，他暗中來過非常多次，越到後來次數變得越加頻繁。

謳妮覺得汀萊大人似乎失去了慣有的定力，變得焦躁起來，但原因是什麼，她並不是很了解。他總是帶著給她父親的東西到訪，先到床邊看看昏睡的男人，對他說點祈詞，然後隨意與謳妮說點話，臨走前留下女孩子喜歡的漂亮小玩意兒給她。

白天有瑤琳、繆瑟、冷野陪她說話，夜晚則有汀萊大人板著一張嚴肅的臉，字字珠璣、句句箴言，像另一位長輩那樣關懷她。

在對方之前，他們彼此都沒有過前例，如冰雪般純潔的感情。

謳妮看不懂汀萊大人的心。

瑤琳住得近，有天晚上她看見了汀萊大人身邊的無翊守在謳妮家的小院子裡。

奇怪？這麼晚了，無翊怎麼會在那裡呢？

瑤琳覺得很奇怪，所以她在附近找了個掩護，蹲下來守株待兔。過了很久，終於看見門開了，汀萊大人信步走出來。他側頭輕撫謳妮的臉頰，唇角微彎，看著她時，眼底如星河璀璨。

主僕二人動作很快，在謳妮關門後幾乎是馬上就消失了，速度快得讓人根本來不及看清他們是怎麼移動的。

瑤琳想起了那天在山上遭遇蛇群攻擊的時候，那時一道黑影竄過她身邊，她原本以爲是風，也不以爲意。她慌張地奔到宮殿裡找繆瑟，繆瑟一聽整個人都不好了，速度像光一樣竄上山，她從未見過這樣的繆瑟，心裡驚嘆果然是奧斯家族的人啊。

他們翻遍了整座小山都找不到謳妮，只找到滿地蛇影殘屍。

那些蛇幾乎全被撕成碎片爆了頭，死狀悽慘，一地狼藉。血水流了滿地，現場慘不忍睹。那時繆瑟喃喃唸了數次「哥哥」，被瑤琳聽見了，她很驚訝，汀萊大人來過現場？

他們來到謳妮家，謳妮父親告知他們謳妮尚未返家，二人只好返回宮殿，繆瑟想找哥哥詢問謳妮去向，無翊卻表示汀萊大人沒回來過。

隔天瑤琳找上門問情況，謳妮承認是被汀萊大人所救。

瑤琳推測，那道黑影應是汀萊大人沒錯了。

可是，那座小山平時並不多人去，汀萊大人怎麼會這麼剛好就在附近呢？又，他們為什麼同時消失了一段時間，上哪去了？

瑤琳望著謳妮純真笑容中透出的甜蜜，心中串起所有因果。莫非汀萊大人對謳妮……

但怎麼可能呢？他們很熟嗎？謳妮的個性不會主動與人打交道，也很怕生，怎麼會去勾搭汀萊大人，這太奇怪了。

瑤琳剛鬆了口氣，覺得自己想多了，復又憶起一個埋在她心中多時的疑惑——謳妮那裡為何總有許多漂亮的小飾品？

她知道她很珍惜保管著那些物品，捨不得用，也捨不得戴，每天拿出來看一看、摸一摸，就把它們放回一個專門收集的盒子裡，像是什麼無價之寶一樣，而那裡頭確實也有許多價值不菲的物件。

那是誰送給她的？

瑤琳曾以為是繆瑟送的，畢竟奧斯家族是島上最大的望族，數千年來手握權與力，對他們來說，多好的寶物也是唾手可得，不足爲奇。

但謳妮卻小聲地否認過：「……不是繆瑟。」

如果不是繆瑟，還有誰拿得出來那麼多那麼好的寶貝呢？

此刻看到她仰慕已久的汀萊大人從謳妮家出來，所有的猜測跟著確認了。瑤琳站起身來恍恍惚惚回了自個兒家，強烈的嫉妒湧上心頭，讓她徹夜難眠。

她記得，每次她在汀萊大人面前賣力跳起求歡舞時，那個男人神情總是淡淡的、冷冷的，似乎這世間所有的一切他都不感興趣。他什麼也沒說，抬起腳步就走開，顯而易見的拒絕。

但是爲什麼？

爲什麼他偏偏對一個家世外貌都不如她的女孩動心了！

謳妮那臭丫頭、憑什麼啊！

過了幾日，瑤琳闖進屋內，語氣激動地將謳妮從她父親床前拉起來，欣喜說：「我打聽到了！有方法能救救妳父親！」

謳妮睜圓了眼，「什麼？」

「聖鷹！」瑤琳眼瞳炙亮，「我聽老一輩的說，島上有個可信度很高的傳聞，在神山上鎮日盤旋的那隻鷹中之王能治百病，燉了牠給妳父親吃，他就不會死了！」

那一刻，瑤琳知道自己即將澈底瘋癲，陷入萬劫不復的深淵。可是，她也不想回頭了。

她不想眼睜睜看著自己仰慕已久的男人，愛上一個不如她的女人。

謳妮怔怔地看著瑤琳，瑤琳竭盡全力笑得誠懇，對她點頭，用力握住她的手。

儘管前一晚躺在床上翻來覆去徹夜沒睡，奇芷寧還是在鬧鐘響起第一聲時爬起來準備上學。她比平時勤勞了一點，溫馨地替恐龍做了十份早餐，將它們疊放在餐桌上，用一個超大的透明罩子蓋住保溫。

自從發現自己下廚比外面買現成的伙食、餐費差異甚鉅後，有些簡單的料理，奇芷寧乾脆自己動手。養一隻巨胃恐龍，真不比養阿貓阿狗簡單啊。

林琰聽到動靜，從房間走出來。奇芷寧憂心地走到他面前，握住他的手，「我待會要去上學了，你一個人在家沒問題嗎？今天會不會發情啊？」

林琰：「……」

奇芷寧擔心得跳起來親了他一下，「這個先給你擋著用吧，再多的我愛莫能助了。」

然後她明顯一臉憂慮，心神不寧地拿著包包上學去了。

剛起床就被突襲一口的恐龍摸摸唇角表示：「……」

奇芷寧意興闌珊地進了教室，坐在座位上發呆。唉，距離上課還有五分鐘，距離最後一節下課還有好幾個小時，而且晚上還得去教林敬叡功課，返抵家門都已經是很久很久以後的事了，萬一小恐龍在家忽然獸性大發卻苦無解決之道，該怎麼辦啊！

想到這裡，她連書都讀不下去了，恨不得趕快衝回家再親寶寶兩口替他消消火。

偏偏家裡沒裝電話，之前她也嫌麻煩，遲遲未幫林琰辦一支手機，現在她人不在身邊，也不知道他那邊情況怎麼樣了。

再嘆一聲氣時，剛好胡孜孜把昨天出遊的照片傳了過來，奇芷寧收下看完之後，忍不住朝自己最信任的好朋友發發牢騷。

奇芷寧：「孜孜啊，我好煩惱……」

胡孜孜：「嗯？」

奇芷寧：「我只跟妳一個人說，妳千萬不要跟其他人說，其實就是……那個啊……滾滾長大了！他長大了！」

胡孜孜：「那很好啊，恭喜。」

奇芷寧：「不不不，妳沒聽懂，我的意思是……他長大了！」

胡孜孜那邊沉寂了一會兒後，又發過來：「我不太懂妳的意思，他做了什麼嗎？」

奇芷寧猶豫片刻，委婉地說：「就是野生動物頻道裡面常常播的那種。」

家裡有很多哥哥的胡孜孜當然懂了。

家裡也有哥哥但哥哥把她保護得相當好的奇芷寧蹉蹉跎跎地問：「我是想問，那個，如果啊……有一個人在路邊撿到一顆蛋，然後牠孵化成了一隻很可愛的寵物，但當時沒有考慮到牠成年後會發生的事，只覺得萌萌的好喜歡啊好想要啊而且寫完功課可以一起玩，就帶牠回家了……但過了很多年以後驚覺事實並不如自己想的那麼單純，在他進入求偶期因不堪其擾而忍痛將他棄養，這樣的話，那個人會很可惡嗎？」

胡孜孜：「會。」

奇芷寧如墜絕望深淵。

胡孜孜接著說，她祝那個人遭天打雷劈，下十八層地獄，下輩子投胎轉世當男的卻是奈米雞雞，當女的卻滿臉青春痘，永生永世潦倒落魄連小屁孩都想對他搞霸凌。

奇芷寧聽得惶惶然，然後胡孜孜說他們教授進來了，先不聊了。

懷抱著龐大的罪惡感好不容易捱完上午的課，奇芷寧和朋友相偕走進學生餐廳，站在餐廳裡對著牆壁上的品項價目表發愣。

朋友見她整天心不在焉，替她點了鍋燒冬粉後拉著她找了張椅子坐下，開始問她是不是和高中那位純純之戀有進展了。

純純之戀指的是許宸。

自從奇芷寧國慶連假再次拒絕許宸的告白後，許宸已經有段時間沒有主動傳訊息給她了。正好林敬叡那邊的家教工作奇芷寧也上手了，就不再厚著臉皮巴著許宸問問題，也盡量不去打擾他。

養一隻恐龍這麼麻煩，她現在也沒心思談戀愛啊。

「不是感情啊？那妳煩惱什麼？」朋友奇怪地看著她。

奇芷寧問：「如果妳有隻從小養到大的寵物，他長大後自然而然地進入了求偶期，而在這時妳才發現代誌大條了，完全不知道該怎麼辦，那麼可以將他帶去荒郊野外遺棄嗎？」

「蛤？就這樣？」朋友的語氣相當錯愕。

奇芷寧小聲問：「這還不嚴重嗎？」

「當然啊！這到底有啥好煩惱的啊？為什麼要因此遺棄牠呢？這是大自然的繁衍規則，牠只是需要伴侶了！這方面我看過很多書很有經驗的。咳咳，妳聽好了。首先呢，妳先幫牠找一隻母獸，把牠們關在籠子裡七天十天的都不要放出來，讓牠們好好運動，當然妳還是得提供足夠的水和食物，不然怎麼會有體力呢。等牠渡過發情期了，一切就大功告成！然後問題全都迎刃而解了啊！」

奇芷寧聽得眼睛發亮，好像挺有道理啊！

母獸嗎……好的，雖然她還是有點捨不得對恐龍放手，不想讓他被一頭母豬拱去，但為了顧全大局，站在寶寶的角度為他設想，飼主個人私利還是擺在最後吧。

她知道該怎麼做啦！

在尋找媳婦的旅途中，奇芷寧感悟到活著這件事是無比孤獨的。

無法將小恐龍變成大帥哥的機密昭告天下，也沒辦法和親近的家人朋友分享，她很寂寞。

她一個人走到寵物店，與幾隻貓咪對上了眼，貓咪高傲地看著她，她欲語還休地看了回去，然後輕輕嘆了一口氣。

小貓咪果然是深諳平等眞諦的動物，無論眼前是貴族或平民，牠都一樣高高在上，一樣不屑。

奇芷寧徘徊在寵物店前，遲遲下不了決心進去。對於幫史前生物物色配偶這種事，她可能是驚天動地第一人。

是說既然滾滾已經不是獸態了，那麼牠接受得了人獸配嗎？會不會有心理障礙啊？

她記得林琰前陣子還滿熱衷在看世足賽的轉播，如果她帶回去的老婆他不喜歡，一把擰斷她的脖子、把她的頭卸下來當足球踢怎麼辦？

奇芷寧想像了一下那個畫面，腦中浮現一段對話：

「琰琰寶貝～看看我帶了什麼好東西回來，噹噹噹～是一隻可愛的羊駝！送你當老婆好不好啊！答應我，從此以後你們會相親相愛夫唱婦隨增產報國直到白頭！」

「……」

「咦？怎麼了嗎？你爲什麼那樣看我？我做錯什麼了嗎？不～不要過來～我知道錯了！求求你饒了

我！我真的知道錯了！不可以啊不行啊千萬不要把我的頭拆下來啊拜託！快放手啊啊啊啊啊啊啊——」

腦海中驚悚的餘音漸消，奇芷寧嚇得回過神來。

她癟著唇站在店外，一臉苦情，引來了店老闆注意。老闆走出門外招呼她，奇芷寧臉皮薄，禁不起人家熱情，只好走進去隨便看看。

是說不看還好，一看就喜歡上了好幾隻軟綿綿、毛茸茸的小動物。

她痴迷地看著小貓咪說：「啊～好可愛哦～」

然後她又看著小狗狗，「啊～好忠誠的眼神哦～」

最後她對著小白兔們陶醉，「天哪好萌啊～好想要哦～」

她蹲在店裡，著迷地看著那些對著她不停發出各種聲響的小軟萌們，露出心馳神往的表情。

「我可以拍照嗎？」奇芷寧從包包裡拿出手機，遲疑地問。

老闆非常豪爽地擺手，「歡迎歡迎，樂意之至。」

這頭奇芷寧忙著對各領風騷的候選人們拍照，那頭老闆扯著嗓門向後面嚷：「孫譽，待會幫忙拿一張名片過來啊。」

幾秒後，門簾前的長桌子搖搖晃晃站起了一個人，身形高高瘦瘦的，看起來很年輕，他打開抽屜，從裡頭抽了張紙片，然後走過來。

也許是方才趴在桌上小寐吧，他看起來一臉倦意，額上還有紅色壓痕。那個男生打著哈欠走到奇芷寧面前，不知道為什麼忽然一頓，對她露出有點驚訝的表情。

他毫不掩飾地打量奇芷寧，直到老闆催促了才伸出手把名片遞給她，疑惑道：「我們見過？」

奇芷寧也覺得這個人挺眼熟的，但一時想不起來在哪見過，只淡淡說：「或許吧。」她收下名片看了看，「謝啦。」

門簾後方響起電話鈴聲，老闆讓年紀相近的孫礬留在店內招呼客人，自己跑進去接聽。

孫礬問：「想養寵物？」

奇芷寧想回答不是，但想了想，也不算完全不是，只好籠統地說：「就先看看有沒有適合的。」

孫礬點點頭，注意到她手機裡拍的都是貓貓狗狗和小白兔照片，問她：「不喜歡凶猛一點的？」

不遠處的獒犬應景地吠了兩聲。

奇芷寧抖了兩下，囁嚅說：「因為那個……我會怕啊……」

孫礬忍俊不住，「那就不養。」

回家後，奇芷寧先問了林琰今天一整天在家怎麼樣、有沒有發生什麼事情。

林琰搖頭。

「那你……有不舒服嗎？」她緊張地看著他。

他遲疑了一下，說：「沒有。」

呼，太好了。奇芷寧暗暗鬆了口氣。

「我想過了，這件事得盡早解決才行，不然總像顆未爆彈一樣，卡在我心頭，十分難受啊！」奇芷寧把手機拿出來，解鎖螢幕，將在寵物店裡拍的照片一張一張滑給林琰看。

「你喜歡哪個？有沒有比較看得上眼的？都可以說哦！」

他沉靜地審視完，也不說話，一臉已然洞悉她目的的可怕表情，露出令人毛骨悚然的淺笑回望她。

完了，與她幻想的內容不謀而合呢。

奇芷寧將手機收回來，提議：「都不喜歡啊？還是……你可以當作剛剛什麼都沒看見……並且假裝我回來後連手機都沒拿出來過呢？能嗎？」

他冷沉打斷，「不能。」

好凶……奇芷寧只好乖乖閉上嘴。

好吧，既然他都不喜歡，那她找個時間再換間寵物店試試看吧！

林琰簡直像有讀心術一樣，接著又說：「換別的動物也不行，我不隨便交配。」

奇芷寧反射性就問：「可是你有發情期啊，那怎麼辦，到底能跟誰交配啊？」

他想也不想地說：「妳。」

不是指廣泛的人類女孩，而是她，奇芷寧。

啥？跟她交配，這這這……不好吧？？？

被點名的女生低下頭，弱弱地問：「所以你是那種會把第一眼看到的人當作媽媽或生命中最重要角色的物種嗎？」

「……」

他不知道該如何與她溝通了。

這個話題暫時被擱置下來。

奇芷寧白天在外奔波，整天下來和林琰相處的時間並不多，因此只要回了家裡，沒什麼事的話就會留在客廳陪伴寵物。很不幸地是，滑手機已成了一種難以戒除的手癮，雖然林琰在旁邊，她還是會玩到忘了與他互動。

林琰常安靜地坐在她身邊，用他卓絕的視力盯著她的螢幕瞧，有次還幼稚地伸出手蓋住它，不讓她看。

奇芷寧想過幾次乾脆也辦一支給林琰，但始終未執行。

隔天兩人覓食途中路過通訊行，林琰忽然停了下來，奇芷寧見他靜靜地盯著新款手機看，問：「想要嗎？」

林琰點頭。

看著那串銷售金額，她委婉地說：「這支有點超出我的能力負擔了，我買別支給你行不行？」

他瞅她一眼，頷首，奇芷寧愉快地牽著他進去了。看他好奇地盯著店裡的空機瞧個不停，奇芷寧彷彿生出吾家寶寶長大了的欣慰感。

最後奇芷寧買了中價位的新機，帶他走出店外。

奇芷寧摸索了一整個晚上，挑著重點教林琰怎麼使用手機，他很快就學會了基本功能。

那天起，無論奇芷寧走到哪裡、在做什麼，都能發現一支手機樂此不疲地對準自己，喀嚓喀嚓猛拍照。因此奇芷寧連在家也格外注意起形象來，不時撥撥頭髮或把碎髮塞向耳後營造臉部清爽感，坐著時也會留意小肚子凸出來了沒有，偷偷深呼吸縮小腹這樣。

奇芷寧對鏡頭漸漸敏感，總覺得自己好像變成了大明星啊，一直被狗仔隊跟拍，眞是好困擾呢。

過沒幾天，奇芷寧趁林琰去洗澡時，偷偷打開他的手機點開相簿，果然裡面滿滿都是她的個人抓拍。

至於她幫他下載的、聽說很好玩的、讓他打發時間的遊戲，他連開都沒開過。

奇芷寧默默把他的手機放回原位，心裡想著，他想要手機的原因該不會只爲了拍她照片吧？

而她很快就知道了，事實並不是這樣。

林琰是個習慣很好的寵物，一直以來都不曾亂動她的筆電或其他私人物品，只不過有時她在打報告或上網，他會很感興趣地坐在後面看。

自從有了自己的手機，無所不能的搜尋引擎把這名乖孩子教壞了。起初他上網看文章只爲了開拓更多人類世界的知識，後來越走越偏，將那些——對他而言——十分實用的文字付諸實行。

譬如奇芷寧一回到家，他就會走過去抱著她說一些膩死人的甜言蜜語，令她強烈不適，引發心律不整。

「每想妳一次，天上飄落一粒沙，從此形成了撒哈拉；每想妳一次，天上就掉下一滴水，於是形成了太平洋。」

咦？他看了三毛嗎？

「奇芷寧，妳已經激動了我的痴情。」

啥？連徐志摩也看了！

「我並沒有喜歡哪一種類型的人。如果我喜歡妳，我喜歡的就只是妳。」

天哪！連蔡康永也不放過嗎！

網路教會林琰，女孩子喜歡聽什麼，卻沒顧及到如小狗狗般天眞無邪的男人一本正經說起情話殺傷力有多強，奇芷寧渾身像被人通了電，震顫不已，既覺得太肉麻，又有股說不上來的歡喜。

只會土味情話的她只好抱回去，嗚嗚嗚表示：「這是我的手背，那是我的腳背，你是我的寶貝～我也愛你啊，阿琰～」

日子再這樣過下去她的心臟都要沒力了，快拿AED來給她電擊一下吧！天啊，她到底養了隻什麼寵物啊……

學期終於結束了。

寒假期間，奇芷寧照常去林敬叡家和他一同鑽研學問賺打工費，偶爾帶恐龍勞模去風景優美區或城市新地標外拍，然後三不五時帶他去工地，幫他接點粗重的搬磚活，現做現領日薪後再帶他去吃點好吃的。

工地主任說林琰看起來身型修長精瘦，卻耐操好用，一個人可以抵其他十個工人。奇芷寧霸氣地唆使工頭盡量操他沒關係，年輕人就是吃苦耐勞，說完後她就一個人悠閒地走到旁邊的書店去坐著看書等恐龍下班了。

有次奇芷寧太晚回來工地接林琰，工頭居然把薪水交給他然後就走了。林琰曬了一天的太陽，皮膚黝黑不少，變得更有男人味不說，脾氣也變差了。他看著滿臉歉疚、手持一杯珍珠奶茶、匆匆從遠處跑來的奇芷寧，將裝著薪水的信封袋懶懶地舉高，開始耍性子。

「不給妳。」

他看著她的眼神很冷，一臉「妳有本事的話自己來拿」的表情。

什麼！居然因爲她看小說看得入迷忘了時間而這樣懲罰她！

奇芷寧生氣的從鼻孔噴出熱氣，跳跳跳伸長手抓啊抓，卻都碰不到信封袋的邊，忍不住暴吼：「你太壞了！這是對主人的態度嗎！你長大之後就變壞了！」

奇芷寧像裝了彈簧腿一樣，繞著他跳啊跳，拚命跳，手拚了命地勾，林琰故意高高抬手，讓她連邊邊角角都碰不到，害她氣得火冒三丈。

然後她不跳了，站著瞪他幾秒，扭頭就要走。

他安靜地注視女孩半晌，沉沉又道：「再討一次，我就給妳。」

奇芷寧回頭，半信半疑地走回來往上一蹬，果然他高舉的手配合著垂落，讓她順利抓到了信封。奇芷寧開心地將袋口打開想數數看裡面有多少錢，回過神來才發現整個人已被他牢牢地扣在懷裡。

他摟著她的腰，把臉埋在她後頸，聲音中滿是悵然，聲音極低：「妳遲遲不來，我以為……以為什麼？」

奇芷寧很少看恐龍這樣，自知理虧，就用力地回抱他一下，「好啦，對不起，是我不好，改天一定提早來接你！回家後姊姊給你惜惜！」

他抬起頭，冷冷強調：「我比妳大。」

奇芷寧：「……」

林琰牽著她的手往前走，奇芷寧乖乖跟著他。他很渴，直接抓過她的珍珠奶茶稀里咕嚕一口氣喝光，眼尾掃到一個超超超遠的垃圾桶後，揚手將垃圾精準拋擲進洞。

提著一袋買好的食物回到家，林琰霸道地將她抱上自己的大腿在沙發上面對面坐著，眼裡滿是期待，「妳說回家給我惜惜。」

奇芷寧嗯了聲，用力揉他的髮，力行一陣粗暴的摸頭殺後，她說：「好了。」

髮型儼然向經典鳥窩頭致敬的林琰表示：「……」

奇芷寧冷靜地將他推開，站起身來往房間走去，「我去洗澡了，你先吃吧。」

關上房門那刻她轉頭偷看男人，發現他維持著那個姿勢坐在沙發上動也不動，背影說不出來的暗淡滄桑。想起不久前她把他一個人扔在工地裡，這麼冷的天這隻可憐的小恐龍無依無靠地站在室外頂著寒風痴痴等她，而他只是想要惜惜而已，她居然對他如此敷衍冷淡，心臟彷彿被擰緊拉扯，一抽一抽地痛了起來，奇芷寧終於承受不住良心的譴責啦！

她激動地從房間衝出來直直奔向他，林琰聞聲轉頭，她按住他的肩膀然後俯身向前，用力抱住他，含淚欲泣說：「我絕對不會再拋下你了！不會再丟下你一個人！我保證！」

林琰僵住。

然後他垂下眼睫，低低地應了聲「嗯」。

早在學期結束前，許宸就提議過想來奇芷寧這邊找她玩，奇芷寧當下連考慮都沒有就直接回絕。許宸其實也不意外，被拒絕的次數多了以後，反而覺得這才是常態。

因此許宸一放假，就先回老家那邊等奇芷寧返鄉過年了。

奇恩不想太早回家，想換個地方自由個幾日，乾脆提著行李來妹妹家借住，奇爸爸奇媽媽很贊成，讓他好好照顧妹妹，等奇芷寧打工告一段落，兄妹倆再相偕返家。

奇恩要在奇芷寧這裡叨擾一個多禮拜，林琰聽了淡淡點頭，似乎不以爲意。

之前奇恩過來住一宿，睡的是林琰房間，雖然兩個大男人擠一間房是有點跼促，不過一個睡床上、一個打地鋪，互不干擾之外，一個晚上忍忍也就過去了。

但現在可是整整十天啊！

由於奇芷寧的房間比較大，奇芷寧想了想，提出讓他們一起去睡她房間，然後她單獨睡林琰房間的想法。

林琰和奇恩都同意了。

第一天晚上，奇芷寧半夜起來上廁所後，忘了回林琰的房間，迷迷糊糊地走進自己原來那間爬上床躺好，隔天早晨差點害她家恐龍大暴走。

奇芷寧仰躺在床上流著口水，旁邊躺著她那位邊睡邊打鼾的老哥，兄妹倆一個比一個還沒睡相。睡在地上的恐龍很不高興，一把抓起奇恩扔在地上，提議晚上換房間，強調無論如何奇恩都得自己一個人睡，他才安心。

林琰是個不爽就會直接拆門的人，奇芷寧不得不採納他的意見。

她抓抓頭打哈欠，還是覺得好像哪裡怪怪的。奇恩則一臉惺忪、睏倦地揉著眼睛說：「你有沒有搞錯啊？她是我妹欸，讀幼兒園前都和我一起洗澎澎的妹欸。」

由於雙方僵持不下，爭吵未果，最後還是暫時維持原案。

但占有欲極強的恐龍並不會因此放棄。

一確定兄妹倆都熟睡之後，他就把奇恩從奇芷寧房間裡扛出來，然後走到他的小房間開門走進去，將奇恩扔在地上。然後他再走過去床上把奇芷寧小心翼翼抱起來，抱回奇芷寧的房間後，再把她輕輕地放回床上。之後他走向門，把門鎖好，又回到床上，心安理得躺了下去。

恐龍把主人摟進懷裡，啾了主人額頭一下，滿足地閉上雙眼。

睡覺。

神山是沃瑪波島上海拔最高的地方，高聳入雲，地形崎嶇。山上有隻終日盤旋在山頂的聖鷹，牠體型龐大，展翅飛翔時能在經過之處留下霓幻色彩。牠的聲音宏亮，叫聲能傳到很遠很遠的地方，並成功預知過幾次島上重大災難，在災害發生之前飛下神山沿著各聚落盤繞，發出淒絕的叫聲對族人示警。羌靈族人因此奉牠為島的活守護神。

有一天，山下居民發現牠消失了，這是何等大事，趕緊一個報過一個，連夜稟告到長老那裡去。長老當下立刻派人徹查，問過好幾戶住那附近或在神山活動的族人後，得到了一個情報——有人在聖鷹失蹤的前一天，看見謳妮上山了。

繆瑟知道長老們必會遣人逮住嫌犯，於是主動請纓。他領著冷野和一票肩負使命的青年們到了謳妮家，發現女孩渾渾噩噩地坐著，雙眼空洞，對不上焦。

繆瑟獨留冷野，讓其他人退出屋外等著，把門關上後走到謳妮面前，輕輕蹲下，握住她的手溫柔說話。心細的冷野發現她的嘴唇乾燥龜裂，怕是很久未攝取水分，倒了杯水遞上去。

謳妮說聲謝謝後接過來輕抿一口，全部喝光。無論繆瑟怎麼問她聖鷹的事，她都不說。

繆瑟感覺謳妮不對勁，忽然想到了什麼，他觀察四周後露出難色，艱澀地發問：「妳、妳父親呢？」

謳妮一顫，強忍的淚水終於撲簌簌滾落。她一邊哭，一邊抹眼淚，還一邊吸著鼻子斷斷續續地說：「父親……回到……大海了。」

羌靈族認爲，每個獲得神祇祝福的靈魂，都會隨著肉體浸入這片孕育無數生命的大海，以智慧與養分，永生守護著海島上的世世代代子民。

謳妮的父親走了。

繆瑟心疼地抱住她，把她擁在懷裡拍著背安慰：「沒事沒事，不哭了。不是還有我在嗎，以後換我照顧妳啊……」

謳妮聽到這番話，哭得更大聲了。

冷野：「……」

由於嫌犯沒有否認犯行，他們只好把她帶去審判之地，將她關進牢裡。繆瑟一路護送，打點好裡頭的人，吩咐他們妥善照料她後，見謳妮神情落寞地坐在裡面，心裡很是難過，又說了些話才沮喪離去。

謳妮整個人縮在牆角抱著膝蓋，表情呆滯茫然。出門前她已換上較素的衣裳，此刻襯得那張小臉更爲蒼白。她坐了一會兒，門又開了，一道沉穩的步伐跨進來，闊步走向她。空氣中瞬間瀰漫她最熟悉的那股、令人深深眷戀的氣息。

謳妮看著那雙靴子，心裡苦苦的，眼睛再次痠澀。

汀萊問：「還好嗎？」

一顆斗大的淚珠落在裙上，謳妮咬著下唇倔強地點頭。

他輕嘆一口氣，伸出手按在她頭上，將熱度透過掌心傳給她，「身後事交給我來處理。」

她哽咽，再度點頭。

他端詳環境片刻，蹙起眉心，掀袍坐在她身邊，靜靜陪伴了好一會兒。謳妮垂下頭，恍恍惚惚地揑著裙子，任時間慢慢流逝。

汀萊再度開口：「有一件事我想弄清楚。」

這才是他今日前來最大的目的。謳妮知道他要切入聖鷹的話題了。

汀萊緩緩告訴她更多聖鷹的事，並寬慰道：「近幾十年來，島民生活安樂，無災無難，因此年輕一代並不知曉牠的傳說，也是情有可原。」

謳妮苦笑。

都到了這種時候，汀萊大人還替她著想，暗指她不知者無罪。這麼窩心的舉動，只會讓她覺得自己更不堪。

有時候謳妮也會想，如果她不是那麼乖巧，她做了讓他很失望很失望的事，他依然會對她這麼好嗎？還是會轉身就走呢？

「那如果，我並不是你想的那樣，並不是什麼都不懂……如果我告訴你，我從一開始就知道，獵殺聖鷹不但會引起全島恐慌，還有可能為母島帶來百年災禍，你會怎麼樣？」

謳妮不想咄咄逼人，可她停不下來，「如果、我說——」她抬起頭對上男人那雙深不見底的眼睛，「聖鷹確實是我殺的呢？」

「你會怎麼做？親自審判我？責處我？然後呢？終於明瞭自己看錯了人，付出過的都變得如此可笑？」

這也許是謳妮第一次，恐怕也是最後一次，帶著滿身的刺對汀萊大人說話了。她無所畏懼地直視他冷冽的雙眼，存心狠踩他的底線作為試探。

空氣凝滯了半晌，男人才幽幽開口。

「很好，牙尖嘴利了。」

男人冷冷一笑，說出的話像刃器一樣，一字一字刻在她心上。

「妳想聽實話？那我告訴妳——」他吸了一口氣，森冷扯唇嘲諷道，「聖鷹算什麼？」

她凜然一驚。

他心寒自嘲，「島上的、島外的、天上的、地下的，所有妳想要的，只要妳敢開口討，我都能雙手獻給妳。在我這裡，從來不認什麼是非黑白對或錯，只認妳。」

他甚至有能力隻手遮天，爲她把黑的變成白的，錯的變成對的。

汀萊大人赤裸的眼神太鋒利，謳妮蔫下來，別開頭迴避。

「妳還質疑什麼？想聽什麼？該怎麼做妳才能懂？我從不曾對家人之外的任何人主動過、付出過，甚至生出空前絕後的耐心——唯獨妳能駁我。怎麼？還不夠？需要我說得更明白嗎？妳想繼續裝糊塗到什麼時候？」

謳妮聽在耳裡，難過在心裡，默默垂下頭來。

兩人僵持著，也不知過了多久，還是汀萊大人先示軟了，「算了，當我沒說吧。」

「和妳相處的時間……對我來說總是不夠。一切是我不好，都是我的錯，剛剛話說得重了點，妳能不能別與我嘔氣？」

謳妮頭低低的，咬唇玩著自己裙上的綴珠，還是不理他。

汀萊見狀，好氣又好笑，眞想把她摟在懷裡狠狠捏死她。但他只是逼近，低聲誘哄：「先解決眼前的事，再來談談我們吧。乖，把實話毫無保留告訴我。」

毫無保留嗎……

謳妮吁了一口氣，覺得無限疲憊。這陣子守在床榻照顧父親，看著他一天比一天虛乏，卻什麼也做不了，讓她心力交瘁。

他的信任令她心靈有了寄託，這才鬆口：「我沒有抓聖鷹，也不知道牠飛哪去了。」

不可否認地，在聽到聖鷹能治百病後，謳妮確實很心動。

太想救父親的她迷迷茫茫上了山，看著聖鷹在她眼前展翅飛翔，牠的一舉一動富有張力，牠意氣風發，啼聲震撼整座山頭。

謳妮在山上待了好一段時間，權衡各種利弊。想起父親的各種好，也想起族人對島上各種事物寄予的希望。父親說，所有的生物都是平等的，無論是底層的蟲鳥或是生物鏈上的高階主宰者，每一條命都一樣珍貴。用無辜的禽鳥，換回親人的健康，眞的不會太殘忍嗎？

一陣強風颳過臉頰，她霍地想通了。

她不能這麼自私，讓所有羌靈族人的信仰跟著父親陪葬。所以謳妮匆匆下了山，不想再耽擱任何能陪伴父親走最後一段路的時間。

跨出神山前她回頭再看最後一眼，聖鷹仍在天際翺翔，飛過之處留下綺麗光帶，像七彩金粉般灑滿碧空。

「過幾天再來看妳。」汀萊點點頭站起身來，他有更重要的事得去做，「好好休息，等我的消息。」

「嗯。」

男人離開囚牢，謳妮看見他停在門外與看管者低聲說話，然後他微微側眸向她望來，目光相撞後在她臉上停了幾秒，給了個充滿安撫意味的微笑後，扭頭大步離去。

汀萊大人帶著無翊，在深夜踏上尋覓聖鷹之路。

回鄉過年的前一天，林琰又去搬磚了。奇芷寧和胡孜孜約好到附近的咖啡店裡聊天，閒閒沒事做的奇恩也跟來了。

胡孜孜和許多女生一樣，從國中起就喜歡自己拿著筆記本畫漫畫和寫小說。即使上了大學，這個喜好也未曾間斷過。

胡孜孜帶來了她的小本本，在店裡唸她故事的最新章節給兩兄妹聽，奇恩聽得津津有味，一雙黑黝黝的眼睛直盯著胡孜孜看，眨也不眨。奇芷寧觀察了幾次，發現老哥只要碰上胡孜孜，總是失神得厲害。

故事裡的女主角仍在尋覓她心目中至高無上的愛情，她遇見了很多人，也與許多人道別。在她訴說的故事裡，往往一個轉身，就不再有以後了。

奇芷寧聽了這麼多年，心中感觸良多。

奇恩去櫃檯買單時，胡孜孜看了一眼手錶，忽然慌張地說她和一個同在寫作的朋友約好去勘景，居然忘了，她幾乎是跳著站起來的，匆匆忙忙抓起包包、外套準備拔腿狂奔。

胡孜孜雙手合十，一臉歉意說：「抱歉，下次再聊好嗎，別生氣啊～寶貝！」

奇芷寧擺擺手，「趕快去吧妳！」

胡孜孜倉促推門而出時，奇恩正好走了回來，他詫異地看著奇芷寧，「她怎麼了？沒事吧？」

奇芷寧撿起胡孜孜落在座位的一枝筆，遞給不時轉頭回望女孩背影的奇恩說：「嗯，沒事啊。哥，這是她的幸運筆，你知道她往哪兒跑了，幫我送過去給她吧？」

奇恩接過，在門邊差點撞翻端著托盤送飲料的服務生。

奇芷寧扶額嘆氣，老天啊，哥哥眞是莽撞。接著她低頭一看，不會吧，一個走得比一個急，奇恩的手機和外套都還扔在椅子上啊。

耐心地發了一會兒呆，胡孜孜打過來了，她抱歉地說奇恩在她那裡，讓奇芷寧直接把他的東西帶回家。

奇芷寧覺得有點好笑，人家在勘景，哥哥跟人湊什麼熱鬧，「他在那裡幹嘛？」

胡孜孜也很迷惑，「好像是……想了解一個動人故事背後的創作淵源？」

奇芷寧忍不住吃吃笑了。

「哦，好吧，那個笨蛋就暫時拜託妳啦。」奇芷寧憋住笑努力正經說話，胡孜孜很有義氣地說了聲沒問題。

還沒到恐龍下班的時間，奇芷寧看著外面的太陽，想著林琰現在不曉得曬不曬？辛不辛苦？攪動著杯裡的飲料，女孩垂眸思考。雖然眞的很缺錢，但還是捨不得讓恐龍這麼累，奇芷寧心裡決定以後自己多接一點打工，再也不讓他去搬磚了。

她拿出手機搜尋工作，看看還有什麼是自己能幹的活。

「這裡有人坐嗎？」一道低沉嗓音忽然響起，奇芷寧抬頭看，眼前站著一位有點面熟的男生。

沒花幾秒，奇芷寧想起來了，這人是寵物店的員工。

「沒有，你坐吧。」

孫譽微笑，拉著她對面的椅子坐下。

瞥了一眼她身邊的男款運動外套，孫譽問：「和人約好了？會不會打擾妳？」

奇芷寧搖搖頭，「這是我哥的。」

孫譽今天穿了件淡色襯衫，眉清目秀的臉蛋，加上氣質乾淨，給人的印象並不壞。

「我是這裡的常客，怎麼之前沒見過妳？」他瞄了一眼奇芷寧半滿的杯子，邊勾選自助點餐的單子邊說。

「我第一次來。」

孫譽點了飲品名稱看起來很特別的咖啡，另外再加一塊水果蛋糕。

「後來妳買了什麼樣的寵物？」

「呃……沒買。」

「這麼難選啊？」他好笑地拿出手機，滑動頁面後亮給她看，畫面裡是他們店的粉絲專頁。「追蹤一下？裡面有很多飼育小知識和提問可以看，方便顧客了解各種動物。」

奇芷寧接過來稍微滑了滑，點點頭，拿出自己的手機搜尋，很快就找到了。天生不喜歡拂人面子，她很乾脆地按下追蹤。

孫譽點的餐點上桌了，他把蛋糕推到她面前，「吃吃看，招牌。」

寵物店的網路管理者之一大概是孫譽，她看見他垂首操作手機，然後她這裡便跳出一個新的追蹤邀請，是他私人帳號。

大頭貼是可愛的狗狗照片，柴柴頭上綁著大蝴蝶結，對著鏡頭露齒憨笑。奇芷寧莞爾，這應該是他們店裡的狗吧。

和不熟的異性單獨相處讓奇芷寧渾身不自在，她找了個理由很快離開。

孫譽面無表情地將她一口都沒碰過的蛋糕拉至面前，拿起小叉子一口一口慢慢挖下來放進嘴巴，整個口腔瞬間瀰漫著香甜滑膩的水果香氣。

「又見面了呢。」男人戳著蛋糕裡的布丁，喃喃自語。

別人養寵物都能盡情享受爲牠打扮的樂趣，奇芷寧自然也不例外。雖然林琰外表看起來是個人，但奇芷寧沒忘記他身爲恐龍的本質，只要是動物都是適合打扮的對象，因此她毫不手軟地在網路買下不同風格類型的衣服及配件，換著不同場合給林琰嘗試。

林琰的個性比較逆來順受一點，只要她露出「好想看你穿啊」、「你穿起來一定很好看」的那種水汪汪表情，他幾乎來者不拒。

最誇張的一次是奇芷寧突發奇想買了件連身恐龍裝，想讓他成為真正的恐龍。那件恐龍裝是整個人都得裝進去的，從頭到腳都得包覆在裡面，林琰拿在手上反覆翻看，不禁失笑，「想看我穿？」

她用力點頭，露出期待眼神不停嚷著是啊是啊。

可惜這套的恥度太高了，林琰拒絕。奇芷寧哭喪著臉嚷著：「買都買了你就穿吧，好想看你可可愛愛的親民面啊～」

林琰掩唇輕笑，看著她又鬧又跳眼淚都要掉出來了，才板起臉正色說道：「可以，我有條件。」

「嗯？是什麼啊？」她睜著一雙靈動的大眼睛靠過去，一派單純與痴傻，對他露出求知若渴的神態。

男人喉結一滾，緩緩瞇起眼。

經歷五分鐘足以媲美無線吸塵器的強勁吸力後，奇芷寧的櫻桃小嘴腫成了香腸嘴，但至少如願以償地看著男人拿著全套恐龍裝起身，回房換給她看了。

接下來那幾天，只要林琰穿著那套恐龍裝在家裡走來走去，總有一道毫不掩飾的迷戀目光如影隨形。

奇芷寧到底是什麼特殊癖好？林琰儘管心中滿腹疑問，卻也覺得反正她痴迷的人是他，他任她擺布也無所謂。

由於奇芷寧擔心林琰再度跨過半個臺灣來找她，索性以收留無家可歸的孤兒學弟為由，帶他回家過年。為了給老爸老媽良好的第一印象，奇芷寧替他搭配一套白襯衫外搭V領學院風針織背心，下身穿深色修身長褲，腳上一雙黑色休閒鞋，走酷酷混搭休閒 style。

出門前，著裝完畢的男人一現身，狹小的空間陡然亮了起來。

明明每天都被恐龍帥到，奇芷寧還是忍不住激動得滿場亂飛失聲尖叫：「天哪！真的可以讓你這樣走出去嗎！會不會造成街頭巷尾和車站大廳人群暴動啊！大家會不會以爲是要開簽唱會啊！萬一陌生人一直圍上來想跟你要簽名怎麼辦！萬一她們吵著要合照怎麼辦！我還沒準備好當你的經紀人啊！」

林琰：「……」

受不了的奇恩直接一拳K在奇芷寧頭上。

接著他轉身，心很累地問林琰：「這就是你平時的生活嗎？」

林琰點點頭，憐惜地把手按在奇芷寧頭上，輕輕揉著腫包。

他們買了車票搭車返家，奇恩一個人被孤立，座位被沖刷到距離兩人很遠的另一節車廂。搭乘期間好幾個女生來要電話，他都回了老子心有所屬。

奇恩舒適地靠著椅背，本想利用乘車時間閉目養神一下，但眼睛才闔上不到兩分鐘，又睜開來笑了一下。他拿出口袋裡的手機，傳訊息給胡孜孜，和她說奇芷寧帶了男朋友回家。

胡孜孜果然很快回訊過來，問是不是那天和他們一起去騎腳踏車的林琰？

奇恩愉快地和胡孜孜聊了起來，不停爆著妹妹的料。

兄妹之間有時是這樣的，妳利用我，我利用妳，各取所需，不亦樂乎。

下車時奇恩心情很好，即使是看慣的蠢妹妹這會兒看來也顯得特別靈動可愛。

「如果待會爸媽看妳帶了男人回家，要對妳家法伺候，哥哥我勉強幫妳擋個幾杖，怎麼樣？是不是很有義氣？」說完他自己開懷笑了。

天哪！家法！

奇芷寧心驚肉跳地帶著恐龍回家。

那時老爸老媽一個在門口貼春聯，一個還在廚房弄東弄西，見女兒帶了個大帥哥返家，都愣住了。不管怎麼說，人都已經帶到了面前，都得歡迎的。所以儘管他們心裡難過得滴血，表面上還是維持著爽朗笑容熱情迎接客人。

本想幫忙多說點好話的奇恩也沒了表現機會。

因爲家裡沒有空房了，爸媽安排林琰住進奇恩房裡。還好奇恩房間夠大，這回倒是沒生出嫌隙，奇恩主動與林琰勾肩搭背進房去了。

沒有半個人認出來林琰就是滾滾，奇芷寧心頭有股說不上來的惆悵。爲了避免滾滾被徹底遺忘在記憶裡，她躊躇著是否暗示一下衆人他們家以前曾養過一隻很大隻的寵物，但又怕林琰那腦袋很直的傢伙對號入座露餡，只好閉口不提。

林琰早被奇芷寧訓練成一名家事達人，之前她去上課時，通常打掃和整理環境都由他全權負責，現在他跟她回了家，兩人之間的勞務分工依然沒有改變。

奇芷寧讓老媽使喚林琰去拖地，他乖乖去了。

奇芷寧讓老爸唆使林琰去幫他洗車，他點點頭去了。

她讓奇恩扔一個飛盤去讓林琰叼回來……

他們當然是沒理她。

女兒的男朋友長得這麼帥還耐操好用，對女兒不僅言聽計從也任她淘氣地拳打腳踢，以愛與無奈的眼神包容拳腳暴力。這對夫妻感覺女兒撿到寶了。

奇老爸奇老媽便利用過年這段期間，充分爲奇芷寧示範了什麼叫做喜新厭舊。同時失寵的兄妹倆日日聽見看見父母圍著林琰拚命噓寒問暖，不勝唏噓。

正值過年，奇家有個不文明的傳統，只要孩子還沒成家就不算個大人，統統是需要領紅包的小孩，所以奇恩和奇芷寧開開心心地從爸媽手中接過紅包，新寵兒林琰也領到了。

林琰在飼主嚴厲的教育下，已經明白無論拿到多少錢都得上繳國庫，所以他順手又把紅包塞給了奇芷寧，而奇芷寧也像平常一樣自然地收了下來。

奇爸和奇媽疑惑地看著他們。

林琰發現了，試圖解釋他不是不領紅包的情：「平時我去工地搬完磚，薪水都是交出來的……」

奇家爸媽與奇恩一時錯愕，「什麼！搬磚？！」

林琰：「不是不是，不是只有搬磚，我平時去當模特兒拍照，薪水也是全數交出來……」

奇家三人震驚，「什麼！當模特兒的錢也要充公！」

奇芷寧看林琰又要張口了，趕緊把他的嘴摀住，嚴厲訓誡：「我們老祖宗有句話叫食不言寢不語，你閉嘴啦！乖乖吃飯！」

恐龍點頭，獲得自由後乖巧地拿起筷子扒飯。

女兒如此沒人性，不但土匪，又獨裁，奇家爸媽心中滿是感慨。

奇恩挑了鍋裡最大的那隻滷雞腿，糾結地放在林琰碗上，說：「多吃點，辛苦你了。」

恐龍看了一眼雞腿，把它轉移到奇芷寧碗中，對著奇恩聽話的點頭。

這一幕又讓奇家三口想落淚了。

吃完晚餐，奇恩強拉著妹妹出門散步，說有事商量。林琰想跟卻被奇芷寧瞪了一眼，他不解地望著她，她吞吞吐吐半天，然後重重地嘆了口氣，還是讓他來了。

奇恩看林琰也在，果然就不好意思打聽胡孜孜的事了，三人並排走著走著，安靜消化腹中積食。奇芷寧看見地上的影子起了玩心，一下偷踩林琰那顆頭，一下偷踢他膝蓋，殺氣很重的使出渾身解數攻擊那道拉得最長的影子，自得其樂。

奇恩溢出了笑聲，奇芷寧看過去，見林琰正意味深長地看著她。

她趕緊裝出無辜表情刻意做了幾個擺臂動作，佯裝正在舒緩肩頸痠痛。

月明星稀，冷氣團走後氣溫沒有那麼低了，倒是極涼爽的好天氣。他們走了很遠很遠，兄妹倆不停說著話，終於奇恩想起了滾滾這獸，滔滔不絕訴說他對滾滾的思念，話鋒一轉居然責怪起奇芷寧沒有好好照顧滾滾，才會讓牠待不下去，投奔自由。

奇芷寧豈止有口難言啊！她不時露出複雜的眼神看著林琰，但林琰卻沒有什麼反應，以局外人之姿淡然處之。

走著走著，奇恩忽然一把拉住了奇芷寧，不讓她再前進。奇芷寧抬頭看向他注視的地方，就這麼看見了一個眼熟的人。林琰跟著看過去，目光在前方停頓幾秒，又回到奇芷寧身上。

昏黃的街燈下是奇芷寧熟悉的許宸。

他面前站著一個哭哭啼啼的女孩子，正不停地抹著委屈的淚，嘴裡不停說著話。奇恩回頭瞥妹妹一眼，然後懶散地扭動脖子呵氣，把雙手插進外套口袋裡，噙著一抹嘲諷的笑，站著三七步觀賞好戲。

「想看，哥哥陪妳。」

奇恩這個人老是嘻嘻哈哈的很不正經，關鍵時刻卻很可靠，他散發出的冷酷氣場讓她知道，天塌下來了也不要緊，還有哥哥頂。

有他和林琰在，奇芷寧好像天不怕地不怕了。

那個留著俏麗短髮的女孩上前想拉許宸的手，許宸難爲情地躲開了。她手裡拿著一袋應該是要送他的禮物，他看著她，遲疑地搖了搖頭，嘴裡不知說了什麼，害人家哭得更凶了。

「再給我一點時間好嗎，我現在還是喜歡那個女生。」林琰喃喃複述。

奇芷寧和奇恩同時驚訝地看著他。

林琰面無表情表示：「別看我，這是他說的。」

哇塞！恐龍好樣的啊！獸族就是猛啊！居然這麼遠也聽得到！太酷啦！

奇芷寧趕緊要林琰把每一句他們的對話都現場直播。

林琰本來最煩聽人牆角，在對上奇芷寧異常火熱興奮的眼神後愣了愣，有點無奈地妥協了。

「如果她喜歡你，早就跟你在一起了，你的聰明都用到哪裡去了？真正在意你的女孩才不會捨得讓你一直等！」

「妳冷靜一點……」

「冷靜？你讓我怎麼冷靜？每次你開開心心地傳訊息給她，打電話給她，甚至約好了回老家找她，然後呢？」

女孩蹲下來啜泣。

「她說她忙，她說她要打工，她說她沒空交男朋友……不管她說了什麼，你還是喜歡她……」

女孩摀住臉，泣不成聲。

「我每天都在你身邊陪著你……我……我很有空，我所有的、所有的時間，都願意奉獻給你啊……但是爲什麼、你就是不肯回頭看看我……嗚嗚嗚……」

奇芷寧摀住嘴巴，往後退了兩步，她白著一張臉轉身，沿著來時路折返回去。

兩個男人互看一眼後跟上來，默默地跟在她身邊。

快到家前，經過一攤兄妹倆小時候常光顧的鹽酥雞攤子。奇恩說他出錢，買個五百塊的宵夜回家吃，然後打打遊戲，玩通宵。

奇芷寧點點頭，開始夾喜歡的料，順口幫林琰點了好幾份肉。

老闆把所有材料下鍋炸的時候，奇芷寧收到了訊息，是許宸傳來的。他嘗試和她約見面的時間。

奇芷寧走到一旁，對著那則訊息反覆輸入內容又刪去。

那個女生回去了嗎？她現在心情好多了嗎？從許宸的訊息裡面，她看不出端倪。

該說是一語驚醒夢中人嗎？那個女生口中的每一句控訴，都像冷水一樣在寒冷的冬日一股一股往她臉上潑，讓她狠狠清醒過來。

她以為只要拒絕，許宸就能明白她的意思，就能死心。所以她說她很忙，她說她打工纏身沒時間，她還說她不想談遠距離戀愛。

她以為這樣就能把意願表達清楚，還能顧全兩人顏面。

她什麼都說了，就是狠不下心說出傷人的話。

她其實根本不喜歡他。

她知道許宸很好很好，但她就是不喜歡他。

奇芷寧偷偷覷了一眼林琰，見他那麼高大的一個人，乖乖地站在鹽酥雞攤前，好奇地看著油鍋裡那些噗滋噗滋冒泡的滾燙食材。

她忽然想起之前初吻剛被恐龍奪走的時候，她慌張找戀愛軍師胡孜孜討教的事。

「孜孜，如果妳的初吻突然被人搶走了，妳會怎樣？」

「看自己喜不喜歡對方囉！如果對方正好是自己喜歡的人，那當然會很開心囉！如果不喜歡，就會覺得反胃作噁想吐啊！初吻這麼重要的東西耶！怎麼可以隨隨便便給人啊！」

「這樣啊……」

那時奇芷寧垂下頭思考，摸了摸唇，除了心裡甜甜的之外，她覺得自己好像滿開心的……

奇芷寧看著手機裡躺著的那則訊息，呼了呼氣，按下通話。

許宸很快接了：「妳看到訊息了？難得我們都回來，什麼時候出來見一面？」

奇芷寧吞吞吐吐地說：「你、你聽我說，許宸，我剛剛……其實看到你……和另一個短頭髮的女生了。」

「什麼？」他的聲音聽起來很著急，拚命解釋：「妳別誤會，我和她什麼都沒有，她騙我說想委託我拿禮物給另一個同學我才出來的，我根本不知道她會——」

奇芷寧打斷他的話：「我知道、我知道，我相信你，許宸。但請你聽我說些話好嗎？」

聰明的許宸彷彿猜出她想說什麼，他苦笑一聲在另一端頻頻搖頭，「我不聽，有什麼話等見面了再說，妳別用電話或文字搪塞我……太過分了，妳懂不懂？」

奇芷寧心煩意亂，正好林琰看了過來，她別開眼，往更遠的地方走了幾步。

「許宸，我們沒有見面的必要了。」

許宸終於沉默。

「其實我、我想跟你說聲謝謝，謝謝這幾年來，你的喜歡。」

奇芷寧決定一鼓作氣把話說完，若再猶豫，她可能就不再有現在這股勇氣了。

「我長得不是最好看的，身上有許多缺點，個性也很懦弱，但是你發現了我的好，你喜歡上了我這個不完美的女生，你的喜歡為我帶來了自信，讓我漸漸勇敢起來。在我眼裡，你是一個特別特別好的人，值得擁有天底下最棒的一段戀情、過最好的人生。我……我想跟你說的是，也許在許多方面，只要肯花時間努力，總有一天會獲得同等回報，但唯獨感情，是無法用付出去衡量最終結果的。」

手機裡傳來沉重的呼吸聲。

她終於斬釘截鐵地擊碎青年所有盼望，「許宸，我不喜歡你。」

她停了一下，繼續說：「而且我、可能有喜歡的人了……」

怕最後一句被林琰聽到，奇芷寧整張嘴唇幾乎要貼上收音孔，說得非常小聲。

過完年，在奇芷寧搭車回學校前，老媽準備了一大盒冷藏肉品讓宅配車替她送過去，她狐疑這位婦人什麼時候對女兒的飲食偏好這麼陌生了？果然奇媽媽承認那是給滾滾吃的。

「妳這死沒良心的、狼心狗肺的主人，居然把滾滾獨自留在租屋處，也不曉得牠冷不冷，食物夠不夠吃啊！我一想起來心就好痛！嗚嗚，可憐的滾滾啊～～～」

奇恩本來想告訴老媽，滾滾早就不見了，但轉念一想奇芷寧大概也是顧慮到爸媽會傷心，所以刻意隱瞞此事，他也很善解人意地不提了。滾滾不在，還有食量超大的林琰可以把那些肉品吃掉，不會浪費的。

奇爸爸載三位大學生去車站搭車，這次奇恩買了回他學校的票，和妹妹搭乘不同列車。互道一聲常聯絡後，兄妹倆走上不同的月臺。

那晚夜色很黑，林間寂靜，遠方傳來不明夜禽的尖銳啼叫，樹梢被風颳過，發出窸窣響動聲，在夜裡被無限放大，聽著有些驚悚。

進入神山後，無翊說：「這件事聽來蹊蹺，她前腳剛走，聖鷹就下落不明。」

汀萊大人冷笑，「沒這麼剛好的事。」

「您的意思是？」

「早就有人盯上了謳妮，一路尾隨上山，發現她沒有按照計畫抓走聖鷹後，自行動手了。」

汀萊行進速度很快，一身黑袍在林子裡高速穿梭，無翊跟得從容自如，語調不急不緩地說：「聖鷹能治百病是流傳已久的傳說，倒不是什麼最近忽然爆出來的祕密，雖然是瑤琳向謳妮透露，但也不一定就是她做的。要追查對方是誰，會不會有點難度？」

汀萊沒有回答這個問題。

當務之急是先找到聖鷹。

早在事情爆發，矛頭一致指向謳妮時，汀萊沒有第一時間去找她，反而領著無翊上耆老那裡一趟，爲的是了解聖鷹習性。據悉聖鷹代代單傳，每回壽命終了時，天空一片鮮紅血色，正應驗了那句「天生異象，必有異事」。然而他們問遍族人，這兩日各地的天象皆十分平靜。

聖鷹有很大的機會還活著。如果聖鷹活著，一切好辦。

「如果聖鷹已死……」汀萊眸色凝重。

那恐怕事態就棘手多了。

他們摸黑上山找到聖鷹的巢，由於它在很高的樹冠上，汀萊讓無翊守在樹下，獨自翻身而上。他動作俐落，速度很快地攀上頂端。他湊上前，仔細嗅過牠的氣味，並記了下來。他還從巢中抽走一小塊樹皮帶走，返回地面拋給無翊，「記住這個味道。」

他們開始在整座山頭展開地毯式搜索，搜尋未果後迅速移往山下，在各部落裡滴水不漏搜查。

終於，味道越發濃烈，最後他們在一處草屋裡找到了被綑綁的聖鷹。汀萊向前仔細檢測聖鷹的生命跡象，所幸還很健康。他鬆開綁住鷹喙的布條，聖鷹立刻啼叫。

無翊觀察整個屋子，總覺得這裡顯露的生活軌跡有點詭異。為了弄清楚這裡到底是什麼地方，他繼續往裡頭走，見雜物囤得亂糟糟的角落，地上攤了一塊布。布面凹凸不平，底下似乎藏著什麼東西。

他喊了一聲，汀萊大人暫時放下手中的聖鷹，隨手撿了根枝條上前將布挑開，底下是十來顆尚未孵化的獸蛋。

無翊咋舌，「看來最近十幾戶人家失蹤的寶寶都在這裡了。」

汀萊命令道：「你在這裡看守，維護現場。我先把聖鷹送回去，晚點帶人過來搜查。」

「是。」

汀萊走出屋外，對著天空施放信號，沒過多久，繆瑟和冷野帶領二十多名男子現身。這裡交給繆瑟後，汀萊抱著聖鷹帶著無翊趕赴長老居所。

隔天，謳妮無罪釋放。十幾顆寶寶蛋物歸原主。

經過數日天羅地網的搜捕行動，汀萊大人他們最後抓到了一名精神瘋癲的獸人。該名嫌犯意識已陷入錯亂，好好的一句話說得顛顛倒倒，還不停喃著要進食滋補的獸蛋，要燉了聖鷹，要長生不老。

獸人和人類一樣，腦部結構複雜，有些罕病至今無法理解是如何發生的、又該如何治療。長老們憂心他再度危害島上生命，研議將他先拘禁起來。

事情雖然落幕了，島上重歸平靜，汀萊心中卻隱隱憂慮著。他覺得事情並不如表面看到的這麼樂觀。天底下有這種巧合嗎？

意識清楚的羌靈族人心中十分敬畏能帶來安寧的聖鷹，即便對牠不尊敬，也不至於傷害牠。但若是已失去理智的人，還會這麼仁慈？

儘管心中存疑，爲了避免引起不必要的恐慌，汀萊將心裡的想法壓下，在謳妮面前亦選擇隻字不提。

第六章　用力把我親醒，不必客氣

剛開學，心態還沒從假期的悠閒步調中調整回來，奇芷寧一天到晚只想懶散度日。第一天上課到了下午最後兩節，點完名後她抓著包擋臉，迅速從教室後門溜出去。蹺了課，奇芷寧和同學蘋果跑到學校附近新開的店吃下午茶。

奇芷寧自從和許宸攤牌後，深陷戀愛煩惱至今，心裡忽然不懂她對恐龍到底是什麼感情了，於是問已經有男友的蘋果說：「妳當初是怎麼發現、確認妳喜歡萊姆的啊？」

蘋果用小叉子戳著她的蘋果派，喝了一口萊姆氣泡飲，歪了歪頭，眼睛靈活轉動似在努力思考，兩隻小短腿活潑地踢了踢，「就覺得他帥啊。」

奇芷寧緊張了，她一直覺得恐龍很帥呢，繼續顫巍巍地問：「那還有呢？」

「嗯……他說話好聽啊。」

完了！恐龍是殺傷力最強的菸嗓低音炮啊！這趟回老家，地方太太們一致認證林琰的聲音聽一次可以懷上五胞胎啊！

奇芷寧嗷嗷兩聲，覺得有點太刺激了。

蘋果繼續說：「他喉結好看手指好看還有八塊腹肌啊。」

天哪！恐龍根本全中啊！而且他還多了性感捲捲腿毛呢！一回想起寵物的可口，奇芷寧簡直吃不下平淡的長條草莓千層派了！

「但我們這樣會不會太膚淺了，是不是也該注重一下內涵？」奇芷寧有點擔心鼻血流下來，只好預防性按住它。

於是談完充滿致命吸引力的外表後，兩名女孩開始分析萊姆吸引蘋果的內在特質。

「嗯……我就喜歡他人前人後的反差吧，他在外面多邋遢，在我面前就會多乾淨；他和朋友說話多粗俗，在我面前就會多文雅；他對自己的事有多潦草，對我的事就有多上心。這一切讓我覺得……我對他好像真的是很特別的，他特別在乎我，只想讓我看見他好的一面，而我看見他這麼努力求表現的樣子，深深感到愚蠢卻可愛。」蘋果再吸了一口萊姆氣泡飲，嘴邊漾開甜甜的笑。

哇～聽起來好浪漫哦～

奇芷寧和恐龍同居了這麼一段時間，她發現自己似乎沒有認真留意過兩人相處的細節，於是翻出手機想找找恐龍對她特別用心的蛛絲馬跡。

自從林琰購入手機，她替他下載通訊軟體後，兩人互加好友，她偶爾會傳一些照片或晚歸訊息給他。

奇芷寧點開好幾天沒新增對話的視窗，看到螢幕顯示對方正在輸入中。

咦？林琰正在編輯訊息給她嗎？

奇芷寧等了一會兒，低頭吃了兩顆草莓，手機仍無動靜，只好又把它翻開來看，這時他那頭已經沒有動靜了。

摸不著頭緒的奇芷寧只好繼續吃草莓，話題被蘋果帶到最近系上的運動比賽，她不時點頭聽著。鬼使神差地，她手無意識一滑，又把兩人的對話窗打開，上頭三顆點點正在跳躍。

對方正在輸入中。

再等一會兒，她仍然什麼也沒收到。奇怪，林琰到底想傳什麼給她呢？

奇芷寧把手機收回包裡，聽見物品撞擊的鏘聲的那個瞬間她忽然明白了。

她低下頭，吃吃笑著。

哪有什麼話要說啊，他只是想她了吧。

想起個頭，讓話多的她自然接下去，卻又不曉得第一句該說什麼好。

原來當妳因爲思念對方而點開對話框時，發現對方也正在輸入內容給妳，會令人那麼驚喜。

奇芷寧想像在螢幕另一端，恐龍優柔寡斷地拿捏著措辭語氣，仍遲遲傳不出一句不會顯得突兀的訊息。她想像著他一次次刪掉所有打好的字，憂鬱地扔開手機。她以神的視角洞悉一切，而他渾然不知自己那笨拙的事跡早已敗露。

恐龍好可愛啊。

吃到一半，見色忘友的蘋果接到萊姆來電後，把所有的食物一口塞進嘴巴，含糊不清說她得走了。

奇芷寧點頭，羨慕地望著她遠去。

她吃東西向來較慢，吃著吃著店外忽然變天，下起滂沱大雨。轟地一聲，雷聲大作，把奇芷寧嚇了一跳。她往窗外望，胸口悶悶的。

她從小就不喜歡雨。

記不起來是從什麼時候開始的，或者有什麼觸發厭惡的原因，只要碰上雨天，她的心情就會無端鬱結不解。

不是才剛過春節，還不到雨水豐沛的時候啊，怎麼天氣說變就變？

雨幕籠罩著灰濛濛的世界，奇芷寧沒有帶傘，即使有傘她也不想走在雨裡。透過玻璃窗都能感覺外頭涼風颼颼，添上濕意後更為刺骨，行人紛紛攏緊外套。

店裡沒有暖氣，奇芷寧捧著歐式骨瓷杯，喝著已經涼掉的紅茶，蜷縮進沙發座裡發著抖。

奇芷寧仰頭看著豆大的雨珠無助墜落。

胡孜孜曾說雨能為她帶來靈感，還說只有雨天能撐漂亮的傘，所以她喜歡雨天。

但奇芷寧還是、還是不喜歡雨天。

周遭忽然湧現窸窸窣窣的吵嚷交談聲，她疑惑地轉過頭去，見一群女孩子指著前方不知說些什麼，奇芷寧隨著她們的指尖將目光移過去，見遠處有個小黑點以肉眼可見的速度迅速膨脹，然後她驚訝地眨眨眼——那不是林琰嗎！

他淋著雨，身上的藍色毛衣和長褲全濕了，顏色被水浸透加深，貼在肌膚上，他冷調的膚色比平時更為白皙，身形更加修長結實。一顆一顆水珠從他烏黑的髮上滴下，掛在英氣的眉梢，顯得晶瑩剔透。

她愣愣地看著，直到他調轉方向走過來，站在玻璃窗外沉著一雙幽深的眸子與她對望。

他怎麼會來？怎麼知道她在這裡？

林琰曲起指節敲敲玻璃，用唇形說：「妳出來？還是我進去？」

奇芷寧回望店內看著他們互動的一票觀眾，想他渾身濕透了進來也不太方便吧，所以胡亂點了點頭，表示她出去。

奇芷寧走到櫃檯結帳，工讀生雀躍地說：「天哪，好性感，那是妳男朋友？是明星嗎？」

她尷尬地收回找的零錢，「不是。」

林琰站在門外等她。

下午茶店的隔壁緊臨連鎖超商，她讓他等一下，走進去買了一把傘。走出來後，林琰撐開傘，另一手握著她的手。他們慢吞吞地走進雨中，一路朝家的方向去。

被他握著的那隻手暖呼呼的。奇芷寧悄悄握緊他，想起手機的事，故意問：「你剛剛在家玩手機啊？」

男人否認得很快，臉上毫無半點心虛。他全身溼透，刻意離她遠一些，傘卻往她那邊舉。奇芷寧才不管，努力又往他那裡挨近。

「妳過去一點。」

「為什麼？」

「衣服會濕。」

她裝作聽不懂，帶著哭腔委屈兮兮說：「一切都是藉口，都是理由，你是不是討厭我了？」

「……」他無奈對上她狡黠的眼睛，妥協道：「那妳過來吧。」

奇芷寧笑出來，整個人黏他黏緊緊。啊～牽著恐龍雨中漫步啊，好像有點浪漫呢。

她拉著他一起踩過好幾灘水窪，讓髒水濺在他乾淨的鞋上，在他拋來一個眼色後，很壞地衝著他吐舌頭。

「再踩，繼續踩。」他沉沉說。

「嗯？」爲什麼覺得他這口氣有點反常？

「再踩的話，我不介意……」他揚唇，低頭看了一眼她最近新買的包，「以其人之道還治其人之身。」

這句話是她最近教他的。

包包多難洗啊！她鬼叫嚷嚷著不敢了、不敢了。

林琰輕輕地笑了一聲，奇芷寧安靜下來。空氣中飄散著雨的土霉味，雨絲細密，綿延不絕，澆灌大地。雨中攜手，別有一番韻味。

或許以後，她也可以慢慢喜歡雨天了。

室外很冷，走了一小段路奇芷寧就受不了了，她縮著肩膀顫抖地說：「你怎麼知道我在這裡呀？」

他皺眉瞥她，有點猶豫地停下腳步，替她擋住風，「就是知道。」

她搓著手臂，停下來後身體抖得更厲害，「你怎麼會想到要來找我啊？」

「我在妳身邊，比較安全。」

奇芷寧看著林琰的表情，一頭霧水。他覺得雨很危險嗎？爲什麼？

她看著黑壓壓的天空，慢慢將手伸到傘沿外面去。滴滴滴，透明的雨水落在掌心，形成一汪小湖。

距離住所還有好一段路，林琰放開她的手，把傘柄遞給她，「拿著。」

奇芷寧不明所以地接過傘，一雙腳忽然離地，整個人被恐龍攔腰抱起。她啊了一聲驚訝地看著他，傘當然就拿歪了，雨水啪搭打在恐龍頭上，將他那頭俐落短髮洗得更黑，氣質更冷冽。

「抱緊我。」他輕聲呵氣，熱氣噴了她滿臉。奇芷寧的手剛圈住恐龍脖子，他立刻像噴射機一樣噴了出去。速度快到奇芷寧完全看不清街景變化，視野所見全都糊成了一條一條不同顏色的線，沒什麼太大的顚簸，轉眼間兩人已經抵達公寓樓下。

林琰把暈暈然的奇芷寧放下，抽出鑰匙開門，女孩扶著他站穩後忽然大叫：「哇！剛剛發生了什麼事啊！好厲害！咻咻咻地！比雲霄飛車衝得還快啊！太好玩了！可以再玩一次嗎！」

男人：「……不可以。」

喋喋不休的女孩很快被黑著臉的寵物扛上樓去了。

情人節前夕，奇恩打來向妹妹炫耀他即將和胡孜孜共度美好的一天。

「眞不可思議，哥你居然開竅了！終於知道這種節日對普天之下百分之八十女生的重要性了！我好好奇呀，你怎麼約她的？」

「什麼我約她？哥是這麼沒有行情的人嗎？當然是她約我的啊。」

奇恩說話的語氣超級跩，讓奇芷寧更驚訝了。依她對閨密的了解，胡孜孜雖然非典型的戀愛冷感派，可她對愛情的消極態度也相去不遠了吧。她會約男生——而且還是她哥——出去過情人節？怎麼可能啊？

「那個……哥啊……」奇芷寧咳了咳，明知這樣未免有點殘忍，還是想讓哥哥認清楚現實與幻想的差異。「你確定你沒聽錯嗎？這其中會不會有什麼誤會？」

奇恩立刻炸了，「什麼誤會？哪來的誤會！我只不過傳個語音問她小說寫到哪了，然後說很期待故事後續，她就主動邀我出來，說可以分享給我聽啊！」

噢，她懂了，胡孜孜肯定以爲遇見伯樂了。

奇芷寧整個人的態度轉爲淡漠，「那眞是挺不錯呢，呵呵。」

剛想掛電話，她轉念又想，欸怎麼覺得好像還是怪怪的？老哥直男腦就算了，胡孜孜是個多成熟的人，沒道理不懂情人節見面是什麼意思啊。約那天見面有多麼曖昧她不會不知道，莫非、莫非她對哥哥也有那方面的想法？這眞是太令她意外了！

奇芷寧吞了吞口水，頓時有些興奮，「哥！需要我幫忙嗎？幫你探探口風？」

奇恩傲慢表示：「朕同意了。」

奇芷寧立刻改撥胡孜孜的電話，胡孜孜接起來，奇芷寧笑得很賊，「孜孜，最近我們學校很流行一款交友軟體，妳要不要一起來玩？還是妳先跟我說說喜歡什麼類型的男生，我幫妳設定一下配對條件，等結果跑出來，若看到順眼的人再進去玩？」

「什麼？交友軟體？這麼突然？」

「說嘛說嘛！嗯，我想想啊，說眞的，我還挺不了解妳呢，我們明明從小一塊長大，怎麼我好像沒見過妳除了寫小說、畫漫畫之外，還喜歡過什麼呢……」

「喂喂喂？喂喂喂？有聽到嗎？太可怕了，這裡訊號眞差……」胡孜孜火速掛了奇芷寧電話。

奇芷寧哭著打電話給親哥，「對不起啊哥，你可愛的妹妹壯志未酬身先死。」

「沒關係，我也沒指望妳，趕快洗洗睡吧。」奇恩切斷通話前沒忘幸災樂禍補充：「還有，妳不可愛哦。」

奇芷寧無言。

接連被掛電話之後，奇芷寧回頭差點被林琰嚇到，他離她離得很近，一臉單純，直白問：「情人節是什麼？為什麼百分之八十的女生都會喜歡？妳也是嗎？」

因為奇芷寧沒過過情人節，奇恩沒過過情人節，老爸老媽也不過情人節，理所當然滾滾跟著他們從沒有機會認識什麼叫做情人節。在他的成長歷程中，大概是第一次聽到他們討論這種節日吧。

奇芷寧告訴他，情人節就是一年之中互相喜歡的人或交往中的情侶一起過的日子。

「那我們去過情人節。」他下了這個定論。

奇芷寧覺得女孩子還是得稍微矜持一下，所以裝作很猶豫的模樣說她考慮考慮。本來打算一個小時後就和他說好啊好啊，但林琰已經開啓了別的話題，問她交友軟體是什麼。

奇芷寧忙著對他解釋人類世界裡這種神奇的配對方式，還實地下載操作一次程式給他看，見他完全不感興趣後安下心來，自己也把林琰想和她過情人節的提議拋在腦後。

奇芷寧預防性親了恐龍一下，對上蒼禱告願恐龍半夜不發情後，回房睡下。

情人節當天，連早餐店的阿桑們都個個打扮得花枝招展，買完早餐出來，奇芷寧忍不住感染了節日的氣氛，於是她回家看著早在家裡蹺腳等食物的大爺，似乎已忘了這回事，她怕自己再不提的話，情人節就這麼白白過去了。

奇芷寧低聲下氣說：「不如我們還是去過情人節吧？」

林琰拿起豬排蛋吐司，嗯了聲。

吃完早餐，奇芷寧去林琰房裡替他挑了一套超帥的衣服，他反問：「妳穿什麼？」她當然向他保證她也會比照辦理，就回房了。

林琰氣質矜貴、五官俊朗，身材又是衣架子，隨便套什麼都吸睛，因此站在他身邊的人特別容易相形見絀，壓力山大。

沒有對比就沒有傷害，既然決定了情人節一起出門，那麼外面的人肯定會把他們的主寵關係聯想到那種地方去，奇芷寧覺得自己得使出全力好好打扮不可，做一個能抬頭挺胸站在帥寵物身邊的女人。

換上胡孜孜塞給她的那套所謂「有朝一日一定派得上用場的約會戰服」後，奇芷寧火速轉移陣地在梳妝臺前開始撲粉塗唇膏。

弄完了臉接著就是髮，說眞的她並不太擅長編髮還是做其他造型，所以她也就把頭髮梳順後夾上一個漂亮的髮夾而已。

大功告成後，奇芷寧雙手叉腰瞇眼看著鏡子裡那個陌生的女人，心想原來東施與西施只有一道懶惰的距離啊。

拿了一個很不實用的小包包，奇芷寧從房間裡走出來，見林琰已坐在沙發上無聊到閉目養神了，趕緊嚷嚷：「我好了、我好了，走吧！」

恐龍悠悠睜眼，視線灼熱地把她從頭到腳看過一遍，掃過了她能放十元硬幣的鎖骨，掃過她被衣服勒出曲線的胸和腰，掃過她的筆直美腿，又從腳踝處往上欣賞，最後停在她唇上，納悶地問：「妳嘴唇塗了什麼？爲什麼油油的？」

「什麼！」油油的？

男生爲什麼這麼不解風情啊！這是最新的春妝主打商品，是她觀望了好幾天才終於狠下心買回來的專櫃唇釉，明明超美的，他怎麼能用那種看見飯上豬油的口氣形容它？

奇芷寧氣到要跳腳了。

她凶狠地湊過去逼他仔細瞧，「你再看清楚一點，我嘟給你看，怎麼樣，是不是終於發現我的嘴唇飽滿富有光澤與彈性？讓人很想一親芳澤？你嗅覺這麼好，再聞聞，它還有香味呢，味道超甜超可口啊！哎呀你就聞一聞嘛，這支要一千多塊呢……」

所有的聒噪被他微涼的唇堵住。

奇芷寧唔唔唔地說不出話來，怕又被他親成香腸嘴等會出不了門，她伸出手推他。林琰微微皺眉，抓住她的雙手反剪到背後，把她抵在沙發上壓制住，繼續狂野的親。

奇芷寧整個人被壓著無力反抗，迷迷糊糊地想，怎麼男人也流行口是心非那一套？嘴裡說著嫌棄的話，下一秒已經大肆品嚐起來。

林琰又咬又啃的，吻了她很久。

奇芷寧覺得他應該非常喜歡這支唇彩吧。

這款唇釉還有好幾種顏色，不如她努力縮衣節食，多買幾支回來囤好了。

恐龍吃光了她唇上的所有顏色。

男人白淨俊俏的臉龐浸染熱情過後的緋紅，微翹的唇沾上唇彩而不自知，微微上挑的眼尾看起來格外勾魂攝魄。他滿意地舔唇，站起身來想拉她，她猛搖頭，說她自己走。

奇芷寧一路頭低低進了電梯，一抬起頭就注意到他唇角暈開淡淡的玫瑰粉色，閃爍著細膩亮澤，趕緊翻攪包包想找面紙替他擦拭。

林琰顯然比她還早察覺，酷酷地對著鏡子伸出食指直接抹去。

奇芷寧趕緊又垂下頭來，繼續害臊。

「剛剛等妳換衣服的時候，我上網查了一下。」他忽然盯著不停跳動的樓層數字緩緩說。

「嗯？」

他瞟她一眼，勾起唇。奇芷寧心生不祥預感，總覺得將有什麼奇奇怪怪的話要從他嘴巴裡冒出來了。

果然，他很正經地說：「資料上說夜晚才是情人節的重頭戲。」

「啊！」所以他看到了什麼精采內容嗎？

還好林琰大概沒瀏覽到令人浮想聯翩的成人話題，否則他不會如此疑惑地問：「妳知道是爲什麼嗎？」

「我我我我我不知道啊……我我我怎麼會知道呢……」

「也是，晚上除了睡覺，還能幹嘛呢？」

「……」

這位施主，你已一語道破玄機，求求你別再說了。

父親走後半年，謳妮終於走出喪親之痛。她把對父親的思念放進心裡，在夜深人靜時抱著遺物，獨自緬懷他。

繆瑟感覺出謳妮已重拾以往的笑容，天天拉著她出來玩。他送給她許多東西，但除非瑤琳也有，否則謳妮全都不收。

謳妮心裡有把尺，涇渭分明地劃分著與不同對象相處時的分界。她看似和誰都好，溫溫柔柔挺愛笑，其實不易交心的。

謳妮和瑤琳，再加上繆瑟和冷野，四人總是形影不離。他們聊著島上發生的大小事，繆瑟則最愛炫耀女孩子們爭先恐後對著他們兄弟大跳求偶舞。

有好一陣子，謳妮見不著汀萊大人的身影，也不知曉他在忙些什麼。心像破了個洞，空空的。她爲他的疏遠黯然神傷，卻也不敢多問。

後來她聽繆瑟說了才知道，汀萊大人爲了讓獸蛋們的孵化率、幼獸存活率雙雙提高，常常往返長老大院與長老們及女巫開會，試圖祕製一款安體藥水，造福全體島民。據繆瑟神祕兮兮透露，研發已進入最後階段，因此汀萊大人這端監督得緊，才總是神龍見首不見尾。

後來，沃瑪波島建了一座新的橋梁，橫跨在溪流最湍急的那處峽灣上，橋面雄偉堅固，巨幅縮減東西二地的往來距離，蔚為當時一大美談。

謳妮在橋邊的立牌上看見了汀萊大人的落款，又驚又喜，回程時蹦跳著定格在立牌前，見四下無人，嬌柔地盯著牌面看了一會兒後，用指尖輕輕撫過他的名字。

到了島上的大日子，家家戶戶都分到了一籃用穀物和蔬果做成的營養棒。這款營養棒的存放期長，能在天候惡劣不利外出時食用，向來由奧斯家族負責製作派發。由於滋味甚好，樂天的島民們往往等不到眞正需要救急存糧那天，一拿到沒多久就吃光了。

謳妮乖巧地佇立門前等待，看派送的人從遠處挨家挨戶來了，最後停在她家門外。他們翻遍整車的提籃，滿頭大汗，好不容易才找到給她的那個。

「啊，原來在這裡。送了半座島，就這麼一個沒按順序排，還好還在啊，哈哈。」帶頭的黝黑少年笑著把寫了名字的提籃拿給她。謳妮接過，說了聲謝謝。

她看了看自己的籃子，又瞄了一眼車上像山一樣高的提籃，總覺得手上這個和其他人的不太一樣，似乎特別鼓。

車子繼續往下一家出發，謳妮聽見車上那兩人談笑著說汀萊大人今早忽然去了他們那裡一趟突擊檢查，還好大夥兒工作勤快，東西既沒短少，發貨時間也不延誤，大人巡視完還因此讚美了他們幾句。

車上的笑語喧譁逐漸遠去，謳妮抱著籃子回到屋內掩上門。

拆掉編繩，掀開表層裹布，一一把營養棒拿出來放進櫥櫃收好，謳妮發現籃底還放了一些最近貴族女孩間流行配戴的漂亮首飾和一張紙。她把對摺的紙條攤開，見兩行遒勁的字上寫著誰誰誰家和誰誰誰家分別在何時與何時又誕下幾顆蛋寶寶之類的言不及義的話，忍不住噗哧笑了。

好委屈的語氣啊。

她凝視著紙上熟悉的字跡很久很久，眼眶濕熱起來，吸了吸鼻子後，抿著唇靜靜地把它對折回原來的樣子，再小心翼翼地放進她珍藏的小匣子裡。

她走到窗邊閉眼吸了口新鮮空氣，終於忍不住摀起嘴巴遮蓋沒完沒了的咯咯咯笑聲。

他心裡還是有她的。

謳妮思念汀萊大人，所以像以前一樣，天未亮就出門摘小果子、小花、小草，沿著島緣收集美麗的事物，將它們恭敬地放在宮殿前的階梯上。她偷偷地來，偷偷地去，自以爲不露痕跡。

那襲紅衫風風火火來去，經過之處伴隨著清脆叮鈴，繆瑟屢屢躲在暗處偷看。

在發現哥哥總是珍惜地一一拾起女孩留在臺階的物品，帶回殿內後，繆瑟決定將心中那抹最初始純粹的情感，默默昇華爲友誼。

他很歡喜，亦很傷心。

歡喜，原來他最重要的兩個人互相珍視對方。

傷心，他再也不能偷偷喜歡她了。

洶湧的浪潮聲總能讓謳妮感到平靜。這天，她哼著歌獨自來到海灘。

這條海岸線平直且長，她走來走去挑了根粗細剛剛好的樹枝，蹲下來，在細砂上開始作畫。謳妮可以一個人在海邊待很久，自得其樂，這點從小到大都未曾改變過。

其他女孩子們待不住，踏浪追逐一番後就嫌無聊跑走了，海邊漸漸成了謳妮專屬的放空基地。

她窩在那裡畫了許多圖案，然後畫了父親和母親。捨不得把家人抹去，她移動兩步換到旁邊那塊平坦的區域，繼續繪製下個圖樣。

她專注地描繪著自己和另一個男人，畫兩個人牽著手，然後在旁邊畫了一窩蛋，那是他們生的小寶寶。然後她停下來，嘻嘻笑了。

「畫得挺好。」

一道低沉的聲音在耳邊響起，謳妮轉頭去看，汀萊大人蹲在她身側，凝視著圖案，嘴角滿意地彎了起來。

謳妮作賊心虛，伸手胡亂把畫抹了兩下，欲蓋彌彰說：「才不是畫你，我隨便畫的。」

「哦？這樣。」汀萊笑了，指指證據，「但這是我們家傳的長子腰帶呢，畫得這麼傳神，可真不容易。」

謳妮羞紅臉，再也無話狡辯。

汀萊拉著她坐下來賞海景，兩人並肩吹了好一會兒的風。

謳妮想起這兩年來的一切，很多感謝想對汀萊大人說。謝謝他，在她最脆弱無助時，安靜地陪伴，並在所有能置身事外的時刻，選擇繼續朝她前進。即便他想要的，她一直沒有給，他仍然雷打不動地待在她身邊。

曾經她以爲是不是自己太可憐了，善良的汀萊大人才會對她特別眷顧。她捫心自問，自己並沒有那麼好，也不是那麼足以與他匹配。島上明明有很多更好的女孩，只是他不屑一顧。

她始終不敢往兩情相悅的方面想。

她怕到頭來不過都是自作多情一場。

所以汀萊大人的暗示，她裝作聽不懂；他眼底的深情，她裝作沒看見。他好像也知曉她在想什麼，繼續包容她的忸怩不安與自慚形穢。

等待有一天，她會想通。她會發現自己那些糾結很小家子氣，也很可笑。即使她眞的不夠好，只要他喜歡就好。

「跳一支舞給我看，眞的那麼難嗎？」汀萊大人忽然揶揄。

謳妮低下頭來。

「從妳第一次紅著臉從我面前跑過去，我就一直在等妳長大。」

想起她當時的模樣，他忍不住啞然失笑。

「但我……不好意思跳啊。」她慣常把臉埋進裙子裡逃避，不敢面對他。

汀萊看著她纖細的後頸，知道她又害羞了，只好對著天空嘆出一口長氣，幽幽說：「那就不跳。」人可以長年紀、長個子，爲什麼就長不了膽子呢？

謳妮個性膽怯，讓他得時時刻刻掐好分寸，不能太靠近，不能太主動，也不敢太熱情，怕稍微過了頭，小兔子又縱身躍進暗無天日的洞裡。

羌靈族人一生只需要一位伴侶，他願意把所有的時間拿來追他最喜歡的那位。

「不想跳的話，親我一下也是可以的。」汀萊忽然厚顏無恥起來。

謳妮抬起頭轉過去，見男人似笑非笑地把一邊臉頰湊過來。她心裡想著好吧，親臉頰跟打招呼的意思差不的，也不算踰矩。

謳妮嘟著嘴靠過去，卻發現他太高了，兩人身高落差太大，根本親不到。

爲了避免被誤會她很飢渴，謳妮小聲提醒：「汀萊大人要下來一點啊。」

他聽話地彎下身靠過去，在謳妮嘟起唇再次湊上去時，猝然轉頭——

她毫無防備，就這麼吻在他的唇上。

海風呼呼地吹，吹不散臉上熱潮。謳妮的臉以肉眼可觀的速度迅速漲紅，她飛快彈開，支支吾吾說著對不起。

腹黑的汀萊舔舔唇，懶懶地把身子坐正，上揚的唇角掛著笑，道貌岸然表示：「這麼熱情啊？謝謝，我很喜歡。」

謳妮嗚嗚嗚地垂下頭來，掩住臉。既覺得萬分羞恥，又覺甜徹心扉。

● ● ●

城市裡到處都是情侶，奇芷寧想避開人潮，便拉了林琰搭纜車上山走走。從高空向下俯瞰的這個過程，奇芷寧本以為恐龍一定會覺得很新奇，結果他全程把目光定在她身上，似乎對山間翠綠景致毫無興趣。

林琰見她也看了他，態度自然地俯身親吻她。克制地碰一下，離開。

恐龍的愛，明目張膽，大膽熱烈。不怕她知道，只怕她不知道。

這有點超乎人類女孩的承受力了。

奇芷寧抿了抿唇，偷偷回味那香香的氣味後，把頭僵硬地轉向另一側，尷尬的是，有位目睹一切的小妹妹呆呆地與她對上了目光，這下奇芷寧心再大也無法淡定了。她抖著唇試圖不去在意小女孩那令人感覺萬分害羞的眼中深意，只好又把頭轉回來，對上林琰的……

帥恐龍衝著她笑，露出一口燦爛白牙。

啊呀呀～陽光與你，到底誰比誰耀眼……

摀著胸口下了車，奇芷寧覺得他們主寵之間的感情狀態，還眞是一言難盡啊。

後來兩人回市區吃晚餐，小餐廳配合情人節準備了歡慶活動，只要情侶完成挑戰就可以獲得限量十份的小禮物。

奇芷寧問服務生禮物是什麼，那人答說是某品牌經典款純銀手鍊。

這是近幾年崛起的品牌，奇芷寧也聽過，既然送的是經典款，那應該什麼時候戴都很適合。她有點想要，就拉著林琰一起參加了。

他們排隊到臨時搭建的小舞臺中央抽取任務，講好由林琰負責抽牌。在他們前面幾組賓客中，有人抽到了公主抱三分鐘，觀眾各出奇招逗男方笑場，結果誤打誤撞戳中對方笑點，導致瘦弱男友和女友一起跪在地上，挑戰失敗。林琰見狀輕嗤，連三分鐘都撐不了，算什麼男人。

接著有對情侶抽到一分鐘十題快問快答默契大考驗，必須回答出相同答案才算過關，好不容易來到了第九題，男方因錯答與女友認識多久而遭到淘汰。

如果待會他們也抽到這題……奇芷寧趕緊掰著手指計算她和林琰究竟認識幾年。應該從她把恐龍蛋撿回家的那天開始算吧？還是從滾滾孵化成獸之後呢？哎，或者應該從他化為人形那天算起才對？

林琰聽見她喃喃自語，回答了一個頗微妙的數字。奇芷寧面容抽搐看著他，他們怎麼可能認識一百多年啊，恐龍這顆聰明腦袋今天是親糊塗了嗎？

還好前面幾組看下來，最親密的互動頂多是磨磨鼻子。奇芷寧勝負欲不高，毛病只有臉皮薄，若讓她當眾與人舌吻或拿麥克風飆高音比分貝大聲示愛，她絕對第一個躺在地上裝死。

前幾組幾乎全敗戰而歸，唯有一組幸運獲得禮物。奇芷寧咬著下唇雙手交握緊張祈禱時，恐龍問她真的這麼想要嗎，她用力點頭說是。

在一片嘈雜聲中，他沉沉望著她，收起漫不經心的態度，抬手解開兩顆最上方的釦子，「我知道了。」隊伍往前進，終於輪到他們了。林琰的手在不透明的方箱裡移動著，隨意翻攪一陣後，抽出一張紙卡。

主持人接過去誇張地朗讀：「天哪！這張可是籤王耶！是全部的題目裡面最刁難的！請女生坐在男生背上，男生在氣球破掉之前完成伏地挺身一百下！」

奇芷寧看了一眼氣球，心想哇靠這難度也太高了吧！雖然氣球的大小還算合理，但是男生若速度不夠快或是體力不夠好、手臂支撐力不夠等等，根本不可能在氣球被灌破之前率先達成啊！

況且——她覺得自己最近有點胖呢！

主持人尖叫：「預備——開始！」

奇芷寧還愣著不動，林琰已經挽起襯衫袖子露出精壯的手臂迎戰，女孩子們見狀紛紛興奮得尖叫起來。奇芷寧很快被熱心民眾押上林琰寬厚的背部坐好，然後他以非常快卻相當輕鬆的速度一上一下勇猛做著伏地挺身。氣體不斷灌進一旁的氣球，它以可觀的速度逐漸膨脹，脹得越來越大、越來越大。

一旁圍觀的群眾不停拍手叫好，熱心幫忙數著次數，由於速度太快了，奇芷寧坐在林琰背上被晃得頭昏腦脹，緊抓他的後領穩住身體，才沒滾下來。

「九七、九八、九九、一百……恭喜過關！」

天上忽然出現滿天星斗，原來是奇芷寧眼冒金星了。她花著眼被好心路人攙扶下來，因爲最後這十幾下林琰加速衝刺了導致她被搖得頭更暈，一站起來聽見耳邊傳來氣球的爆破聲差點又腿軟下去。

林琰站起身來，除了臉有點紅，一切皆與平時無異。

餐廳經理搶過主持人手中的麥克風，與現場女孩子們同感激動，「天哪！當初我們設計題目的時候，都覺得這個任務難度真的太高了，擺明欺負人來著，沒想到還真的出現勇士完成壯舉了！恭喜這位帥哥完成任務，請現場的朋友們給他們一個熱情的掌聲！」

「啪啪啪啪啪啪啪……」

林琰一手搭在奇芷寧後腰扶住她，另一手從主持人那裡接過小盒子，側頭對她勾唇輕笑，看起來比她還開心。

看著他耀眼的笑顏，奇芷寧腦海中有個畫面恍惚閃現。

是一個面容俊美、五官深邃的男人穿著她從沒見過的黑色華麗服飾，負手立在藍藍大海的邊際，回眸對她微笑的模樣。

她心口驀然一縮，泛起隱隱的疼。

爲什麼會產生這種幻覺？

頭實在太暈了，奇芷寧忍不住輕捶腦門兩下，把虛擬的影像甩出腦海。

拿著精美的小盒子回到家，奇芷寧迫不及待地扔了包，蹲踞在客廳的茶几前，鄭重其事打開它。細細的銀鍊在燈光下顯得精緻美麗，粉鋯石一閃一閃，看得她目不轉睛。

林琰跟著坐下來陪她一同欣賞，「妳喜歡這種東西？」

她用力點頭，「嗯！」

他捏捏她的臉頰，笑著說：「都沒變呢。」

沒變？奇芷寧聽得茫然，「什麼意思？」

他搖頭輕笑。

她什麼都不記得也好。

那些深刻的、甜蜜的、幸福的過往，都隨著傷心的往事一併從記憶裡淡去也罷。即使忘了他，甚至不愛他了也都無所謂。

只要她快樂活著就好。

奇芷寧一隻手扣不好鍊子，只好請林琰幫忙，他接過鍊條研究，稍微摸了一下後，拉住她的手替她扣上。看著她白皙纖細的手腕上多出這條鍊子，林琰由衷道出：「眞好看。」

她嗯了聲，撲進他的懷抱，「謝謝你這麼努力，送我這麼好的東西。」

沉穩的男性香氣瀰漫鼻腔，衣服質地滑順，那片堅硬厚實的胸膛內響起規律心跳，頭上傳來他低沉期待的聲音問：「我有什麼獎勵？」

她仰頭看著他顛倒過來的臉，表情看來有點痴呆，「臨時起意出門，什麼都沒買啊，你除了肉還有喜歡什麼嗎？我過幾天補給你行不行？」

「不行。」

「啊？」

「妳剛剛說錯了。吃肉是爲了維持生命所需，跟喜不喜歡沒有關係。我只喜歡妳，沒有其他的了。」

奇芷寧害羞地抓著他的衣服，小聲說：「我也、我也喜歡你……」

而且……好像不只侷限於對寵物的那種喜歡，是能澈底把他當成人類異性來看待的那種喜歡。

她願意和他嘴對嘴親親，願意在各種情況下抱抱；想在一起很多很多個年頭，希望餘生只與他這個人過下去。

林琰摟著她沉默片刻，問：「在你們人類社會裡，是怎麼承認伴侶地位的？」

「嗯……我想想啊。」她認眞地抓了抓頭，用力思考著，「應該就是公開交往吧。兩個人正式成爲男女朋友後，於情於理都必須杜絕其他異性曖昧，意味著雙方都不該在外繼續拈花惹草，身與心都應忠貞於另一方。」

林琰揉揉她的頭髮，低聲說：「那妳給我這個獎勵吧。」

奇芷寧把頭埋在他胸前磨蹭，噗哧噗哧笑著，被悶住的聲音含糊說著好呀好呀。

林琰變出令奇芷寧魂牽夢縈的獸尾，縱容她摸個痛快。

城市另一頭——

白天陪胡孜孜泡在書店幾個鐘頭，在餓死前被她拉去吃了個飯，吃完飯又被拉去碼頭看了十幾艘船，整天找不到好時機說一些內心話的奇恩，正猶豫地望著路邊小花店門口賣的花束，思考著是否買一束送給未來的情人。

由於胡孜孜和奇芷寧相當合得來，都說物以類聚，因此他難免也擔心胡孜孜會不會是個奇奇怪怪的人，也許偏好不正常口味。

胡孜孜發現他一直憂愁地望著那些花，大方推了他一把，力氣出乎意料的大，口氣豪爽：「哎呀別看了，喜歡就去買啊，情人節快結束了現在買正便宜呢！」

奇恩眼神死。

她以為他喜歡花？他在她眼中就是姊妹嗎？

奇恩忽然火氣一來，覺得對方都這麼愚鈍了，他還東顧忌西顧慮些什麼啊！再不講清楚，八十年後她還是一顆石頭腦！

於是他直接拉著胡孜孜，粗魯地把人拖到攤子前，「妳選，選吧，喜歡哪束我送妳！」

胡孜孜驚喜非常，「這麼好！」

「對！妳就選！就當我日行一善幫助花農吧！」他抓抓亂髮，煩躁地吼道。

桌上擺滿各種包裝好的漂亮花朵，品種不多，各色玫瑰占據半壁江山。從沒收過花的胡孜孜咬著手指陷入天人交戰。

花店老闆娘趕緊推薦最貴的那束九十九朵粉紅玫瑰。幸好收攤前來了這麼一個金主，不然過了情人節還沒賣掉，這麼大一束幾乎逃不過枯萎扔掉的命運了。

老闆娘報了個佛心價碼，但胡孜孜還是嫌貴，她捨不得奇恩花這麼多錢，想再砍兩百，最後奇恩拿出鈔票闊氣喊聲「不用找了」，拉著胡孜孜走掉。

老闆娘樂呵呵地隔著一條街大聲祝他們情人節快樂，奇恩腳步一頓，後知後覺有種心事被人揭發的尷尬，加快速度離開。

胡孜孜一邊低頭嗅著玫瑰香氣，一邊被奇恩拖著走，奇恩不斷張望四周看看有沒有適合單獨談話、不會一直有路人經過的隱密場所。

他們一直走、一直走，每走到一個空曠處，正當奇恩準備好開口，就會又有路人晃過，奇恩只好又拉著胡孜孜往另一個方向去。

他拉著她疾步如風闖遍大街小巷，想找一個適合告白的地點，但有時貓一直看著他們，有時又有狗對著他們汪汪叫。

他不希望自己人生中第一次做這麼轟轟烈烈的浪漫的事被摻雜煞風景的回憶，所以在城市裡快步疾走了半個小時。

途中他們遇到幾張熟面孔，對方剛欸了一聲，奇恩便酷酷扔下一句「沒看見哥在忙嗎」又匆匆離開。

整座城市都是他們的健身房，這一天走下來，胡孜孜覺得自己像踩了幾個小時的跑步機，已消耗掉驚人的熱量。

這時手機鈴聲響了，胡孜孜終於找到理由強迫健走中的奇恩停下來，「等等，我、我接個電話……待會、再繼續走行不行啊？」她氣喘如牛說。

平時有打球習慣的奇恩，氣息相對平穩，他擺擺手說：「接吧。」接著十分體貼地接過那束花，讓胡孜孜有餘裕從包裡翻找手機。

胡孜孜按下通話，奇芷寧歡樂的聲音傳出來：「孜孜，妳和我哥在哪呀！你們做了什麼？好不好玩啊！」

奇恩聽到了，一把將手機搶過去，「晚點再打行不行？沒急事的話我掛斷了。」

晚點再打？這都幾點了啊！兩個人一早耗到現在，老哥居然還沒把事情搞定嗎？

奇芷寧真是敗給他了。

「等等，哥！先別掛啊！」奇芷寧聲音忽然緊張起來，「你可以稍微走遠一點嗎？我跟你說些悄悄話。」

悄悄話？這小鬼今天怎麼有這種閒情逸致？難道她和林琰怎麼了嗎？

畢竟是寶貝妹妹，奇恩還是會擔心。他看了胡孜孜一眼，把花塞回她手上，「我跟她說點事，馬上回來。」

胡孜孜點點頭，奇恩拿著手機大步走到一旁。

確認這段距離安全後，奇恩：「說吧。」

「哥，你是不是不知道怎麼向孜孜告白呀？」

「……」原來是關心這個。

被戳到痛處，奇恩有點頭疼。他想嗯嗯啊啊地敷衍過去，但奇芷寧沒那麼好糊弄。老哥這麼蹩腳，奇芷寧實在看不下去了。

「哥，你有信心一點，我從昨晚思考到現在，我認爲孜孜她應該也滿喜歡你的，至少她並不抗拒你的接近，這對她來說已很難得了。孜孜的性子其實很冷，從小對什麼都無爭無求，好像也沒幾個說得上話的男性朋友，我也沒底她到底有沒有喜歡的人。但是剛剛我忽然想起來了，她曾不經意地說過一句很重要的話呢！」

奇恩看著胡孜孜站在夜空中那抹纖細瘦弱的背影，用手一片一片撥動花瓣，頭低低地不曉得想些什麼，他吶吶問：「她說什麼？」

奇芷寧回想高中時某一天兩個女孩吃著午餐，忽然聊到戀愛話題上，奇芷寧說以後她能交男朋友了，一定要找那種身高一八八，體重七十八，有胸肌有腹肌還有翹翹的臀部、眼神銳利如劍的人。胡孜孜揶揄她小說看太多了。

奇芷寧只好反問：「那孜孜妳呢，妳對帥的定義是什麼？」

胡孜孜淡淡紅了臉，露出罕見的靦腆，用筷子戳著便當裡的排骨，「嗯……我覺得會偷偷照顧、保護妹妹的男生，還不錯啦。」

這樣的人將來肯定很顧家，能給她安全感。

奇恩心尖一顫，嚥了口唾液，突出的指骨動了動，掛掉電話。

他大步走向已看膩花蕊，站在路邊踢著石子的女生。胡孜孜感覺到他的靠近，抬起頭來，「說完了？芷寧沒事吧？」

「嗯。」他迅雷般俯下身子，用力抱住她。

她呆呆地站立，手中的花差點拿不穩。

「和我在一起。」奇恩認真地說。

「我喜歡妳，雖然不知道是什麼時候開始的。」

天候轉涼，島上的人們跟著食慾大開。

趁著天氣晴朗，包含謳妮與瑤琳在內的幾個女孩子一塊在田裡採了農夫種植的根莖類作物，裝了好幾大籮。這種作物滋味偏甜，其中一個廚藝精湛的女孩提議烹煮後做點好吃的甜食瓜分。

她們窩在一起，消磨了整個下午，做好後，各自興奮地回家帶著容器或提籃回來盛裝，每個人都分到了滿滿一盆甜派、薄餅。瑤琳家中人多，定是要帶回家吃的。謳妮只有自己一個人，還好她馬上就想到可以和汀萊大人及繆瑟這對兄弟一起分享，所以與女孩們分道揚鑣之後，她獨自來到宮殿外。

那時已經晚上了，宮殿裡的守備變得森嚴。兩名守衛手持長矛站在門口打量她，謳妮不得其門而入，只好扯著嗓門對內嚷著繆瑟名字。

然而她等啊等，與守衛大眼瞪小眼互相看來看去，就是沒等到繆瑟來接她進去，好在至少等來了冰塊臉無翊。

他走上前，以一種古怪的眼神瞅視她，細部表情甚至微微扭曲，「走吧，汀萊大人讓我帶妳進去。」

謳妮跟著無翊，有點不好意思地問：「他、他聽到了？沒打擾到他忙什麼吧？」

無翊冷冷說：「都這個時間了，妳還上門，喊別人名字喊得那麼歡快，汀萊大人剛剛本來要自己出來的，也許不高興吧，轉身又走了進去。」

謳妮咦了一聲，「汀萊大人生氣了？可是……我就……我就是不好意思喊他……才想說委託繆瑟幫忙轉交好吃的給他呀……」

無翊哎一聲，倏地回眸對她露出有點頭疼的表情，「誰曉得妳想什麼啊？妳沒看到大人臉黑掉的模樣，都不曉得事情的嚴重性啊，這麼棘手的情況我也沒有辦法呢，不如待會妳好好哄哄他吧。」

「哄？」她錯愕地問：「怎麼哄啊？」

無翊聳肩，「我怎麼知道汀萊大人喜歡妳怎麼對他呢。」

懷著一顆忐忑的心，謳妮走到了殿裡。沒見著平時活蹦亂跳的繆瑟，只看見汀萊大人和一位白鬍子老人正在說話。汀萊眉心緊蹙，狀似有點煩惱。

謳妮在旁邊等了一會兒，看他站起身來，對老人說：「我會試試。」就讓無翊送老人回去了。

殿內剩他們二人，汀萊緩緩走過去近距離凝視謳妮，謳妮則緊張回望。這種反應令他有點驚訝，目光順勢下移，落在她手上的那盆東西上，疑惑道：「怎麼都晚上了還過來？」

謳妮滿腦子都是無翊剛剛說的那番話，此刻見汀萊大人臉色不太好看，以為他眞的生氣了，拚命想著該怎麼做才能讓他消氣。

其實……平時女孩子們湊在一起，談論的話題不外乎都是生活上的事，至於一些比較開眼界的話，謳妮也曾聽過。她們都說，男人其實很單純，抱一下、親一下，如果可以的話具體的美言個幾句，他們就會很開心了。

那時她默默地記住，卻沒想過有朝一日會用在這個男人身上。

她鼓起勇氣，抱著必死的決心愼重開口：「汀萊大人。」

「嗯？」男人語調上揚，耐心看著她，莫名覺得她情緒緊繃的樣子有趣得緊。

「我可以抱您嗎？」

「……」

她這是受了什麼刺激？抱他？

汀萊沒有立刻回答，只是慢慢地挑起一邊眉，不動聲色地觀察，謳妮在他逼人的注視下漸漸紅了臉龐。

「嗯，來吧。」他好笑地張開雙手，看著她把手裡的東西放下，慢吞吞地走上前，似乎鼓起很大的勇氣那樣，彆扭地張開手、環住他的腰、收緊。

小女孩身體軟軟的，汀萊喉結滾了滾。

兩人靜靜地擁抱了一小段時間，謳妮沒看見男人臉上滿足的表情，以爲第一招失敗，在心裡鼓舞自己一番，認爲差不多該進入第二步驟了。

她清了清喉嚨，再次鼓起勇氣開口：「汀萊大人。」

「嗯？」回摟著她，男人慵懶地回答。他低頭嗅著女孩身上散發出的淡淡香氣，心裡萬般不願破壞此刻美好的氣氛。

她軟糯糯的聲音小聲問：「我、我可以親您嗎？」

男人：「……」

到底是怎麼了！

汀萊稍稍放開她，垂下頭，望著她渴望的眼睛，忍俊不禁。

謳妮發現第二步驟奏效，心裡相當高興，決定好好地把這件事解決掉，別在汀萊大人心頭留下疙瘩。

「可以嗎？我可以親您嗎？」

「這樣啊，想親我？倒也不是不行，既然妳這麼想要——」他故意把音節拖得長長的，吊她胃口，「那也只好依妳了。」

「來。」

他整個人彎腰屈膝降下逼人高度，十分體貼地讓她踮腳就能一親芳澤，謳妮看著他猶如忍辱負重的表情，有種自己正在逼良為娼的罪惡感，於是她便猶豫了。

「快點。」他幽幽啓唇，還貼心地指向自己的嘴唇。

男人這麼一催，謳妮不再拖拖拉拉，萬一人家反悔那可太不好了。她趕緊踮腳嘟起唇，往汀萊大人嘴上壓下去。

她彈開後，男人挺直身子，咳了咳，臉上出現不太自然的薄紅，轉身向裡頭走，「忽然想到有點事跟妳說，進來吧。」

謳妮趕快把地上那個容器拿起來，亦步亦趨隨著汀萊大人走進寢宮。

一跨進他的房間，汀萊立刻把門關上，在桌旁坐好後，他招招手，讓謳妮過去。

男人無賴地拍著自己被黑褲包裹的健壯大腿，「妳坐這裡。」

謳妮連自己父親的大腿都沒坐過，這對她來說有點太難了。可想想汀萊大人不是還在生氣嗎，她怎敢忤逆呢，立刻把食物放往一旁，乖乖爬上去坐好。

汀萊把一隻手臂搭在她腰後扶著，沉靜地看了她一會兒。兩人維持這種親暱姿態，過了一小段時間。

他灼熱的手掌在她腰後一下一下按著，感受她的肌膚彈性，低問：「除了抱我和親我，還有沒有其他要求？」

呃，有呢，是第三步驟啊。她點點頭。

他眸色很深，眼神傳達著某種赤裸裸的意圖，獸尾在身後招搖。

他收緊箍在她身後的手，「妳說。」

謳妮忽然覺得又有些難爲情了，但怕少了這個步驟就哄不好他，最終還是咬牙讚美起來：「我、我覺得汀萊大人長得很好看，聲音很好聽，身上的味道也很好聞，心地很善良，脾氣很好，武力強大，將心力無私奉獻給島，這幾年間陸續推動多項百年建設，然後……還有很多很多啦，我一時想不太到全部。汀萊大人這麼好，難怪受全體島民敬仰。」

男人抿唇輕聲笑了。

這丫頭今天到底怎麼回事啊？

「還有其他的嗎？」他露出一臉興味。

謳妮搖搖頭，「就這些了。」

「嗯。」他彎下來湊近她的耳廓，用充滿魅惑的嗓音低聲詢問：「無翊跟妳說了什麼？」

謳妮感覺耳邊很癢，男人聲音很酥。她咬咬下唇，如實托出。

「繆瑟?」男人眉間重新染上愁色，他搖搖頭，「繆瑟最近恐怕無法和妳們出去玩了，他狀況不是很好。」

「咦?爲什麼?」

汀萊大人看起來有點疲憊，撓撓眉心苦笑，「他退回獸態了。」

「獸態!」

自從和林琰正式確定關係，奇芷寧每天快樂似神仙。

早晨，她開開心心地衝進林琰房間，爬上他的床抱住他叫他起床，離開床鋪前林琰會把她逮回來用力親個幾下。然後她會做很多很多早餐給林琰吃，滿足地看著他全部吃完，拍拍他的頭後，背起背包嘻嘻哈哈去上學。

林琰能看懂文字之後，奇芷寧好奇之下向學校的腦科學教授要來兩份不同專業機構出的成人智力量表給林琰做，發現他的智商根本高到破表，令她驚詫不已，手刀購入數本股票理財相關的書囤在家裡逼他研究，搞不好有天押對寶，他們就發了呢!

現在還沒有閒錢買股票，奇芷寧只好拚命地幫接模特兒外拍工作，也積極地到林敬叡家與他切磋學業。

有句話說，上帝關了你一道門，就會順便再關一扇窗。胡孜孜和奇恩談起戀愛來見色忘友，奇芷寧處在一種很久都聯繫不上兩人的情況下，同時失去了哥哥與好友。

奇芷寧自認在戀愛進行中時，特別容易多愁善感，難免想到種族差異與人獸殊途最終悲劇云云，偏偏家裡那隻恐龍話少人又悶，夜半時分她總感慨心事無處可說。

她開始在網路上創了一個帳號，當作虛擬樹洞用以訴說煩惱，想到什麼就上去抒發一下，三不五時地寫，夜半時分情緒一來寫得更凶，寥寥一、兩句話發洩焦慮也很好。

「我好像有點太矮了，這令我相當痛苦且難以啟齒，沒有完美身高差的情侶最終能獲得幸福嗎？」

「從一顆蛋開始的淒美愛情，莫非我是史上最偉大的男友養成計畫成功者？」

「我問他喜歡我什麼，他說全部。這麼籠統的答案，是不是在敷衍我？」

「我故意逼他穿廠商送的粉紅色襯衫去約會，他為什麼沒抗議？」

「昨晚我沒忍住，趁他睡覺時潛入他房間，偷拔一根他捲曲的性感腿毛作為收藏，這樣是否過於變態？」

「他好像發現我偷拔他腿毛了，不然為什麼會進來我房間？」

「他問我有沒有看到他的東西，我問他是腿毛嗎？他一臉驚訝，我才發現自己不小心說溜嘴了。」

「今早出門上課前，他親自送我出門，是不是做了什麼對不起我的虧心事？」

「今天不小心坐到他的尾巴，他好像想殺了我？」

「男友慷慨相贈三根腿毛，難道我有拒絕的權利？」

奇芷寧頗有化身文青之感，試圖在字裡行間散發出詩人爲賦新詞強說愁之味道。

雖然是拿來當作樹洞用的發言帳號，但女人就是這麼難搞，不想被發現的同時也很想被注意到。

她捧著滿心熱血寫了一千三百零六則無病呻吟的貼文後，因爲從來沒有半個人理她，她便覺得網友們很不溫暖，於是不願再寫了。

其實這叫做三分鐘熱度，只是她本人並沒有意識到。

後來，在某個傾訴欲大爆炸的夜晚，寵物店員工孫譽橫空出世。

他傳來一張弟弟和狗狗的合照，問她哪個比較可愛，開啓兩人之間的話題。

奇芷寧選了很久，不願傷任何一個人的心。她如果說是狗狗可愛，那意思就是他弟弟不可愛；那由於兩人是親兄弟，長相當然是神似的，她說弟弟不可愛的話，基本上也是暗指哥哥不可愛，這多傷友情啊！所以她說不出口。

然後她又想，那說狗狗不可愛不就好了嗎，但是這種謊話她眞的說不出口，因爲狗狗眞的很可愛啊！

林琰從奇芷寧身後走過去，見她對著一張少年與狗的照片歪腦皺眉，嘴裡喃喃唸著：「天哪好難選啊我該怎麼回答，他爲什麼要出這麼困難的題目來考驗我呢？沒聽說過狗與男孩不可兼得嗎，我無法同時讚美兩個啊，啊啊啊我眞的要瘋掉啦！」

林琰平靜地走過去。

過沒多久，他又繞回來，俯身側頭吻在她唇上。

「不用選，妳最可愛。」

勾起唇，男人坐到一旁，懶洋洋地打開理財書籍開始看。

奇芷寧有點暗爽，但不想被恐龍看出來，所以拚了命地把嘴角按壓下去。

她咳了咳，正經地在手機裡慢慢輸入：「我選不出來。」

「因為看來看去，我最可愛。」

發出後，她倒在沙發上笑到直不起身來。

林琰：「……」

那天之後，健談的孫譽常常陪奇芷寧聊天。

奇芷寧驚訝地發現，孫譽居然跟自己同學校，只不過對方長她幾歲，已經研二。生活圈重疊加上都對動物抱有喜愛，兩人簡直一拍即合，很快就成爲好朋友。

由於和孫譽混熟的關係，奇芷寧偶爾下課了會跑去寵物店看看貓貓狗狗，順便打聽動物方面的各種知識。

男朋友曾是隻獸，讓奇芷寧想了解更多動物界的奧祕。他隔三差五冒出來搖擺的獸尾，提醒著她，林琰仍是半獸的事實。

奇芷寧向寵物店老闆和孫譽問了許多動物的習性，包括狼、虎、公獅、豹、犬等等，甚至交配求偶等相關問題。對於家裡男人的一切，她很有自覺地守口如瓶。

孫譽畢竟是男生，很多事情奇芷寧當面問他，他無法暢所欲言。於是他把自己精挑細選的動物寫實紀錄片傳給她，婉轉地請她自行點開深入了解。

奇芷寧很高興，當晚洗完澡就邀請林琰到她房裡一起看。她進入那串網址，按下三角形圖案播放。前奏響起時她顯得異常興奮，「聽說很好看啊！太棒了！好期待啊！」

林琰心裡也挺好奇她對什麼內容興致這麼高，他往後靠，長腿向前舒服伸展，一隻手搭在奇芷寧的椅背上，酷酷地等待畫面出來。

音樂過後，旁白開始解釋所謂的動物發情期，畫面上出現兩隻老虎，一隻欲拒還迎，一隻熱情奔放。本以為還要談情說愛半小時，哪知跑啊跑的牠們就活潑地糾纏在一起。鏡頭拉近，出現一些不可描述的特寫畫面。

林琰抬起眉角。

奇芷寧試圖用健康的角度去欣賞，但她的臉卻不爭氣地像樹上的蘋果一樣漸漸地紅了。影像十分生動，畫質也很不錯，林琰高深莫測地看著，頻頻點頭，獸尾不曉得何時跑出來了，以一種讓人無法忽視的姿態高調搖擺。

奇芷寧慌不擇路，伸出手想按畫面的叉叉符號關閉視窗，結果卻不小心按到全螢幕。畫面陡然變得很大，全螢幕畫質超清晰，兩人都驚訝了一把。

林琰：「嗯？」

奇芷寧走投無路，決定化悲憤爲音量，所以她開始鬼吼鬼叫：「天哪這不是我要看的啊！我眞的不知道影片是這樣的內容啊！我眞的眞的不知道啊！你一定要相信我啊！」

林琰冷靜伸手，關掉。

大自然的動物交配過程有些是按秒計算的，即使是老虎也不過半分鐘或更短，是她太緊張了，才會覺得煎熬。

「沒事，不看了。」他把所有視窗關閉，讓畫面回到桌布，一手攬過她的肩膀輕拍。

奇芷寧淚眼汪汪，巴過去靠在他的胸膛實打實地哭了起來。胸前漸漸濕了一片，林琰覺得好氣又好笑，柔聲安撫。

奇芷寧哭得更大聲了。那是一個無限悲傷的夜晚。

林琰卻在那個當下「似乎」懂了些什麼。

隔天奇芷寧萎靡地進了教室，發現孫譽也來了。他坐在靠後面的位置上，桌上擺著一枝筆和一瓶水，雙眼盯著手機。

她走過去，「欸？你怎麼會在這裡？你也修這堂課嗎？那怎麼之前都沒看過你啊？」

孫礬替她拉了把椅子，讓她坐旁邊，簡單解釋：「旁聽。」

這是一堂很營養的選修課，教授不太點名更不太會指定人回答問題，之前奇芷寧曾在孫礬面前大力稱讚過，沒想到孫礬如此感興趣，還真的來了。

孫礬發現奇芷寧的眼睛有點紅腫，問她怎麼了，這句話狠狠戳到奇芷寧的傷心處，說多了都是淚，於是她緘口不言。

「以後我不看那種東西了。」奇芷寧洩氣地說。

聽她提到片子，孫礬猜測她看過了，但他不懂她這個反應是怎麼回事。看動物紀錄片，觀賞生命孕育的神聖旅程，不至於哭吧？

「好看嗎？」他問。

「不知道，只看了一點點。但那一點點，太精華了。」

教授走進來，兩人同時閉嘴，各自坐好裝認真。奇芷寧翻開課本，擱在桌面的手機亮起來，她點開一看，原來是修同一門課的同學A來探聽跟她說話的人是誰。

A：「天哪，他好帥！我們學校的？」

奇芷寧：「嗯，研究所學長。」

A：「死會了嗎？性向為男否？」

奇芷寧：「……我不知道。」

A：「聽說妳交男朋友了？勿忘咱倆大一時立下的山盟海誓，獨脫單不如眾脫單，脫單路上妳不孤單，如果咱倆都能脫單，改天一起去吃丹丹。幫個忙唄？」

天哪，好想吃丹丹，好想吃丹丹啊！

奇芷寧吞吞口水打字：「那我問問吧。」

她立刻點開與孫譽的聊天視窗，問他有沒有女朋友？想不想認識一位可愛迷人且有幽默感的女大生？

孫譽透過關鍵字「可愛」聯想到某天傳訊息自稱「我最可愛」的自戀女大生，但，他們明明已經認識了，為什麼還問他想不想認識呢？

他看去一眼，見奇芷寧對他眨眨眼，露出討好微笑。所以她彎彎繞繞了這麼一大圈，是想打探他有沒有女朋友吧？

身為一個男人，得有紳士風度，絕不能拂了女生面子。

他在螢幕上敲下幾個字：「沒有女朋友。」

幾乎是同一時間，他收到奇芷寧傳來的一串號碼。

孫譽：「？」

奇芷寧：「我朋友，坐窗邊穿黑衣服，笑起來很可愛那個。」

他轉過去看，那個女生身上的黑T恤印著「阿杏摔個四腳朝天，就會變成阿呆」，與他對上目光後，她燦笑對他揮手。

孫譽：「……」

好哦。

果然很有幽默感呢。

下課後，奇芷寧提著很多食物走在返家路上，一心想著趕緊回家抱恐龍，餵食他，忽然被幾個小混混擋住去路。她往左邊走，嚷著借過借過，發現沒用，於是又往右邊走，喊著不好意思啊大哥我趕時間，接著發現也沒用，只好停下來狐疑地望著為首之人，禮貌問：「請問有什麼事嗎？」

那位仁兄不懷好意地把她從頭打量到腳，痞痞笑道：「長得真可愛，交個朋友？」

奇芷寧乾乾脆脆回道：「不交。」

「不交的話，也可以。」他看著身邊一夥流裡流氣的朋友，一群人互換眼神後各帶著邪氣笑了，「身上有錢吧？」

這人是附近職校的夜間生，可惜愛讀不讀、愛上不上的，導致學校一間換過一間，都二十好幾了還畢不了業。白天到處惹是生非，晚上混夜店與酒吧。

原來是搶劫啊。

奇芷寧看看他，又看看他身後那些人，嘴裡說著沒錢，心裡卻想著有錢也不給，好手好腳地向女人要什麼錢啊！說完她想繞去旁邊，卻被他伸出來的手擋住。她再繞，被他笑著抓住，她只好用另一手反抓住他想掙開，他卻當成情趣，玩得歡快。兩人拉拉扯扯間，奇芷寧差點要咬人的時候，一道嗓音懶懶驚起，一隻大掌不費吹灰之力扯住流氓後領把他扔飛出去。

「哪來這麼油膩的人。」

奇芷寧揉揉被抓痛的手，看著眼前行俠仗義的平頭男。

那群小混混認出這張臉，老大被扔出去讓他們挺沒面子，衆人互相看了看，仗著人多膽子也大了起來，各自扭動脖頸笑著，頗有挑釁之意。

「喲，這不是謙哥嗎？」

被丟出去的人從地上爬起來，走近平頭男，衝著他不懷好意地咧嘴笑，聲音壓得很低，「都淡出了，還想練身手啊？」

連奇芷寧都看得出來，這些人怕是要打起來了。她望向身形精瘦的平頭男子，面露擔心。他好心插手，卻被圍毆成豬頭的話，她的良心該多麼過意不去啊。

這位蓄著極短頭髮的男子叫做陳謙。

陳謙眉目銳利，外型陽剛，家境優渥不愁吃穿，早些時候跟他混的人多，三天兩頭糾衆幹架，鮮少輸過，在附近不學無術的年輕人裡算得上半個地頭蛇。

血熱的日子遠去，他已非年少輕狂的高中生，打架什麼的很久不幹了。

幾分鐘前他剛從朋友的屋子裡出來，走沒幾步就撞見此事，本不想管，但看他們多人欺負她一個實在噁心，索性當作積功德。

曾樹敵無數的陳謙怎會嗅不出火藥味，他額角抽了抽，轉動手腕後冷笑兩聲，扭頭看著奇芷寧，「站遠一點。」

他這是奉陪的意思？認眞的？

奇芷寧算了算人數，拉住他的衣服，「一起跑吧？」

陳謙像聽了什麼笑話，眼神卻瞬間溫柔下來，他輕推她，再次說：「去旁邊。」

奇芷寧在心裡爲陳謙默哀三秒，踟躕地走到一旁拿出手機搬救兵。這裡距離她家近，恐龍渾身都是怪力，讓他出來擺平這些人，完事後還不用上警局，比叫警察簡單多了。

才剛按下第一個數字，她就聽見好幾個男人吆喝著衝上前喊打，接著是一聲響過一聲的淒厲慘叫。

平頭男人氣勢剛烈，凌厲凶猛地在肉搏戰中揮拳踢腿，各種揍飛、踹飛、迴旋踢飛連番上陣，十幾個人像破布一樣飛了出去。

帶動節奏的陳謙一雙長腿在空中劃出優美弧度，手臂肌肉勃發，線條緊實流暢，簡直荷爾蒙爆棚，帥到奇芷寧移不開眼。

爲首那人還算能打，倒了幾次又爬起來。他用眼神示意小弟們包抄，陳謙舔著唇瞇起危險雙眸迎戰，腹背受敵地接下狠戾數招後，笑得陰險，其中一人出拳便對準他的鼻梁揮去，陳謙閃過攻擊後眼底漸顯不耐煩，當下決定速戰速決。

不到一個眨眼時間，前幾年街頭實戰經驗相當豐富的男人出拳速度猛然加快而狠辣，佐以矯健有力的長腿三兩下踢飛所有人，地上像爬滿了扭動的毛毛蟲，一個接著一個疼到直不起身來。

陳謙往地上輕蔑地啐了一口，拉著目瞪口呆的奇芷寧走了。

過了一條街，來到大馬路上，陳謙才停下來，往她看去。

天色漸暗，柔和的夕陽薄染在奇芷寧身上，將她整個人烘托得恬靜柔美。女孩透出一股乖巧純真，讓看慣濃豔美女的陳謙忽然有點呆了。

是他的菜啊，怎麼辦？

別看陳謙一臉正氣，其實也是喜歡漂亮女生的，他抓抓頭，臉紅起來。

見她還拿著手機，陳謙便從口袋拿出自己的，他亮出一個畫面，用稀鬆平常到讓人挑不出毛病的語氣說：「我想問問，妳的手機是什麼廠牌的？有掃碼功能嗎？」

現在哪支手機沒有掃碼功能啊。奇芷寧奇怪地看著這位頭髮剃短短的型男。

上當的奇芷寧很快拿出自己的手機掃下去，螢幕跳出一個框框詢問是否加對方為好友，她驚訝間，陳謙已快手替她按了接受。

他抿住唇掩住笑意，收回手機塞進口袋，清清嗓說：「沒事，有空傳個笑話給我啊。」

接著他撫摸肚皮，看著她提的食物舔舔唇說：「好餓啊，妳怎麼買這麼多吃的？可以分我一點嗎？」

奇芷寧分了一袋給他。

回家路上她不時悲傷地想著：爲什麼！爲什麼今天遇見的男人都像乞討和要飯的！我們國家還有未來嗎！還有救嗎！

奇芷寧懷著沉痛的心衝進屋子時，林琰正好從廚房裡走出來，手裡拿著一瓶喝到一半的水，納悶地問她：「怎麼了？」

奇芷寧撲進他懷裡，猛搖著頭不說話。林琰覺得怪異，拉開她，見她一雙憂愁的眼，詫異道：「誰欺負妳了？」

欺負？

奇芷寧馬上想起剛才那場精采的武鬥場面。

胡孜孜常說女人不可太強悍，在男生面前得適度的示弱，激起男性的憐惜之心，並激發他們的保護欲，最好能用看著英雄的崇拜眼神膜拜男人，這樣方可維持戀情長長久久。

看來此刻正是時候。

她嗚咽著抬頭向男友撒嬌：「剛剛，我、我在路上遇到好幾個壞人，他們好凶……我好害怕，需要安慰，想被你抱抱，也可以親親。」說完，她嘟起嘴。

林琰默然凝視兩秒，俯身吻她。剛離開她的嘴，女孩立刻埋進恐龍懷裡，將他用力抱住，哭哭啼啼說：「嗚嗚嗚人家眞的好害怕哦，回來的路上我都差點嚇破膽了。」

林琰：「……」為何口氣聽來如此做作呢？

還有心情演戲，想來也沒遭遇多大的事，不曉得又吃錯什麼藥而已。

他把她從懷抱裡拉出來，「好好說。」

奇芷寧編故事的能力特別驚人，把為首的流氓說成一個臉上劃過一道長長陳年刀疤的男子，他身後跟了近百名彪形大漢，所有的人持槍帶棍，不但威脅要把她往死裡揍，還想搶她的錢，甚至連她要和男友一起吃的晚餐都不放過，要不是一位好心人路過，恐怕她已橫屍街頭。

他挑眉，「這麼刺激啊？」

「嗯！」

洗完碗，奇芷寧的手機就收到了一則訊息，她點開看，是陳謙傳來的。他的頭貼是一張綁著馬尾辮的高瘦男生斜倚著車，同時憂鬱地望向遠方的照片。

陳謙以前長這樣？

奇芷寧把手機拿給恐龍看，「他就是路上救我的人。」

林琰接過去看了兩眼，把手機歸還，「妳剛剛說，那些人想搶妳又想殺妳？他一個人打了快一百人才趕跑他們？」

加油添醋得有點過，奇芷寧呃呃呃幾聲，說她差不多該去打工了。

林琰抽張衛生紙替她擦去唇上油漬，在她堅持自己真的非常恐懼與無助之後，護送她去林敬叡家。

奇芷寧開開心心地挽著恐龍的手，步行到了幾條巷子外的大樓。

爲了讓男友多陪陪她，奇芷寧可謂是用心良苦、無所不用其極啊。

親眼見女孩向保全打聲招呼上樓後，林琰才搖頭輕笑離去。

回公寓的路上，男人踏著修長步伐，身姿慵散自若，只不過隨意走走看看，便引來不少女性垂涎的目光。剛穿越秒數很長的紅綠燈，他被路邊臨停的正在卸貨的物流車擋住去路，繞過去後忽然聽到後方傳來尖銳的煞車聲，回頭一看，一名右轉衝出的重機騎士閃避不及，擦撞一輛計程車後連人帶車摔飛出去，落地後滾了兩圈被壓在計程車下，鮮血很快從車底流淌出來。

場面一下就亂了，交通大打結，熱心民眾有的幫忙打電話叫救護車，還有人牆擋住來車，一位男士連忙到不遠的交叉路口維持道路秩序。

林琰快步上前，撥開圍觀民眾，擰眉觀察車下的騎士，見他安全帽下的五官擰緊扭曲，疼到都要昏厥過去，他無視於他人驚愕目光，徒手扛起小黃後挪到旁邊暫放。此舉引發現場掌聲雷動，耳邊鬧哄哄的，他也只是安靜地蹲下來繼續診斷傷者的生命徵象。

騎士傷得不輕，尙有呼吸心跳與意識，林琰留在現場以古法按住幾個大穴道幫忙止血。救護車來了之後，醫護人員從車上下來接手，驚嘆地對著林琰說：「你做了什麼？我從沒看過這種止血法，效果太好了，你救了他一命啊！」

新聞採訪車興許就在附近，很快就有女記者與扛著攝影機的男人旋風趕到，正好聽到那句讚美，立刻拿起麥克風訪問林琰：「請問您是醫生或醫療體系相關從業人員嗎？」

林琰搖頭。

「聽民衆說您方才徒手搬起一輛計程車，是眞的嗎？」

林琰思索了一下。聽說？那就是沒看到了。爲了避免惹上不該惹的麻煩，他繼續搖頭否認。

「成爲英雄的心情怎麼樣？」

他瞅了一眼陌生女人，眼神散發寒意。

那晚家教時，奇芷寧的手機響個不停，她怕影響林敬叡學習，索性把手機轉成靜音，背蓋朝上擺放。直到家教結束後，她才邊走邊開了聲音，逐一將訊息點開來看。

爸媽和奇恩以及胡孜孜都傳了影音新聞網址給她，讀了標題，奇芷寧發現是同一起交通意外報導。點進去看，被女記者訪問的男人劍眉星目、神情疏淡冷漠，三個問題全數以否定帶過，對於英勇助人事蹟絲毫不以爲意。

她知道的，恐龍並不想獲得關注。大概是當時沒來得及跑，才被鏡頭捕捉到吧。

這時胡孜孜又傳一串新的網址過來，奇芷寧正好走出林敬叡家樓下，點開連結到了某個討論區。這起單純的交通事件播報影片被海量轉發，鋪天蓋地的評論狂讚畫面中人的神顏，網友們一個個衝著帥帥男人喪心病狂大喊老公。

奇芷寧僵了僵，黑線從額頭密密麻麻降下。視野出現一雙長腿，在她前方站定，她抬起頭，對上特地接她回家的深邃碧瞳。

林琰勾唇微笑，奇芷寧毫無防備，被電得魂不附體。只有見過本尊的幸運兒才知道，網路哪夠看啊，本人更是帥到逆天，魅力超大好不好！

她走過去挽住他的手，「走吧，快點回家，你這張臉太會招蜂引蝶了。」

林琰：「……」

兩人很快到家，奇芷寧鬼鬼祟祟壓後把門掩上，上了鎖返回屋內，粗魯地把帥哥恐龍拖往客廳沙發上壓制住。

林琰覺得她看著他的眼神很奇怪，「怎麼了？」

她充滿心機的目光在他臉上身上梭巡，「嗯……這種姿色實在太張揚了，看來我得搶下先機占地為王，對外宣示主權啊。」

林琰：「……」

占地為王？宣示主權？

他毫無半分牴觸地淺笑說：「那妳快點。」

恐龍都這麼說了，奇芷寧當然不會跟他客氣，她往他脖子用力一吸，留下一個曖昧紅痕後就爽快地從他身上爬起來，拍拍他的臉，「好了，夠激烈了，真是太激烈了，已是我此生做出最激烈的嘗試了，就這樣昭告天下吧。」

林琰：「這樣就激烈？」

他把目光落在她下半身穿的那條淡色寬褲上，想像著徒手將它撕成碎片的模樣。

奇芷寧渾然不覺兩人思想上存在的強大落差，想著證據也做好了，便很快抽出手機，湊過去與恐龍臉貼著臉，拍了幾張嘟嘴賣萌的自拍照。她檢視螢幕，見男人一臉深沉，她則熱情如火，顯然彼此波長不在同一頻率上，令她很不滿意。

萬一照片被誤會是P的怎麼辦？她可忍受不了任何一個女人繼續覬覦他家恐龍啊！

「等等，還沒好，我想重拍一次，這回你記得笑啊。」她戳戳恐龍完美的臉蛋，然後擠眉弄眼地對著鏡頭賣萌。林琰很賞臉，唇角上勾，向來嚴肅的線條宛若打上一層柔焦，如霜雪初霽。

奇芷寧非常喜歡這張照片，立刻設成社交帳號上的頭貼，嘻嘻哈哈地關了手機後，覺得差不多了，這下大家應該都知道這麼帥的男人屬於誰了，終於安心下來。

「很晚了，我去洗澡。」

林琰見她要走，拉住她扯回來，讓她重心不穩跌坐在他身上，他低眉順眼問她：「我最近常睡不好，晚點能不能一起睡？」

「哦？爲什麼睡不好啊？」

「大概是……」他沉沉注視她，「最近樓上太吵吧。」

奇芷寧也有同感，遂點頭答應。

洗完澡，奇芷寧穿著成套卡通睡衣來找林琰，提議他移駕到她房間去睡，原因是那裡的床比較大，兩個人睡比較不會太擠。

恐龍遺憾表示他會認床，恐怕只能留在自己房間睡，奇芷寧只好回去把她可愛的枕頭抱來他房間。

林琰早就等候已久，正側臥在床上，用眼神無聲邀請她。奇芷寧爬上床，問：「我要陪你睡幾天啊？」

他眼底閃爍危險精光，語氣慵懶：「不知道呢，要看我哪時可以開始睡得好啊。」

單人床硬塞了一個快兩百公分的男人後又添了一個嬌小女人，真的太過擁擠，奇芷寧提議兩人都側身睡覺，不然躺不平。

林琰默了默，心想她還能更傻一點嗎？

他長臂一攬，直接把她往懷裡帶，將她整個人包覆進自己胸膛，身貼著身減到最小面積，低頭嗅著她頭頂馨香，滿足地哄說：「快睡，明早換妳叫我起床。」

「哦，好啊。」她傻乎乎地應下來。

「如果我起不來，就用力把我親醒，不必客氣。」

「……」

「親了半小時後還是叫不醒，歡迎使出暴力，蹂躪我。」

「……」

奇芷寧後來真的蹂躪他了，只不過一切都發生在睡夢中。

也許是受到陳謙打爆那些流氓的畫面衝擊，奇芷寧夢到自己正參加一場刺激的無差別格鬥賽。好不容易憑實力晉級到了最終回合，她使出渾身解數壓制住對方後，擊出一炮重拳，狠狠毆在對方結實的腹肌上，讓他血濺半天高，眼睛一閉，奄奄一息倒地不起——奇芷寧順利結束這波攻勢，奪下夢寐以求的冠軍獎盃，館內響起震耳欲聾的喝采。

黑暗中，悶聲挨揍的男人緩緩睜眼，他按住腹部望著周遭深幽的黑，本想倒頭繼續睡，卻還是有點氣不過，藉著微光找到她的唇後狠狠啃了幾下作爲報復，死死壓住她的後腦勺抵在他胸前讓她別亂動，又用雙腿夾住她後，才又沉沉睡去。

但只要林琰一睡著，睡相很不好的奇芷寧便會掙脫出來，繼續拳打腳踢。每夜每夜，她都在夢中報名參加各種武打競賽，敵人總被她打得落花流水，她脖子上掛滿無數金牌，到處接受電視臺訪問，鎂光燈閃個不停，好不威風。

「啊哈哈哈哈哈哈哈哈！我果然是地表上最強的女人！」

林琰：「……」

同床共枕幾天後，奇芷寧發現恐龍身上多出一些瘀青，看著她的眼神總帶著莫名怨念，黑眼圈一天比一天重，心想他說的睡不好果然是眞的啊。

林琰想克服兩人之間的困境，於是積極尋找能讓她不再使出深夜暴力神拳的方式，終於他不堪其擾地在她睡著之後，用廠商送的領帶將她的雙手綑綁起來。

他從身後擁住她，愉悅地闔上雙眼。

搞定。

第七章　被寵物推倒

奇芷寧並不傻，在陳謙傳了好幾次訊息給她，甚至在她回家路上堵她之後，終於猜到了對方可能對自己心懷不軌這層面。讓這麼帥的男生當備胎一號未免太暴殄天物了，她決定連當藍顏知己的機會都不給他。

奇芷寧有意避開陳謙這朵桃花，因此開拓出數條回家路線，得了幾日安寧。然而悠哉的日子沒過多久，奇芷寧上課時忽然收到他的訊息，約她晚點出去吃飯。

她當然不能去，刻意在學校圖書館逗留了好一會兒才繞別條遠路返家。

她原以爲耽擱了這些時間，即使他在各地點守株待兔也碰不上了，卻還是倒楣地被他攔下。

奇芷寧愁苦地看著他。

陳謙手裡拿著一疊紙卡，洗牌後將它們滑開，逼她選一張。奇芷寧好奇地抽出一張翻過來看，原來是餐廳的名片啊！

他接過去瞥一眼，爽朗地說：「這間好，食材新鮮，品項豐富，熟客還打六折。走，我請客。」

「啊？」還有這樣的啊！

奇芷寧揮開他的手，狠踹他一腳後，逃之夭夭。

沒想到，她還是小看了陳謙。

占有地利之便與公道價格的學生餐廳，到了中午用餐時間總是一位難求。當奇芷寧在餐廳裡差點被人潮擠扁時，陳謙居然憑空出現了。他那張臉雖然帥，但壞在又冷又凶，個子又高，還留著一般頭形很難駕馭的超短髮，不少女生一看都嚇得彈開了。

陳謙粗暴地把奇芷寧護在懷裡隔開人群後，帶著她移動到用餐區，不客氣地踹走桌上只放了飲料的兩名學生後，壓著她坐下。

奇芷寧害怕地看著他。

陳謙看著她蒼白的臉，柔聲問：「吃什麼？我去買。」

奇芷寧瞄向遠方，選了最遙遠的那攤天婦羅丼飯。他前腳一走，她後腳立刻想溜，才剛站起來，又被他警覺的目光逮住，也就這麼一眼，她很沒志氣地坐了回去。

第一次幫人跑腿的陳謙點完餐後回頭一望，見奇芷寧警惕地抱著背包整個人縮在椅背裡看著他，忍不住一愣。

以前小弟們總幻想他身邊會站個高冷美豔的大嫂，若他們看見這樣軟綿綿的乖巧女孩，不曉得會不會心碎片片。

陳謙端著裝有兩碗天婦羅丼飯和兩杯牛蒡茶的托盤回來，一屁股坐在奇芷寧身側。奇芷寧被堵住了出不去，只好把身體往牆邊擠，有多遠離多遠。

他拆開筷子遞給她，「很餓吧？快吃。」

奇芷寧猶豫地接過筷子，問：「你到底想幹嘛？」

陳謙也有點餓了，豪爽地塞了一整尾炸蝦進嘴裡，邊咀嚼邊口齒不清地說：「不就想和妳吃飯嗎。妳不跟我出去，我只好自己來了。」

吃飯時，奇芷寧發現他總無意識地摸著腕部，問他為什麼，他說他也不知道，從小便覺得那裡少了什麼，空蕩蕩的。

奇芷寧看著他的手想，那怎麼不戴手錶呢？

那天她上完課回到家，看見被恐龍灑掃得窗明几淨的客廳、閃閃發亮的地板，聞著廚房飄來的白飯香氣，奇芷寧走向廚房順利找到他。

正往煎得滋滋作響的牛排上猛撒胡椒的男人聞聲轉過頭來，淡淡說：「妳哀號著做不出來的三份報告都打好了，吃完飯看一下吧。」

奇芷寧嗚嗚嗚地從背後抱住她最親愛的恐龍，太棒了，自從將男友打報告的潛能激發出來後，每次到了報告繳交期限，她只要在他面前滿地打滾、意思意思掉個幾滴淚，東西就生出來了，她再也不用擔心被當，他們也有更多時間談戀愛了。

嘖嘖，一顆蛋蛋十種功能，是當年愚蠢無知把它撿回家的她始料未及的啊！她怎麼知道把蛋蛋孵化之後能讓他肉身擋車、當家政夫、出賣美色與勞力賺鈔票、嗲一下就能成為貼身保鑣，現在連報告產生器他都能勝任，這個男友也太猛了吧！

這時手機傳來訊息提示音，奇芷寧摸出來看，是陳謙傳的。之前被他逼著加了好友，她一直覺得大不了不要理他就好了，但若他之後還會像現在這樣頻繁干涉她的生活，那可就太不好了。她思忖一會兒，還是封鎖了陳謙。

繆瑟怎麼會退化成獸態呢？聽到這個消息的謳妮震驚不已。

汀萊解釋，無論何種獸，都有天敵，生性不相容，注定排斥的結局。一物剋一物的道理，放在任何生靈上都通用。就像某些人類的體質在食用刺激性食材後，也會引起過敏等不適反應，嚴重者還會導致休克的道理大同小異。

謳妮跟著汀萊大人進了繆瑟房間，見他整個人已退化成原始巨獸，全身長滿藍色毛髮，躺在床上發出粗啞嘶吼聲，卻無法正常說話，看了就難過。

冷野手裡拿著水，安安靜靜站在床邊，汀萊不著痕跡瞟過他手腕戴的那條織繩，隨即把目光移開。

繆瑟一見謳妮進來，臉色遽變，難堪地吼著，立刻就要躲進被窩。

謳妮拉他一把，握住他的手安撫道：「繆瑟，別這樣好嗎，我們誰小時候不是獸？我化爲人形也才不過兩年呢。你的毛色好美，這是奧斯家族遺傳的嗎？真的，我從沒見過這麼好看的顏色，你讓我看看吧。」

繆瑟垂頭喪氣地對上她的眼睛，乖乖不動。

謳妮摸著他那身柔軟蓬鬆的皮毛，笑了，「原來你以前長這樣。」

接著她轉頭問汀萊大人：「他還能變回人形嗎？」

男人沒有正面回答，只說：「看造化。」

除了請教族中耆老，汀萊也查過古籍，了解到羌靈族人在成年後退回獸形的例子雖鮮少發生，卻也並不罕見。原因不明，但普遍認為是身體啓動防護機制所導致，只有一半的患者能在身體痊癒後化回人形。

只有一半能恢復？

「那……另外一半……呢？」謳妮怔然問。

汀萊搖頭，沒有明說。聰穎的謳妮和冷野都懂了言外之意。繆瑟面容灰白，奄奄一息地倒回床上去。

謳妮想問汀萊大人，她能爲繆瑟做點什麼，卻怕結果讓繆瑟無法承受，反倒再次打擊到他，只好暫擱下來，打算等出去之後再問。

謳妮替繆瑟蓋好被子，拍拍他毛茸茸的胸膛安慰他：「你什麼樣子都好看，女孩子們都會喜歡。先別想太多了，好好休息吧，辦法我們來想。」

走出繆瑟房間，汀萊說：「奧斯家族素來身體強健，擁有傷後自癒體質，若能悉心調養一段時間，等造成身體虛弱的原因排除，應該就能恢復了。」

「自癒體質？那是什麼？」

「我們很難受傷，即便受傷了，不需做什麼治療，傷口也會自行癒合。」

謳妮詫異地看著他。還有這種能力？她之前就覺得奇怪，島上坐擁萬年和平時代，以物種演化常理來推斷，奧斯家族後裔的武力值越來越高很不合理，難道他們的基因不斷在繁衍中產生變異？或是歷任家主做了什麼改造遺傳因子的行動？天哪，奧斯家族到底還有多少祕密！

汀萊垂眸，「妳遲早會進我家門，提早讓妳知道也沒有關係，到了外邊就別說了，挺困擾的。」

謳妮慎重地點點頭，認真說：「我明白。」

他忽地別有深意看她，看得謳妮一愣，呆呆地問：「汀、汀萊大人？怎麼了嗎？」

「我剛剛好像說了妳會進我家門。」

「……」

「妳沒反應呢。」

「……」

「或者妳已經準備好了？隨時可以過來？」

「……」

「怎麼不早點說呢？」

「……」

一連串的問題打得謳妮無法招架，她喉嚨發乾，臉色發燙，有意轉移話題。正好想起那位老人離開前似乎對汀萊大人做了個提議，那時汀萊大人好像還沉重地說他會試試看，謳妮忍不住好奇發問：「繆瑟的狀況，是不是有什麼特效藥啊？」

男人噎了一下，「有是有，但也得經過本人同意才行。」

「他為什麼會不同意？能變回人形不應該是很高興的事嗎？」

他無奈地輕擰她臉頰，「繆瑟現在沒有伴侶呢，小孩子別操這個心了。」

伴侶？為什麼需要伴侶呢？

謳妮更好奇了，不斷纏著汀萊大人追問：「所以到底是什麼啊？」

汀萊一把摟住她，低頭笑著吻她，寵溺地看著臉紅閃躲的女孩說：「趕緊過來我身邊，我就告訴妳。」

下課鐘聲響起。好幾個同學動手收拾桌面個人物品準備離開，教授忽然讓大家稍等，從一旁紙袋裡拿出一個精緻圓盒，打開盒蓋後開始發放。

「上週我去參加研討會時帶回來的點心，請大家吃啊，一人先拿一個，還有多的話想吃的再來拿。」

孫譽敲敲奇芷寧的桌面，把睡死的她叫醒。她揉揉眼，剛好前面的人把點心傳過來了，她接過欣賞兩秒包裝上的印圖，一邊和旁人說著話一邊拆了它，一口塞進嘴巴。

孫譽不太喜歡吃甜食，本來已經把東西塞進背包，注意到奇芷寧似乎滿喜歡吃的，於是又把被揉爛的點心拿出來放在她桌上，「我的給妳。」

「欸？可以嗎？」奇芷寧雙眼發光。

他平靜表示：「嗯。」

「那就謝啦！」她接過來，見包裝已經敞開了，心想男孩子就是粗魯，老師發下來都還不到三分鐘呢，這麼短的時間他到底是怎麼弄的啊？她細心包好它，反覆回味縈繞舌尖的好滋味，看了看，卻把東西收進背包。

孫譽疑惑地問：「怎麼不吃？」

「呵呵。」奇芷寧當然不會說。

狂奔上樓，勢如破竹地殺進玄關，奇芷寧興沖沖脫了鞋，瞄準坐在沙發上那個氣質矜貴的男人衝去，大喊：「今天給我最喜歡的寶寶帶好東西回來啦！」

林琰眉心一皺。最喜歡的寶寶？他可一點都不小了！

他慢條斯理看過去，見她從背包裡珍惜地拿出一個包得破破爛爛的東西。

「教授給的，我也吃了一個，很好吃哦！」

林琰拆開皺掉的包裝，把裡面那個主體軟綿綿、上頭還撒著糖霜的甜點拿出來，他端詳了一下，餘光瞧見她期待的表情，略顯遲疑地放進嘴巴。

甜膩膩的滋味滑下喉道，敏銳的林琰隱約嗅到一絲異味，他迅速側身拿過垃圾桶，技巧性地拍擊腹部把剛嚥下去的東西催吐出來。

「怎麼了？」奇芷寧從沒看過他這樣，趕緊抽了幾張衛生紙給他擦嘴。

林琰蹙眉搖頭，站起身走去洗手間漱口。進了洗手間，他反手把門關上，剛走到洗手臺，一個反嘔，一口黑血噴了出來。

他無聲望著那口血，想著各種可能，待情緒沉澱下來後，眸色逐漸冰冷。在裡面待了一會兒，把痕跡都清理乾淨，他站在光可鑑人的鏡子前，慢慢瞇起眼來。鏡子裡那個面色死白的男人，也陰鷙地回看著他。

奇芷寧覺得奇怪，恐龍怎麼進去那麼久，待在裡面做什麼？

她拍著門，有點擔心地喊：「林琰？林琰？你沒事吧？有事沒事都回我一聲好嗎？」

男人早就無法應答。

鏡子中那個原本清俊雋朗的人類，正以肉眼可見的速度，快速退化成一隻能雙腳站立的毛茸茸巨獸。牠渾身覆蓋阿凡達色皮毛，天靈蓋快要頂上天花板，獸尾在健壯的臀後繃得挺直。

門終於開了，奇芷寧退後兩步讓出空間。下一秒，她以為自己眼花了，眨眨眼，又揉了揉，然後驚詫地望著眼前這隻野獸。

天哪，是滾滾哪！林琰又變回滾滾了！

野獸居高臨下瞟她一眼，平靜地走到客廳坐下，奇芷寧很快跟了上去。嗯，怎麼說呢，好奇怪啊，雖然很像滾滾，但這個體型好像不太對吧？她記得滾滾沒有這麼大隻啊！

奇芷寧驚訝地觀察著牠，然後安慰自己既然滾滾變成林琰已有一年多了，那麼長得比之前還龐大也是合理的。

所以這隻獸眞的是林琰？天哪！那她之前想帶他回家過年時，他怎麼和她說他變不回獸態呢？

「你是林琰？」

牠沉默地點點頭。

「所以你現在不能說話了？」

牠依然沉默，然後緩緩地點頭。

哇，男朋友不能說話了啊？那他們不就得回到原本的樣子，靠著打手勢來互動？哎，她一直不太擅長呢。

哀怨歸哀怨，這回她倒是想到了一件有趣的事。

她坐過去牠身邊，抓出牠身後那條她最喜歡的尾巴來回撫摸，笑嘻嘻地說：「我們這樣好像美女與野獸哦。」

林琰：「……」

她爲什麼這麼高興？

男朋友退化成名副其實的獸了，奇芷寧一時之間興奮得睡不著覺。雖然牠似乎有點憂鬱，她卻因爲能擁抱喜歡的人最真實的一面而感到開心。

奇芷寧本來都已經回自己的房間睡了，但現在林琰變成野獸之後，喜歡寵物的她又想日夜都與恐龍廝混消磨了。

睡前，她強裝依依不捨地向牠說了晚安，卻比平時看著牠的眼神更爲熱情，讓林琰很無言，總覺得她肚裡正打著什麼壞主意。果然睡到一半，林琰聽見門把被轉開的聲音，半瞇著眼往門邊一瞟，見一團黑黑小小的影子從門口竄進來了。

牠挑眉。

奇芷寧爬上牠的床，攀上牠毛茸茸的獸體，整個人掛在牠身上，迷戀地說：「好好摸，好溫暖，好像被大自然最溫柔的草原包圍，眞是太舒服了。」

林琰往上望，盯著黑黝黝的某個虛點發楞。

她湊近牠胸口，聽著震撼響亮的心跳，煞有其事說：「這是大地最原始的呼喚。」

林琰無言。無論處在哪一世，自己好像從來沒弄懂過這個女孩。

她戳戳平時不敢踰矩冒犯的胸肌，然後摳著她肖想很久的腹肌，最後滿足地抱著野獸說：「雖然不知道你為什麼會對那麼好吃的食物過敏，但我好喜歡這種狂野又奔放的外形啊。如果你變不回去，我也願意一輩子這樣照顧你。」

林琰有點難過。

比起人形，她似乎更喜歡牠的獸態。

這陣子樓上總傳來摔東西的聲音，到了夜裡，爭執聲尤為清晰。不久前奇芷寧忍不住好奇，使喚男友隔著一層天花板去偷聽牆角。那時林琰淡淡地告訴奇芷寧，樓上那兩個年輕人為了畢業後各自的去向鬧翻，一個想去更大的城市發展，另一個只想回鄉做個平凡人。

他們在彼此陌生的地方生長，來到大學城相愛，濃烈了四年，終究得奔向自己選擇的歸路。

今夜兩人鬧得特別凶，靜寂的夜晚傳來學姊歇斯底里地哭吼，然後是徹夜未歇的啜泣，一聲淒過一聲。奇芷寧閉上眼想，既然雙方都不肯讓步，撐得過初一，捱不到十五，怎麼繼續前行。

她不明白這事有什麼好吵的，若是她愛上一個人，拋家棄國，天涯海角，都願追隨他去。

奇芷寧摟著毛茸茸、暖呼呼的野獸勁瘦的腰際，迷迷糊糊地睡了。林琰扶著她翻了個身，讓奇芷寧趴在自己身上，充分感受她的脈動。

奇芷寧睡著之後，氣息平穩微弱，牠退回獸態後各方面感知系統卻提升了，選擇性的屏蔽樓上那令人煩躁的女子低泣聲，牠專注聆聽女友身上傳來的規律節奏。一起一伏的呼吸響徹靜寂的夜，男人心裡那股不安才稍稍被沖淡一些。

過了一個禮拜，林琰還是沒有變回人形。

奇芷寧從一開始的開心，到後來漸漸轉爲擔心。她問林琰：「你還會變回人形嗎？」

林琰保持沉默，用一雙碧綠眼眸幽幽望著她。

之前奇芷寧沒有想過就醫這個途徑，是因爲林琰把點心吞下去後，幾乎是反射動作把它催吐出來，她以爲林琰大概沒吸收多少，應該不會產生什麼大礙，樂天地享受著男友獸態的模樣，還想趁現在多揩點油。

她開開心心對獸態男朋友撒嬌，每天抱著毛茸茸野獸睡覺，偶爾從沙發上冒出來，在牠身後偷襲得逞，一股腦親在牠絨毛濃密的臉頰上。

但現在看牠遲遲沒有恢復成人形，她笑不出來了。萬一男朋友以後都是這麼大一隻的獸，她怎麼帶牠出去？怎麼帶牠回去家裡？怎麼結婚？重點是……

結婚以後，她怎麼辦啊？一人一獸……也太讓人害羞了吧！

奇芷寧想像了一下那個畫面，頓時覺得臉紅心跳。她摀住胸口，興奮難耐。完了，原來她對人獸戀的接受度這麼高啊？

奇芷凝嗚嗚地拚命煩惱，既喜歡他高大帥氣的人態，又喜歡他凶猛野性的獸態，一個男友雙重滿足，想像空間這麼大，太刺激啦！

林琰察覺她表情不太正常，很有耐心地上下打量起她。

終於，在極樂幻想中遊歷一遭後，奇芷寧反省自己這樣太不應該，恐龍肯定很不喜歡變回獸態，也許身體還有哪裡不適只是牠沒法開口說呢，她怎麼可以只想到自己。

奇芷寧小聲詢問：「你會不會不舒服？」

林琰搖頭。

「那……我們去看個醫生好不好？」

牠很冷地掃她一眼，奇芷寧秒懂牠的意思。

要是她眞的帶林琰就診，全世界都準備人仰馬翻了。

奇芷寧唉聲嘆氣走進教室，發現孫譽又來旁聽了。再往後看，那個平頭男不就是陳謙嗎？奇芷寧理所當然地把陳謙當成空氣，朝著孫譽走過去。

孫譽敏銳地回頭看了一眼陳謙，從自己身旁那個空位拿起占位置用的背包，「坐這裡吧，幫妳留的。」

奇芷寧欣然接受。坐下後，孫譽問：「後面那個妳認識？」

「嗯，一點點吧。」

孫譽失笑，「什麼意思？還有一點點的？」說完，他看平頭男雙手插在休閒服口套裡，姿態雍容散漫地走到奇芷寧另一邊，自然地拉開椅子坐下。他理解了，用唇形問：「追求者啊？」

奇芷寧想了想，淡淡點頭。

孫謦臉上閃過一抹嫌惡，似乎很不待見陳謙的出現。但他隱藏得很好，一秒後已神色如常，說：「我看網路上有賣之前教授請我們吃的那款點心，就買了兩盒，下禮拜拿來給妳？」

一想到就是那個可惡的東西害林琰過敏成這樣，即使再好吃，奇芷寧也不敢恭維了。她露出一臉敬而遠之樣，擺擺手說：「別了吧，我暫時不敢亂吃東西了。」

孫謦疑惑地瞅她數秒，點點頭，體貼地沒有再問。

陳謙就坐在她旁邊，奇芷寧掏了掏背包，從裡面挖出恐龍男模合作廠商送的簡約手環，趁教授不注意時閃電般塞在他手上。

陳謙抬眉看過去。但奇芷寧只是低著頭，盯著手機一陣忙。

幾分鐘後，陳謙收到了一則她短暫解除封鎖傳送的訊息。

「這個手環送你，謝謝第一次見面時，你為我解圍。戴上它之後，也許你就不會常覺得那裡空了。請別再來找我，我已經有男朋友了。」

陳謙把它戴在手上，喀地一聲扣緊，伸長手欣賞數秒後，站起身來微笑輕拍她的頭，轉身走出教室。

下課後，奇芷寧向孫謦說了再見，才剛搭電梯下樓便接到胡孜孜電話，約她去商場逛。

這是什麼日子嗎？胡孜孜怎麼突然跑來？

好友專程來一趟，說什麼也要見面。在打工前剛好有兩個小時的空檔，奇芷寧開開心心跑去赴約。

兩個女孩子手勾著手從商場一樓逛到頂樓，再從頂樓逛回一樓。相較於奇芷寧的愉悅，胡孜孜顯得心事重重，一個小時裡說的話還沒從前十分鐘說的多。

奇芷寧肚子餓了，拉著胡孜孜去地下美食街覓食，最後她們選了間日式拉麵當作晚餐。

餐點還沒上來，奇芷寧忽然想上廁所，便讓玩著手機的胡孜孜替她看一下包包，火急火燎地跑了。

從洗手間回來，胡孜孜還在玩手機。奇芷寧一屁股坐下，嘻嘻笑說：「為什麼忽然來找我？跟我哥有關嗎？」

胡孜孜見目的被看穿，咬著唇放下手機，點點頭，「嗯。」

「我哥怎麼了？」

「他……」胡孜孜很彆扭，「他要生日了。」

「蛤？！」生日？就這樣？因為不曉得要送他什麼嗎？

奇芷寧真的覺得胡孜孜談起戀愛來，人就變笨了，好好一個聰明伶俐的女孩怎麼會變得這麼患得患失呢？

戀愛蠱毒真是威猛啊，連智慧都能蠶食殆盡。

她握住好朋友的手，「就算妳忘了他的生日，他也不會介意。但如果預算夠的話，我上回看老哥的皮夾邊邊都磨損了，好像快爛掉了，妳可以挑一個手工牛皮的送他，他就能再用很久很久。」

得到這個回覆，胡孜孜笑出來，不枉她特地跑這一趟。

拉麵端上桌了。

胡孜孜雀躍地拿起筷子，「那我們吃快點，吃完妳陪我去挑吧？」

「好啊！」

晚上家教時，林敬叡告訴奇芷寧一個壞消息——他向可愛的數學小老師告白，被對方拒絕了。

「啊？」奇芷寧尷尬地看著萬念俱灰的男孩，一時不知道該如何安慰，只好吶吶地問：「那你現在還好嗎？還有心情讀書嗎？」

男孩點點頭，「可以。老師不是說，讀書是學生的本分，不管有沒有心情，都得好好完成嗎？」

奇芷寧覺得汗顏。她眞的說過這種冠冕堂皇的大道理？她那個時候在想什麼？連她自己被生活中的瑣事擊垮自信時，都只會哭哭啼啼啊，到底爲什麼有勇氣這樣開導一個小她好幾歲的弟弟？

林敬叡顯然總是對她的話深信不疑。

他翻開書，嚴肅地盯著題目思考，然後抽了張紙刷刷刷地寫著作答過程，寫完後，拿出另一本答案簿，對了一下答案，臉上露出喜色，喊了聲「酷耶！」後，轉過頭來對奇芷寧說：「老師，我算對了！」

奇芷寧呆呆地看著他，茫然拍手，「哦哦哦，好哦……」

天哪！現在的孩子心理素質都這麼強嗎？不是白天才剛失戀？晚上已經可以全身心投入課業，藉由轉移注意力來疏淡痛楚？並從擅長的領域獲得自信？

無論如何，林敬叡失戀的消息，都讓她對這個單純可愛的家教學生生出憐憫。她拍拍少年削瘦的肩膀，鼓勵他：「好好讀書，帥哥。認眞讀書的你渾身散發出無人能敵的魅力，在學校聽課時也要這樣知道嗎？不管數學小老師喜不喜歡你，我相信一定有其他更可愛更漂亮的女生會被你吸引！加油！」

「眞的嗎？」林敬叡搔搔後腦，動作靦腆害臊。

「當然啊！在以前我讀書那個時代，班上……不，是全校！全校所有的女生都喜歡你這類型的男生啊！」

「眞的？都喜歡我這類型的嗎？」林敬叡驚喜不已。

「嗯！」奇芷寧用力點頭，「首先，你戴的這副眼鏡，襯托出你是一個博學多聞的人，能刺激愛讀書的乖乖牌女同學好感度強烈噴發。再來，你這個身高，讓個子嬌小的女生也可以輕鬆地小鳥依人。最後，由於你很瘦，可以激發壯碩女漢子對男人的保護欲，根本是把所有女生一網打盡，各類型通吃啊！」

林敬叡用力握住奇芷寧的手，「那老師，我們趕快抓緊時間學習吧！」

「好呀！」奇芷寧用力點頭憨笑。

林敬叡習慣用自動鉛筆在計算紙上算題，可能是最近用量大，男生不比女生細心，沒想過提早補貨。按著按著，他發現自動鉛筆芯按不出來了。他翻開抽屜拿出僅剩的筆芯盒搖一搖，居然用到連一根筆芯都沒有了。

奇芷寧對林敬叡的習慣非常了解，立刻從自己包包裡拿出筆袋遞過去，「用我的吧。」

林敬叡拉開拉鍊，將手伸進去摸了摸，忽然叫了一聲。他舉起手，被劃傷的手指頭流著血。

奇芷寧趕緊抽出衛生紙替他按住傷口，幸好割口不深，血馬上止住了。林敬叡自己撕開ＯＫ繃貼上去，包起來說沒事了。

他重新拉開奇芷寧的筆袋，往內一瞧，發現密密麻麻的筆中混入一支筆形刀片。

「老師，妳怎麼直接把刀片這樣放啊？這樣太危險了，會割傷手的。」

奇芷寧看著那個刀片，心生疑惑。

這不是她的東西，她從來沒見過啊。

今天上的全部都是通識課，同學們很多都是外系的，位置也非固定，除了一開始坐她左右兩邊的孫譽和陳謙，還有誰她已記不得。何況，她的鉛筆盒是那種爛大街的爆款平價品牌，很多同學都有，也許是其他人認錯鉛筆盒所以放錯了吧。

由於自己的疏忽造成林敬叡受傷，奇芷寧感到很抱歉，她低下頭來小聲懺悔：「對不起啊，我以後會注意一點的。」

林敬叡笑笑，「老師眞的很迷糊呢，一點都不像大姊姊。好了啦，這點小傷算什麼啊，別往心裡去。」

「嗯，謝謝你。」

酣暢淋漓地算了兩個小時的數學，林敬叡打了個哈欠站起身，扭轉痠澀的肩頸，「老師，我去外面買點吃的，順便送妳回去吧。」

奇芷寧拿起外套和包包，「好啊。」

向林媽媽說一聲後，兩人從林家出來，沿著巷口走。奇芷寧想著這可憐的弟弟都失戀了，今晚一定傷心欲絕睡不好覺，同情心發作下立刻對林敬叡說：「想吃什麼都可以，今晚大姊姊買單。」

林敬叡走進便利商店逛了一圈，拿了一盒冷凍食品和一罐飲料，奇芷寧也夾了三顆茶葉蛋，結完帳後走到用餐區各自開動。吃著吃著，奇芷寧又想起自己家裡那位可憐的野獸男友，眼眶紅紅的，一顆晶瑩剔透的淚珠懸在眼角，要掉不掉。

林敬叡抬起頭看見了，問她哭什麼？奇芷寧只好說家裡有人生了很重的病，和原本的長相不太一樣。

「變得……很醜嗎？」林敬叡小心翼翼地問。

奇芷寧露出很心虛的表情，垂下頭來小口小口吃著茶葉蛋，眼神閃爍，居然沒有立刻回答。

她沒有辦法說出口，她其實還滿喜歡獸態的林琰，因爲她超愛那條毛茸茸的尾巴，也很喜歡偷看牠充滿野性力量的強壯軀體。腿那麼壯，胸那麼結實，抱起來手感眞的超好啊！

唉，這該怎麼說呢，一言難盡啊！

林敬叡目睹奇芷寧一臉煎熬，後來經過夜市時，好心買了蝦仁羹給她當宵夜吃。見她仍然愁眉不展，於是又追加了一杯蝦仁羹對面賣的檸檬愛玉。

奇芷寧提著食物，感動地說了聲謝謝。林敬叡想起明天早上還有小考，趕緊拉著她加快腳步。

快到奇芷寧租屋處時，少年敏覺地發現後方似乎有人在跟著他們。他微不可察地回頭看了幾次，卻都空無一人。怕引起奇芷寧恐慌，一開始他並沒有說，只是當下留了個心，也思忖著是否最近讀書壓力太大，眼壓過高什麼的產生幻覺，才會變得疑神疑鬼。

目送奇芷寧上樓後，林敬叡沿原路往回走，忽然不太放心地念起剛剛那扇她家公寓未關妥的鐵門，心想還是替她關一下吧。他轉頭，在那個短暫的瞬間瞥見一抹黑影在門邊一閃而逝。也不知怎地，方才的不對勁感全都爭先恐後湧了上來，他罵了聲髒字，拔腿就往她家狂奔。

林敬叡擅長田徑，速度快如閃電，一路衝刺上樓，在樓梯間撞見正舉起利刃要往奇芷寧背後行刺的歹徒，大喝一聲後咬牙撲上去擰住他持刀的手往另一個方向折。對方很瘦，加上毫無防備，手上的刀子沒拿穩飛了出去。那人被林敬叡從後方襲擊後，踉蹌了一下，在關鍵時刻抓住樓梯扶手才沒跌下去。

奇芷寧回頭見狀驚呼，林敬叡喘著氣用身體擋在她面前，惡徒狼狽轉身跑下樓，撿起掉落的刀子後迅速離開。

林敬叡本來還想追，奇芷寧擔心地制止，「別去啊！太危險了！」

這時奇芷寧家的門開了，昏暗的樓梯間出現一個黑黝黝的龐大身影，吸走了林敬叡全部的注意力。他呆呆地看著，全然忘記方才剛經歷過的襲擊案件。

沒有什麼比眼前的景象更驚心動魄的了。

一隻野獸站在那裡。

牠渾身散發敵意，冷冷俯瞰他。

奇芷寧知道林琰肯定是聽到門外的動靜，擔心她有危險才現身，但牠居然就以這副模樣跑出來了，身分曝光怎麼辦啊！奇芷寧怕又有鄰居出沒，事態將會越發不可收拾，趕緊把牠推進去，嚷著：「我沒事，有話待會說，乖乖待好，不許再出來！」

林琰淡淡地看了林敬叡一眼，聽話消失。

奇芷寧轉過頭，見林敬叡的手被劃傷了，正滴著血，一把拉起嚇傻的他進家門，「來來來，我幫你處理傷口。」

他們走進屋內，已不見林琰身影。奇芷寧鬆了口氣，幸好牠還知道回房去。樓梯間光線本就昏暗，她找個理由瞎掰過去不是難事，要是在明晃晃的客廳裡便無所遁形，林敬叡又不是傻子，明天新聞頭條就是他們了。

「老師，剛剛那是？」林敬叡坐在客廳裡等著奇芷寧拿醫藥箱，語氣艱澀地開口。

「噢，那是我男朋友啦，他有個癖好就是特別喜歡變裝來嚇我，剛剛那套是他最新買的大猩猩裝，你喜歡嗎？要不要和同學們團購一套？」奇芷寧早就想過萬一某天得帶獸態男友出門時，該用什麼說法解釋她旁邊這麼大一隻的生物是什麼東西，所以碰上這個狀況，她倒也不是全無應對方法。

「原來是大猩猩裝啊……呼，剛剛眞的嚇死我了……」林敬叡倒在沙發上，恐懼解除後瘋瘋癲癲地笑。

在房裡坐著竊聽的林琰：「……」

這個晚上經歷太多事了，林敬叡和奇芷寧心情都有點複雜，由於必須上警局報案一趟，他的傷口也得去醫院好好處理，奇芷寧在簡單幫林敬叡包紮後，打電話給他的爸爸媽媽說明此事。

「老師，路上的神經病這麼多，有時還有無差別攻擊，妳一個女孩子晚上出門太危險了。不如這樣吧，以後上完家教，我護送妳回家好了。只要別落單，應該就不會再發生這麼恐怖的事了。」林敬叡認真提議。

奇芷寧知道這位學生既熱心、心腸又好，但她不想這樣天天麻煩人家，今天害他受傷她已經很過意不去了。

樓梯遇襲雖是驚魂一場，她也是很害怕，暫時不敢隻身一人回家。她是想過請哥哥幫忙，但奇恩住得沒那麼近，若是勞動他往返妹妹住所與學校之間，恐怕也很不方便。

這時候奇芷寧哀怨了，如果她家的野獸男友能變回人，就能全天候跟在她身邊保護她。

奇芷寧對林敬叡說了善意的謊：「別擔心啦，我男朋友會負責接送，沒事的。」

林敬叡點點頭，望著手裡被包得亂七八糟的傷口哭笑不得，「天哪，好醜，老師妳技術有夠差的啊！」

奇芷寧看著哇哇叫的男孩，笑了，「你剛剛不顧一切挺身而出保護女生的模樣，真的超帥耶！」

由於歹徒全身穿著深色套裝，寬鬆打扮，戴著帽子與口罩，因此推斷不出年紀與性別。當時他們三人站在不同階梯上，影響到身高的判斷，最後只能判定對方比奇芷寧還高。

那條巷口和公寓裡都沒有裝設監視器，警方從林敬叡送奇芷寧回家的路線，沿路調出社區其他監視錄影，可惜毫無斬獲。

林敬叡的爸媽見兒子英雄救美後光榮負傷，擔心完畢，還是讚揚他的表現。

眾人處理到很晚才睡下。

林琰面色冷沉地待在房裡聽了整晚他們的談話，只剩他們時，奇芷寧對牠補充了後續。那晚奇芷寧太累了，沒有去林琰房間抱著牠睡。

林琰隔著一道牆確認奇芷寧發出鼾聲後，打開自己房間的窗子，對著空中呼嘯。聲音條長條短，富有節奏變化，聽起來像是某種暗號。

很快地，窗邊閃現一道黑影，快速竄進房中。

* * *

謳妮去看了繆瑟幾次，發現他遲遲沒有恢復成人形，心中失望不已。他躺在床上，甚至連聲音都發不出來，只能從喉頭溢出一聲聲粗嘎的嘶吼。還好有冷野充當他的發言人，謳妮才能與他溝通。

汀萊大人說繆瑟還小，體質沒那麼好，復原還需要一點時間。謳妮聽了好奇反問：「那如果是汀萊大人呢？」

「嗯？」對上女孩純眞清澈的眼瞳，汀萊淺淺笑著，表情顯得很溫柔。

謳妮被他瞧得臉紅，羞澀地別開目光，「我是說，如果是汀萊大人誤食毒物的話，需要多久才能回到原本的樣子？」

男人靜靜地思考，望著她的眸光逐漸深沉，他伸出手，喊她過去。謳妮聽話地走上前，被他攬進懷裡抱著。

「那得看妳能爲我做多少了。」

看著他充滿暗示的眼神，謳妮似懂非懂地臉紅著。

汀萊大人低聲說：「食慾和慾望是所有獸類最原始的需求，慾望被滿足了，身體自然趨於強壯。別把我想得那麼壞，這對我來說並不公平。繁衍行爲本身應是神聖的，也跟呼吸與睡眠同等自然，妳明白我的意思嗎？」

他收緊手臂力道，將她牢牢禁錮懷中。溫熱的氣息噴吐在耳際，謳妮聽得雙頰發燙。

「我我我知道……我並沒有看不起汀萊大人的意思，以前父親曾說過，所有生命的到來都是神的賜予，是世界上最偉大的奇蹟。」

男人笑了，側過頭來吻上她的額頭，「父親大人，把小謳妮教得很好。等繆瑟好了，我們去長老那裡把儀式走完，以後妳就是我的了。」

基於傳統，奧斯家族的雄性成員在認定配偶後，都必須於長老們和女巫的同時見證下舉辦祈福儀式，締結盟誓，方可獲得山神與海神及島民的祝福。不只是汀萊的父親，他的叔父與祖父都是這麼做的。

汀萊滿足地摟著她，嗅聞她身上散發出的那股令他迷戀的氣味，過了很久才往她臉上一瞟，倏地笑了，「又害羞？」

謳妮一臉快哭的模樣，說不出話來。

他抓住她的手，深情地親吻手背，沙啞的嗓音透著對未來滿懷的期待，「為我生一窩蛋吧，以後像我或像妳都好。」

奇芷寧從起床開始，便覺得林琰看她的眼神不太對勁——有種說不出的火熱，散發出大膽直接的侵略氣息。

這天正好是假日，奇芷寧不用上學，也不必打工。男友現在還是毛茸茸巨獸，模特兒外拍工作早已全推了，因此整個白晝，他們關在家裡哪都不去。

奇芷寧感覺得出那雙炙熱的雙眸總是如影相隨，無論她走到客廳還是廚房，都能明顯知道牠在自己背後緊盯不放。

奇怪，為什麼呢？他怎麼了嗎？

可惜獸態的林琰沒辦法說話，奇芷寧也猜不太出來，只好懷著這種納悶的心情度過了一整個白天。

晚上洗完澡，林琰居然賴在她的房間不走了。

香噴噴的奇芷寧眼睜睜看著那頭巨獸走了過來，然後毫不憐香惜玉地推倒她，把她壓在床上，對準她的臉與脖子伸出舌頭舔拭。

奇芷寧感覺自己像被一隻寵物狗狗推倒，心裡覺得男朋友今天真是特別有情調，於是嘻嘻哈哈地閃來躲去，「哈哈哈好癢啊太癢啦差點癢死我啦～～～」

如此樂在其中。

女孩帶來歡樂洋溢的氣氛，成功趕走所有旖旎。野獸頓了一下，堅定地繼續埋首舔她。

牠把她的臉都舔濕之後，開始熱情地親她。奇芷寧抱住毛茸茸的男友，忍不住噗哧笑出聲來，「哈哈哈哈哈哈哈哈哈！好可愛啊，我就是需要這麼可愛的男朋友！」

花了點時間反覆確認她並不排斥進一步的親密接觸後，林琰起身關燈，強勢賴在奇芷寧房間待了一夜。

翌日，奇芷寧躺在床上哀號，說她像沙包一樣被人連續毒打了七、八個小時，已經沒有辦法動彈了。

那位高高帥帥、一臉神清氣爽的男人從門口走了進來，手裡端了一個托盤，神情舉止如此斯文優雅，簡直與昨夜那隻野獸判若兩人。

他把托盤放下，從地上撿起奇芷寧的睡衣，摺好後放在一旁，聲音還沙啞著：「幫妳做了早餐，起得來嗎？還是我餵妳？」

說完，他湊過去又想吻她。

奇芷寧躲進被子裡，害羞地說：「你別管我死活了。」

林琰：「……」

野獸變回了人形，全天候跟前跟後保護她。兩人總是出雙入對，林琰憑著高顏值在平靜的校園裡掀起小小騷動。

外表猶如混血帥哥的男友陪著奇芷寧上課，在教授點她起來答題時，偷偷幫她打PASS，讓她覺得好幸福。他會送她去林敬叡家，並且在她家教結束後，接她返家。

假日時，奇恩偶爾會帶胡孜孜過來找妹妹，然後兩對情侶一同去附近的景點走走逛逛。

在甜蜜溫馨的戀情滋潤下，奇芷寧胖了好幾公斤，常被奇恩拿來當笑柄。不同於以往的是，現在她有了隊友，可以團結起來對抗哥哥的惡勢力。

時序入冬，轉眼又是一年的尾聲，奇芷寧開開心心地帶了林琰回家過年。過完年後他們留下來多待幾天，跑遍附近好玩的地方，還在故鄉的廟會祭典上碰見了好久不見的許宸。

一個很可愛的女孩，挽住許宸的手，兩個人說話時距離靠得很近，眼底都藏著溫柔。

像回到高中時期一樣，心電感應似的，許宸忽然抬頭迎上她的目光。奇芷寧握緊林琰的手，緊張地對老朋友微笑。

許宸愣了愣，對她點點頭，與她相視而笑。不過短短的幾秒，卻好像過了很久很久。青澀年代屬於兩人的回憶洶湧而來，如浪潮將他們淹沒。

奇芷寧永遠都會記得，有那麼一個男孩，在人聲喧譁的活動中心裡，幼稚地偷戳她的背。

記憶裡的少年終於轉身了，他牽著那位面容模糊的女孩，緩緩隱入人群之中。

這是最好的告別了。

許宸在長出白鬍子後也依然會記得，他在情竇初開那幾年喜歡過的第一個女孩。他很努力想牽她的手，陪她走一段路，好好愛她一程。卻只能看她奔向她選擇的幸福，放手祝福。

林琰寵溺地擰捏奇芷寧的臉，低沉地喚她回神，「走了？」

「嗯！」她眨眨濕潤的眼，笑著這麼說。

第八章　很想很想他

趁著還沒開學，一票返鄉過節的高中同學發起姊妹們的小旅遊。大家說好彼此都不准帶男朋友，盡情享受僞單身之旅，胡孜孜拉著奇芷寧報名參加了。

自從在公寓遇襲後，奇芷寧走到哪都有專屬保鑣隨侍在側，已經很久沒有自由自在地到處玩了，這回終於不必再帶眷屬出門，心裡開心得不得了。

出遊前一天，她愉快地在社群發文：「兩天一夜鐵道小旅行，我來啦！」

她還附上非常自戀的自拍照，以及充實度爆表的行程安排。

貼文底下讚聲如天雷滾滾而來。

奇恩對此活動相當嗤之以鼻。

「什麼狗屁姊妹小旅行？歧視男人是不是？你們以爲只有女生有嗎？」他把手搭在林琰肩上，冷哼道：「我們也有男人的聚會。」

林琰聳肩。

奇芷寧提著簡單的行囊到玄關穿鞋，聞言忍不住回頭鄙視自家哥哥，「好了啦哥，我們明天就回來了，別這麼小雞肚腸好不好啊？」

林琰替她提起行李，「東西帶齊了？我送妳去車站。」

奇恩嘴裡嚷著反對，卻還是一路跟過去，掏錢替妹妹和女朋友買票，又買了一袋零食飲料讓她們提著在車上吃，然後看著她們開開心心地加入那團吱吱喳喳的女生，一起過了驗票閘門。

林琰沉默地看了一眼她們消失的方向後，準備往回走。

還在年節期間，車站裡滿滿都是人，車站大廳廣播著下一班車在第幾月臺，即將在幾分鐘後進站。奇恩聽了，對林琰說，那班列車就是小公主待會搭的，車子還滿準時的。

忽然，林琰耳朵一動。

月臺上傳來尖叫聲。

奇恩慢了兩秒聽到聲響，只見一道黑影從他眼前閃過。他以為自己眼花了，眨眨眼，眼前哪還有林琰的人。終於，響亮的尖叫聲傳到他耳邊，奇恩心頭一顫，快速撥開人潮，焦急不安地往前闖去。

聽說有人摔下月臺。

鐵軌傳來其他列車高速運行時的聲響，各種驚恐聲音交錯迴盪，沒人知道如何面對這種突發狀況，好幾個倉皇奔走想幫忙的人撞上了猝然現形的林琰。

眼前忽然射來光束，這個月臺的列車要進站了。

混亂中有人終於按下緊急煞車鈕，但列車再怎麼急煞也不會立即停住，尖叫聲此起彼落，越響越烈。林琰高人一等，利用極佳的視力快速把月臺上所有的面孔都掃視一圈，沒有看到奇芷寧。他慌了，恐懼如萬蟻啃食心臟，又癢又麻。僅僅兩、三秒鐘的凌遲，比死還煎熬。

林琰盜著汗深呼吸強迫自己冷靜，閉上眼一嗅，憑藉氣味鎖定她的方向——她在下面，她居然在下面！

列車進站了，長長的煞車音持續尖利的唧叫。

被推落鐵軌的女孩驚險地滾進月臺下面那道不確定是否足以容身的縫裡，她看著熾亮的車燈越來越近，瀕死的恐懼蔓延全身，連哭和吶喊都成爲遙不可及的奢侈。

一道光影劃過。

熟悉的味道飄進鼻腔，一雙強壯的手臂搭上她。

再眨眼時，她已經安全地回到月臺上。

「唧——」列車終於停下。

闖過驗票閘門的奇恩邊罵髒話邊跑過來，用力從背後抱住失而復得的女孩，眼眶不爭氣地紅了一圈。他顫抖得厲害，死死咬著唇不讓淚落下。

胡孜孜奔過來，哭得淅瀝嘩啦。林琰摟緊心愛的女孩，緊緊咬著牙關渾身顫慄，原來清俊的臉龐在恐懼中失去所有血色。奇芷寧劫後餘生，茫然地看著大家，有種恍若隔世的不眞實感。

剛剛到底……發生什麼事了？

發生落軌意外後，這趟旅行理所當然取消。

一票姊妹們抱著奇芷寧安撫，在警方趕來後才各自回家。

警方進入控制室調閱月臺上所有角度錄影的監視器，由於人潮過多，並沒有拍到當時推擠的源頭出在哪裡。也不知是怎麼開始的，事情忽然就發生了，奇芷寧個頭小，擋不住推擠，漸漸往月臺邊移動過去。

她清楚記得，有隻手用力地把她推下月臺，好像還說了一句怨念很深的話。

但是站長和警方調閱影像，仔細看過她身邊的人，由於人群聚集太密，看不到誰在暗處伸出了手。奇芷寧和一票好友同行，站在月臺上時，身邊也都圍繞著自己人，她並不想懷疑是朋友們之中的一個故意把她推下去的，何況她們也沒有非得置她於死地的理由。

奇芷寧越想越糊塗，不想草木皆兵，於是轉念說服自己大概記錯了吧，也許是行李的邊邊角角撞到她而已。

奇恩開著家裡的車先把胡孜孜送回家，然後帶著妹妹去廟裡收驚改運，最後才載著妹妹與她那位始終緘默的男朋友一同返家。

今天要不是林琰，他可能就永遠失去妹妹了，奇恩拍拍林琰的肩膀，用一種只有男人懂的眼神，謝謝他救了她。

接獲消息後，立刻從公司早退回家的奇爸爸和奇媽媽，抱著女兒驚天動地大哭起來。他們把她翻來翻去不斷檢查，還好她穿著長袖長褲和厚外套，除了剛掉下月臺時手背稍微有點擦破，造成極不明顯的破皮外，奇芷寧可說是奇蹟似的毫髮無傷。

繆瑟總算在一個月後靠著補藥調養，恢復了人形。

在謳妮正式搬進宮殿和汀萊大人共度餘生的前夕，瑤琳忽然造訪她的小屋。

謳妮對於當初瑤琳告訴她聖鷹治百病的事，未曾介意。誰都知道謳妮很擔心失去父親，何況是一直以來情同姊妹的瑤琳，她也是想要幫助她而已。

後來，謳妮從汀萊大人那裡聽說，即使不吃聖鷹肉，女巫那裡也能求到治病的藥水，不須背負羌靈罪人的罪名鋌而走險。

但汀萊大人也說，藥水治的是病、是傷，不是延年益壽。若生命只剩餘燼，終會逝去，一味的拖延天年並非智舉。謳妮懂他的意思，汀萊大人隱晦指出，父親的衰老無法逆轉，與其拖著時間纏綿病榻，不如讓最後這段時日過得更有尊嚴。

對於生命的消無，謳妮很早就釋懷了。

她只是仍捨不得父親而已。

瑤琳過來謳妮家的屋子，說了些羨慕的話，並握著謳妮的手，祝福她和汀萊大人孵出一窩小寶寶。

待了一會兒，瑤琳忽然神色黯然，語調有點酸澀地提起：「謳妮，其實我不了解，爲什麼會是妳呢？」

「什麼？」

「為什麼這麼好的汀萊大人，會選擇這樣一個、這麼普通的妳呢？」

謳妮搖頭，「不，我不普通，瑤琳。雖然我不是最美的，但我有自己獨一無二的可愛之處，我善良也知足，我願意為摯愛的人付出，對每個心意深懷感謝。我毋須做最特別的那個，也會有人懂我的好，在那樣的人眼中，我已是最珍貴的了……這些話，是他對曾自卑的我說的。」女孩甜甜笑著。

她垂下頭來，臉上掛著羞澀笑意，耳垂紅撲撲的，掙扎一番後才低聲道：「他……他曾說，第一次看見我笑時，就喜歡上我了。」

瑤琳恍惚聽著。

原來，在這麼早之前，汀萊大人就心儀謳妮了嗎？

那麼她所有的刻意接近，為獲得他關注而做的任何努力，都只是白忙一場而已？

原來是這樣嗎？

「呵呵呵……」瑤琳淒楚地笑了出來，夾雜著不甘心的情緒，點點頭，從自己提來的籃子裡掀開上層布，拿出一瓶藥水。細長瓶身是濃郁的葡萄色，半透明的材質能看到裡頭的液體還咕嚕咕嚕地冒著泡。

外頭忽地風雲變色，雷鳴震天，接著淅淅瀝瀝下起雨來。風聲颯颯颳過屋簷，乍聽之下居然像禽鳥的淒厲叫聲。明明是大白天，屋子裡卻澈底暗了下來。

謳妮看了一眼窗外，蹙起眉頭，「怎麼突然就變天了，雨勢來得這麼急，浪頭不曉得打得多高，進海捕撈的族人們不曉得來不來得及上岸。」

瑤琳從不關心旁人死活，她把那瓶藥水舉到謳妮面前，抖著唇說：「哦，謳妮，我最好的朋友，這是我能送妳最後的禮物了。以後妳入了宮，過上好日子之後，便不會稀罕我的任何東西了。」

謳妮驚訝地反駁：「怎麼會呢？我永遠都是妳的好朋友，永遠都是那個樸實的女孩。」她把瓶子接過去好奇地凝視著裡頭，將瓶子輕輕搖晃，看著液體如海波擺盪，忍不住問：「這是什麼？」

「之前為了幫妳忙而告訴妳聖鷹的事，卻害妳遭受波及，一直讓我過意不去。多虧汀萊大人出手相助，才換妳今日安然。雖然妳沒事了，但我仍深感內疚，前幾日我去女巫那裡求了能讓妳身強體壯的藥水，希望今後妳能順利為島上最尊貴的血脈開枝散葉。」

所有羌靈族民都知道，女巫是島上最慈悲的人。長老們維護社會秩序，善良的女巫則如眾人的母親般，盡心盡力呵護每一個靈體。

對居民們來說，帶著蒼天使命降生的女巫是具有形體的神。她溫柔，充滿無與倫比的耐性，她善於傾聽與關懷。向女巫求藥，不須支付昂貴的代價，只需要誠心。

謳妮其實並不認為自己需要服用什麼藥水，她已有汀萊大人最好的愛。她望著瓶身上那道專屬於女巫的雋刻，又看了看瑤琳誠摯的雙眼，終究不敵好友的請求。

她想，若這是瑤琳珍貴的祝福，那就好好收下吧。

「喝吧，謳妮，我最好的朋友，讓我看著妳飲下。」瑤琳美麗的臉龐因為擠出笑容而微微扭曲著。

「好的。」

女孩啵地一聲打開瓶塞，嗅了嗅味道，抬起頭來看著瑤琳。瑤琳在桌下狠狠掐住自己的大腿，深吸一口氣後對她露出誠摯鼓舞的笑。謳妮聞著那個味道，忽然有點猶豫了。

瑤琳曾眉飛色舞滔滔訴說著對男人滿心景仰的記憶片段，在此時躍上腦袋。島上逾半數的女孩都愛汀萊大人，她最好的朋友也不例外。

可是愛有對錯之分嗎？愛能割捨相讓嗎？

汀萊大人有自由心動的權利。

「琳琳。」謳妮輕輕喚著瑤琳的小名，隱隱難過起來，「我、我一直是妳最好的朋友……對嗎？」

「我們有過那麼多那麼多歡樂的日子……從我們還是幼獸的時候，就玩在一塊，我說的獸語，只有妳聽得懂……我們倆一起走過那麼多無憂無慮的時光……」謳妮的淚水一滴一滴失重掉落。

汀萊大人總以爲她是生性膽小才選擇逃避，但其實是她清楚好朋友對他的感情，所以一直不敢積極。她願意讓瑤琳很多很多步，她可以什麼也不爭、什麼都不搶。如果瑤琳的努力最終能換來汀萊大人的喜歡，她也會打心底爲他們倆感到高興，爲他們的幸福喜極而泣。

但是汀萊大人還是一步一步向她走了過來。

瑤琳看著她的眼神，讓謳妮無法仰頭將那瓶來路不明的藥水灌下。除了汀萊大人，她已經不知道能相信什麼。女巫調製的都是爲人帶來幸福的藥水，但如果瓶子裡的東西，已被偷天換日了呢？

「轟——」一道白光閃過，厲雷從高空狠狠劈下，頃刻大撼天地，照亮了室內。

美豔的女孩掐著另一個人的脖子，將摻有比絲花汁液的毒藥全數倒進掙扎的紅裙女孩喉中。

站著的那人抖著手，扔開空瓶露出猙獰狂笑。

不喝嗎？好，那她就灌進她嘴裡！

爲了嚮往的愛情，瑤琳親手扼殺了友情。

狂風驟雨從海上席捲而來。大雨肆虐，像成千上萬枝利箭從最高的天際射下，擊在屋簷，無情地劈啪作響。

女孩倒地。

「如果沒有妳，也許汀萊大人就會愛我了。」

瑤琳流著淚挺直腰板，搖搖晃晃推門走出去。

黑袍男子從方才便一直心神不寧。

是因爲忽然變得惡劣的天氣嗎？

宮殿裡的汀萊眸色抑鬱，負手而立，站在簷廊下動也不動地望著天空。有那麼一個瞬間，在驚人的雨勢中，朦朦朧朧地，他似乎聽見熟悉的聲音對他發出微弱求救。

他摀住鬱悶的胸口似有所感，驀然看向謳妮家的方向。

繆瑟走過來，他很少見到男人這種神色不安的模樣，嚇了一跳，「哥？你怎麼了？臉色好難看啊。」

汀萊心臟顫動得厲害，一股濃濃的不安排山倒海而來，龐大的悲傷如海潮洶湧漫過心尖，強勢霸占他所有感知。

怎麼回事，他從來沒碰過這種情形，她不是好好地待在家裡嗎……

汀萊想起聖鷹事件後那個徘徊不去的隱憂。

一刻也不能等了，男人匆匆落下一句「我去看看」，黑影消失在雨幕中。

繆瑟跟著後怕，風馳電掣前往謳妮家。

奇芷寧重返忙碌，時間被上課和打工還有戀愛填滿。先前公寓遇刺及月臺上的意外，雖偶爾會觸發她半夜噩夢驚醒，但有了林琰無微不至地照顧，倒也不至於恐慌到影響生活。

奇恩和胡孜孜常常在假日過來陪伴她。

天氣漸漸轉暖，有天兩個女孩子出門弄頭髮時，奇恩敲了林琰的門，「我可以進去嗎？有話想對您說。」

那個「您」字，讓林琰顯得意外。他點點頭，側身讓他進房。

一百八十幾公分的奇恩對上將近兩百公分的林琰，眸中湧現各種難解情緒，忽然行了個只有羌靈族人看得懂的禮。

林琰一愣，很快鎮定下來，低沉啓唇：「報上名來。」

那張與奇芷寧輪廓相近的臉，苦笑說著：「在下無翊啊，汀萊大人。」

林琰審視著眼前這人片刻，「什麼時候知道的？」

「前兩天。」

「誰喚醒你的記憶？」

「繆瑟大人。」

「他還說了什麼？」

奇恩並沒有直接回答林琰的提問，也許是這兩日承受太多前世記憶了，他還有點緩不過心神。

他記起了那座島，記起那位讓主子一眼傾心的謳妮，那是一個多麼善良可愛的女孩。他見過他們相識，見證他們相愛，然後眼睜睜看著主子，在暴雨狂瀉的日子裡永遠失去他的愛人。

在那一世，瑤琳因愛而不得，由愛生恨，強烈的嫉妒抹去她的良知。她先是假裝善意，釋出聖鷹能治病的消息給謳妮，試圖讓她殺戮那隻牽繫著全族信仰的鳥類，成爲全島罪人。只要謳妮身上有了汙點，那麼奧斯家族便不會接納這樣的女孩，汀萊大人再怎麼喜歡她也只能放手了。

瑤琳尾隨謳妮入山後，見謳妮不願爲了一己之私痛下殺手，憤而跟著撤退。下山時她碰見一位心智瘋癲的男子，再生一計。既然衆人都目睹謳妮當日上去神山，那麼偷走聖鷹的犯人便也呼之欲出了。眞相重要嗎？誰的嫌疑最大，誰就是凶手。

她靠近那位精神錯亂的羌靈族人，唆使他圍捕聖鷹後，帶到杳無人跡的隱蔽地點誅而殺之。可她卻沒算到，該位男子已神智不清，他把聖鷹帶回藏身之處後，便打算讓牠代爲孵化早前偷來的數顆獸蛋，歪打正著留下聖鷹一命，被循跡趕到的汀萊大人救下，還與謳妮清白。

詭計雖失敗，幸而行跡尚未敗露，瑤琳只得再次回到謳妮身邊潛伏，尋找下次機會。她安分守己地待在謳妮身邊，小心謹慎地不露毫芒破綻。看著汀萊大人和謳妮愛得含蓄卻濃烈，瑤琳心裡的妒意越發猖狂。

她把念頭動到了女巫身上。救命的、致命的，女巫那裡什麼都有。

但女巫以慈愛聞名，是所有島民們最尊敬的母性形象，她斷不會讓瑤琳去做傷害他人的事。

瑤琳開始埋伏，她知道，女巫總會離開屋子。而她，確實等到了。

那天女巫前腳一走，她後腳立刻溜了進去。她小心翼翼地翻動屋裡的東西，盡量不留下任何痕跡。

櫃子上放了琳瑯滿目的各種魔藥，她卻不覺得那裡有她要的東西。

她在角落裡找到了一個小櫃子，打開來，裡頭放著寥寥幾瓶藥水。瓶身上貼著劇毒比絲花的標籤，

提醒著這就是她要的東西。

她拿走一瓶，撕下那駭人的圖騰標示，改貼上她在其他櫃子裡找到的普通標籤。這樣一來，就沒有

人會懷疑裡面的內容物了。

誰能想到，看似普通的藥瓶裡，居然裝著這麼可怕的東西呢？

瑤琳把東西偷走後，偷偷用工具沾取一滴，滴在老鼠吃的食物裡，耗子吱吱吱跑過去嚐了一口，很快毒發身亡。牠口吐白沫，渾身抽搐，死狀悽慘，連叫都叫不出聲音來。

不能再耽擱了，若被女巫發現東西不見，那她的全盤計畫都將毀於一旦。從此再也找不到任何機會接近謳妮，只能眼睜睜地看著她和汀萊大人白頭到老。

海上起風了。

瑤琳提著平時上山摘花果時帶的那個籐籃，把東西放在裡面，匆匆來到謳妮的屋子。

她愛汀萊大人，比謳妮愛他還要更多、更深、更久。

她已無法回頭。

謳妮從來沒有懷疑過眼前這位最好的朋友。在打開那瓶藥水之前，她都不曾想過，有天她會被和她一起勾手跳舞、遇見困難時會嚇得躲在她身後，情感深厚足以比擬親姊妹的女人背叛。

瑤琳等待謳妮舉起以祝福爲名的毒藥水，一口飲盡，卻還是被她識破了。

爲什麼就是沒有辦法拆散他們呢！

瑤琳生得比謳妮高大，手勁也大出許多。她瘋瘋癲癲撲了過去，強行把魔藥灌進女孩口中，捏住她的鼻子，歇斯底里笑著看她吞下去。

無翊跟隨汀萊大人破門而入，那時謳妮只剩最後一縷氣息。生命即將戛然而止，再強大的男人也無法扭轉悲慘的命運，年輕的、美麗的她終將香消玉殞。

汀萊蹲下去，顫慄擁住他深深愛著的女孩。

從海上颳來的強風毫無停歇的趨勢。

汀萊垂眸，雙唇發白，緊緊握住謳妮冰涼的手。她因劇痛難耐而爆出大量冷汗，五臟六腑和喉道都灼傷了，生不如死。

可他無力回天。

男人冰涼的唇死死抵在女人額際，苦澀的嗓音對她說出最後一句道別的話：「乖……都不痛了……」

謳妮微弱地應了一聲。

猶如海神的怒吼，百年一遇的暴風雨頃刻間席捲全島。

數十載後，孤老一生的汀萊在死前向女巫求來保存記憶的藥水，女巫憐憫他的深情而給了。汀萊進入輪迴之道，重新誕生為羌靈族獸人後代，自孵化起便擁有前世記憶。謳妮的靈魂則重新投胎成為奇芷寧，擁有無翊轉世的哥哥奇恩。兄妹倆同為純種人類，前塵往事皆已不復記憶。

「汀萊大人，繆瑟大人受您所託回了島上打探消息，去了女巫那裡一趟，在女巫運算靈盤後得知，前一世在牢獄中自盡的瑤琳因心中怨念未結，此生很有可能亦降生在謳妮……不，我妹妹身邊。」

林琰點點頭，「這陣子接二連三發生怪事，危及她的性命，我本懷疑瑤琳的前世記憶已被喚醒。至於是如何甦醒的，主動抑或被動，目前我仍無頭緒。」

看著眼前這個男人，林琰覺得命運如此不可思議。沒想到繆瑟居然找到了無翊，而無翊竟然是奇芷寧的親哥哥。

轉世後的瑤琳到底是誰？在哪裡？

「那丫頭什麼都不知道，別露餡了。不必喊我尊稱或大人，像之前那樣對我沒禮貌就可以了。」林琰叮囑。

「是。」

兩人默了一會兒，奇恩拍拍林琰的手臂，「放心吧，除了繆瑟，現在我也加入了。我們都在你們身邊，這一世……」

奇恩說著說著，想起可憐的妹妹，他摀住嘴，聲音逐漸染上濕氣。

儘管沒有把話說完，林琰懂他的意思。

他想說，這一世——

你們會白頭到老。

平靜無波的日子一天一天過去，從寒假等到即將步入酷暑，那個人遲遲沒有再動手。

奇恩開始懷疑，會不會之前奇芷寧遇襲的相關事件全都只是偶發意外，只不過發生的時間過於接近，才讓他們有種被人針對的錯覺？

會不會瑤琳根本還沒投胎？或是投胎後壓根還未被喚醒前世記憶？

已失去過愛人一次的林琰，卻不這麼認爲。

他說：「沉住氣，我們不能因爲這段期間沒有等到預期的結果，就否定其他可能。」

林琰將視線落在遠處那個沒心沒肺笑著的可愛女孩身上，眸光繾綣溫柔，聲音卻極盡冷酷——

「也許，瑤琳比上一世狡猾多了。」

天氣一天比一天炎熱，年輕的靈魂紛紛躁動起來。在期末考終於結束的那個假日，班代規劃了班遊活動，廣邀全班參加。奇芷寧仍然被林琰滴水不漏地保護著，爲怕脫離安全地帶，他會太過神經兮兮，她一如既往地拒絕了。

好幾個大學朋友哀怨地嚷著：「天哪奇芷寧，妳到底是怎樣啦，自從交了男朋友，妳已經好久好久沒有跟我們一起出去玩了耶！」

由於她們並不知曉之前發生在奇芷寧身上的那些事，奇芷寧不怪她們。她不願多談心裡的顧慮，只笑笑地說：「跟男朋友沒有關係啦，是我之前安排太多打工了，時間軋不過來，假日只想待在家裡好好休息，等以後還有機會一定跟妳們出去玩。」

女孩們嘟著嘴咕噥：「好吧。」

奇芷寧像被折斷羽翼，再也無法飛翔的鳥那般，被囚禁在所有安全之地。

她漸漸感到不快樂，並且把心事全數告訴她的樹洞——孫譽。

每天晚上，和林琰說過晚安後，她進了房，便開啓與孫譽的對話視窗，將所有煩惱向他報告。

奇芷寧：「唉，我男朋友是不是有點太神經質了，他怕我受傷或發生危險，哪都不讓我去，我已經好久沒跟同學出去玩了。每天過得清心寡慾，除了上學和打工，什麼也不能做，假日悶在家裡人都要發霉了。我真的覺得我好像住進尼姑庵了，半點自由都沒有！」

孫譽：「占有欲這麼強？」

奇芷寧：「對啊。」

孫譽：「那就沒辦法了，一段感情得來不易，好好珍惜。」

奇芷寧：「但我才二十歲耶……」

兩人常常聊到很晚，對奇芷寧來說，除了天天和奇恩甜蜜視訊的胡孜孜，長她幾歲的孫譽是另一位能暢所欲言並給她建議的信任對象了。

可惜林琰禁止她隨意亂跑，她已經好久沒上寵物店找孫譽，也沒跟店裡的貓咪、狗狗和小白兔玩了。唉，心灰意冷。

暑假進入第一個禮拜，奇芷寧就和林琰大吵一架。

導火線是奇芷寧謊稱出門買飲料，實則私自和朋友出去聚餐，林琰在家苦等不到人，餐廳人聲吵雜導致奇芷寧漏接來電，好不容易等到奇芷寧平安返家後，林琰大動肝火，兩人吵得不可開交。

雖然這只不過是小事，奇芷寧長久以來累積的委屈卻到達極限，戰火迅速燎原，即便奇恩和胡孜孜跳出來緩頰，也弭平不了奇芷寧滿腔怒氣。

林琰冷冷地告訴她，他不會再管她了。她想去哪，就去。

他摔門而出，門板差點震壞。

奇芷寧有意賭氣，登入社群網站向朋友們宣告自己恢復自由，即日起想去哪玩都可以去了。網路上歡聲雷動，全是為她叫好的聲音。還有熱心的朋友在留言處提供最近好玩的景點，力薦她一定要去。

胡孜孜按了讚後，也留言：「好吧，或許彼此冷靜一下，也是好事。我支持妳的決定，姊妹。」

胡孜孜的留言引來了女友奴奇恩，奇恩接著按讚，也跟著說：「旅行費用妳老哥我全程買單，去玩吧。」

奇芷寧欣然謝主隆恩。

剛好林敬叡那邊，高中就讀的學校也已塵埃落定，暫時可以不用去家教。奇芷寧把心一橫，訂了朋友推薦的民宿，隔天就背起行囊展開一個人的旅行。

前兩天，她去了很多地方，吃吃喝喝嘻嘻哈哈，開開心心打卡。每天回到民宿，渾身骨頭都像倒塌的積木要不顧一切散開那樣，又痠又痛。

她泡了溫泉，在老街上大啖美食，還在旅途中認識幾位新朋友，彼此交換聯絡方式。已經好久沒有這麼開心了。

雖然每一晚睡前，在她訂完隔天落腳的民宿之後，仍會偷偷地趴在枕頭上抹淚。

她想恐龍了，很想很想他。

想立刻撲進他的懷裡，緊緊抱住他。

像毒癮發作那樣渴望著他身上的溫度，還有他辨識度極高的低沉嗓音。

他的一切她都暗自想念。

但是她不能說。

旅行第三天，奇芷寧起了個大早，來到當地頗負盛名的吊橋。由於刻意避開人潮尖峰時段，整座吊橋空蕩蕩的，只有她一個人悠哉晃過。

她緩緩地走，停在吊橋中央，拿出手機對著湖光山色拍照。山澗的空氣如此清新，吸進肺裡令人渾身舒暢。她刻意待在那裡，獨自佇立高處，享受著眼前美景。

終於有第二名遊客過來了，吊橋隨著那人的步伐輕輕晃動。奇芷寧禮貌地退開一些，手忙碌地擺弄著手機，身體貼向繩索，讓道給對方過。

然而對方沒有動。

那個人停在她面前，奇芷寧疑惑地看過去，見對方頭上戴著一頂黑色帽子，臉上戴著口罩，身穿素面長袖長褲，整個人遮得嚴嚴實實，一點膚色都看不見。

嗯？？

她露出莫名的表情，聽那人開口笑了。

「奇芷寧……噢，不，或者我該叫妳，謳妮？這兩天好不好玩啊？嘖嘖嘖，照片裡笑得多麼燦爛啊，好可惜，是不是，以後妳再也沒機會像這樣到處亂跑了呢？」那人冷冷說完，手伸進外套，從裡頭抽出一柄銳利長刀。

聽見熟悉的聲音，再看到對方手上有備而來的利刃，奇芷寧渾身血液彷彿被凍結。

「爲什麼？」她顫抖地問。

「因爲妳不配。」

「之前，我身邊發生的事……」

「是，都是我做的。哈哈，驚不驚喜，意不意外？藏在鉛筆盒裡的刀片，在公寓的樓梯襲擊妳，還有，把妳推下月臺的人，都是我啊，怎麼樣？沒想到吧？」

「我、我……」奇芷寧哆嗦著不停退後，那把利刃卻不斷把她逼到堅固的繩索旁。她往下一看，底下是翻滾的溪水。這個高度差，先別管會不會溺死，一頭撞在石頭上都不能活。

「我能殺妳一次，就能殺妳第二次，我偏不信這回還有誰能救妳，去死吧！」

裝載著瑤琳靈魂的軀殼緊緊握住刀柄，狠戾地對準奇芷寧的胸口刺去，奇芷寧閃躲掙扎後，刀子插偏了，刺進左臂。白刀子進，紅刀子出，對方拔出凶器，奇芷寧鮮血直流。

兩人扭打起來，刀子在纏鬥中飛出去，落進百公尺下方的湍急溪流中。

也許是擔心再拖下去會有其他觀光客來，那人狠狠踹了奇芷寧一腳，在她痛到軟弱無力時粗暴地抓起她的頭髮，把她整個人扛起來往吊橋外面扔。

奇芷寧抓緊手機，如破布娃娃般，從高空狠狠墜落。

潛伏在林間暗處的林琰，操控手機關閉奇芷寧外套上的微型攝影機錄影鍵，將手機收回口袋，速度很快地衝刺出去，在奇芷寧摔得粉身碎骨之前高高躍起抱住她，兩人平安返還地面。

奇芷寧一在溪石上站穩，立刻交出自己牢牢握緊的東西，緊張地抓著他說：「我這裡也錄好了，都在這支手機裡，這樣夠齊全了嗎？」

林琰點點頭，寒著臉盯著她的傷勢，從懷裡掏出一瓶藥水，「別說話，妳流了很多血，先喝下這個。」喝完之後所有的傷口都會癒合，也不會留疤。

奇芷寧接過來，猶豫了一會兒卻搖搖頭，把藥水推還給他。「等驗傷完再喝吧，刀子都挨了，也沒插進要害，現在癒合就太可惜了。雖然很痛，但我不希望壞人繼續消遙法外了。」

林琰瞅視片刻，撕下自己身上那件T恤下襬，彎身替奇芷寧止血，「行，但驗完傷妳必須喝。」

「好。」

手臂被男友拉著處理外傷，奇芷寧朝案發現場看過去，遠遠見吊橋上的那個人早已被飛奔過去的奇恩和繆瑟聯手制伏，壓制在地逃無可逃。歹徒的帽子、口罩都被脫了下來，那張熟悉的臉再無遮掩。施放了這麼長一段時間的誘餌，終於釣到了大魚。林琰他們如願將三起事件串聯起來，一舉破獲凶手了。

奇恩已按照擬好的計畫，在對方現身靠近妹妹的第一時間報警，警方很快就會抵達。罪證確鑿。

雙手被銬，坐上警車後，孫譽意識恍惚地回想起一年前重遇奇芷寧後發生的一切。

他從來不曾對一個陌生人，有那麼強烈的感覺。

那種感覺非常奇怪，他受她吸引，卻不是喜歡。他從小就知道自己並不喜歡女生。他對奇芷寧，是一種更微妙、更特殊的情感。像扎根在血液裡，在他的脈搏間跳動，一種無法解釋的玄妙感應。

遇見她之後，他常常睡不好，店老闆介紹了間私人宮廟給他，說很靈驗，他去了。

在那個昏昏暗暗的密室裡，師父讓他躺上一張床，開始對他搖鈴。那個老人留著兩撇白鬍子，對他喃喃唸著一種很繁複的經文，空氣中飄著若有似無的檀香，睡意漸漸來襲。

孫譽當時並不知道，他被催眠了。

在長達數個小時的玄祕夢境中，他窺見了自己的前生，原來他是一個叫做瑤琳的女子投胎轉世。他在吼叫中醒來，帶著恨意睜眼。

完全清醒後，滿頭大汗的他意識到這便是宿命。

在某次奇芷寧來寵物店找他時，他看見她的手機桌布，直覺手機上的那個男人便是汀萊大人。沒有為什麼，也或許是如出一轍的冷傲眼神，孫譽就是知道那個人是他。

他們居然在一起了？都已經過了這麼多年，他們為什麼還能走在一起！而她，卻投胎成了一個男人！

嫉妒讓上一世被心上人親口判處終身監禁，最後含恨而終的靈魂，在今生澈底瘋魔。

孫譽開始抱持目的接近奇芷寧，不但在教授給的點心裡下毒，還跟蹤她，不停尋覓機會想澈底了結雙方的恩怨。

唯有奇芷寧死了，這段綿延無期的怨恨才能真正終結。

他以為奇芷寧早像上一世一樣，傻傻地把他當成好朋友，對他推心置腹。他在網路和社群裡掌握住她所有的行蹤，蓄謀已久，靜心等待最適合的那天到來。

卻不想，奇芷寧已不再是那個善良軟弱的謳妮。

她聰明，也勇敢。她蟄伏在比他更漆黑的深夜之中，一步一步勾引他靠近獵人布下的陷阱。

這小妞花了好幾個月的時間，在他面前演了一齣多麼天衣無縫的年度大戲啊。

孫譽坐在警車裡，看著窗外街景快速後退，瘋狂大笑出聲。

從民宿離開前，奇芷寧看著滿滿一屋子的人，心底仍感驚奇不已。壓根不知他們計畫所以擔心到坐立不安的胡孜孜、嘻皮笑臉安撫女友的老哥、氣定神閒邊看新聞邊和一名藍髮少年談論此事的林琰……自從月臺驚魂後的某個夜晚，恐龍男友開門讓那個清俊少年進屋起，這一切的一切都讓她感到極不眞切。

他們在說什麼啊？什麼前世？什麼島？保存記憶的藥水？還有，這個藍頭髮的人是林琰上輩子的胞弟？

儘管繆瑟早已投胎轉世，此生也有了新的名字，但與林琰及奇恩重逢後，仍自稱舊名。代爲發言的繆瑟並沒有將所有情況透露給眼前一臉茫然的女孩。

林琰與繆瑟私下早已達成協議，爲了引蛇出洞，需要奇芷寧以身作餌，勢必得對她坦承部分眞相，取得她的信任，計畫才能臻於完善。

除了告知最低限度的內容外，更多瑤琳與謳妮的前世恩怨，兩人一致認爲不須再深究，便隱瞞了下來。過去的，都已毫無意義。

林琰只想把握當下，將危害到奇芷寧生命安全的心頭刺連根拔除，好好與她過完這一生。

透過繆瑟的口，奇芷寧知道自己上一世死於好友瑤琳之手，這半年來樓梯遇襲、墜落月臺，種種險象環生之際遇，很可能都不是單純的偶發意外。

林琰認爲，若他們兄弟能持著前世記憶再次降生，那麼瑤琳會不會也換了副面孔，甚至性別，潛伏在奇芷寧身邊？

爲了降低瑤琳戒心，林琰希望繆瑟守在暗處伺機而動。羌靈族既是獸，亦是人，有良好的隱身能力及行動力，能適應各種環境，奇芷寧需要這樣的隱形罩來保護。林琰在明，繆瑟在暗，兄弟緊密合作。

繆瑟能在建築叢林與樹影中移動於無聲無形，他注意到孫譽多次變裝尾隨奇芷寧，舉止詭異，似心懷不軌。林琰認爲跟蹤不構成任何騷擾證據，打草驚蛇後，將來孫譽若仍不知悔改，只怕作案計畫將更縝密，奇芷寧也會陷入更深的危機當中。

「我們來演一齣戲吧。」林琰看著手裡的藥水，沉吟道。

「演什麼戲？」

「幫孫譽製造機會，讓他靠近奇芷寧，讓他做所有他想對她做的事，包括……」林琰冷冷勾唇，「殺了她。」

奇恩不敢置信地看著林琰，「你瘋了？這有多危險你知道嗎！」

男人搖晃著手裡高舉的藥水，盯著半透明的褐色瓶身，半晌不說話。

奇恩跟著看過去，心裡湧現奇怪的感受，他有一種感覺，那瓶藥水左右著林琰這個瘋狂的決定。他嚥了嚥口水，愣愣問：「那是……什麼？」

林琰終於把目光投在他身上，此刻只有他們主僕二人在。

沒有人告訴奇芷寧，她哥哥曾是汀萊大人的親信，且上輩子的記憶已甦醒。背負太多，便不快樂了。如果可以，林琰希望奇芷寧知道得越少越好。

林琰看著奇恩，「刺傷、槍傷、撕裂傷、燒傷、骨折……可能發生的外傷有這麼多種，我並沒有把握，孫譽會對你的寶貝妹妹下何種毒手。」

寶貝妹妹？

看著他的眼神，聽著他說的話，奇恩忽然有點膽寒。

林琰拿出了一把美工刀，讓它在手裡俐落地轉圈。他將它拋往空中，看它從容地墜落，伸出修長優美的手指穩穩接住後，直視奇恩。

林琰推出刀片，眸光在大舅子身上游移，似乎在尋找能下手的地方，「繆瑟向女巫求來的這瓶藥水，我怎麼知道有沒有用呢？」

刀尖閃了一下，奇恩暗自一抖。

終於，林琰像談論天氣一樣，事不關己地說：「得有個實驗對象獻出最脆弱的部位讓我捅個幾刀試試。」

奇恩：「……」

當天夜晚，打工回來的奇芷寧看見哥哥憂鬱地靠在小陽臺喝著啤酒遙望月亮，她奇怪地扯扯恐龍袖子問：「我哥又怎麼了？下午不是還好好的嗎？在滄桑什麼啊？」

林琰揉亂她的頭髮，「哥哥做了很愛妳的事情，以後我陪妳一起孝順他老人家。」

奇芷寧驚喜萬分，「哇！真的啊？好啊好啊！」

陽臺上的男人沒聽見小倆口的對話，只下意識地摸摸胸、背、身上各處，又鬆了口氣。一點疤痕都沒有，好神奇啊。

活著真好呢。

這幾個月來，奇芷寧從半信半疑到逐漸深信，到最後成功逮捕孫譽，心情已不是坐雲霄飛車可形容。她既活在下一刻便可能遭人暗算的恐懼之中，也活在寵物男友與哥哥滴水不漏的保護下，享受著另一種雖然平凡微小、卻足以令孫譽嫉妒到發狂的幸福。

任務結束，繆瑟近日就得返回島上。

奇芷寧走向沉靜地坐在沙發上端著水杯喝水的少年，客氣卻誠摯地說：「繆瑟，這段時間謝謝你了。」

少年抬眸看著她，聲音落寞，低低地嗯了一聲。

奇芷寧望著那對碧綠瞳仁，歪著頭，「咦？」

好熟悉的一雙眼睛啊……

她疑惑地轉向林琰，發現林琰正默不作聲地觀察著她，便又轉回去看著繆瑟，「哇，你們真的好像啊！繆瑟，我想看看你的尾巴，可以嗎？」

少年安靜地點頭，如她所願。

奇芷寧開心地湊過去玩那條色澤極美的皇家藍獸尾，愛不忍釋。玩著玩著，也不知道怎麼地，她忽然就哭了。

「奇怪……」奇芷寧愣愣地把眼淚抹去，淚水卻越噴越多，心中充滿留戀與不捨，最後她哭著笑著喃喃自語：「好奇怪啊，眞的好奇怪，爲什麼……爲什麼這麼像呢……」

好捨不得放手啊。

可是，林琰不就是滾滾嗎？

嫌犯孫譽，以三次殺人未遂的罪刑，被關進牢裡。

漫長的審判才正要揭開序幕。

在法律上，全案大逆轉的情況並非罕見。若有精神異常診斷作爲背書，罪大惡極的凶手逍遙法外也不會是特例。

有天，孫譽收到了家人送進監獄的菜餚。他打開盒蓋，看見一道媽媽常爲他和弟弟做的獨門料理，散發出童年至今未曾改變過的香味，令他由衷懷念。

放下戒心，他舉起湯匙，舀了一口吃進嘴巴。

一名監所管理員遠遠看著，說了句只有羌靈族人聽得懂的族語後，轉身離去。

下一秒，孫譽整顆腦袋暈乎乎的，彷彿陷入天旋地轉，一陣恍惚。他緊閉雙眼，捶打腦門試著減輕疼痛。再睜眼時，他已澈底忘卻前塵往事，記不起那座島上的一切，記不起上一世遇見過的人、發生過的事。

記憶被消除得乾乾淨淨。

那刻起，即便再有輪迴，世間已不再有瑤琳。

繆瑟離開那天，在把長老們為林琰準備的各式證件拿出來交給曾經的兄長時，他悄然看了一眼奇芷寧。

奇芷寧發現了，拘謹地對他笑了笑。一秒後，繆瑟嚥下喉間那股酸澀，擠出生硬的微笑面對。

林琰翻看手上那些以他的名字和照片製作的身分證、健保卡、從國小到大學的畢業證書等等，點頭說：「謝謝，花了很多時間吧？」

繆瑟帶來的東西很齊全，以後林琰想考駕照或在銀行開戶，還有找工作，都不成問題了。

「比較麻煩的是在各體系中將這個身分無中生有，但都處理好了，放心吧。戶政系統已動好手腳，醫療系統捏造完你從小到大的就診紀錄，甚至是學校，都能在學務系統中調出你的歷年成績單及輔導評語，應該沒有疏漏了。為了幫助曾敬愛的汀萊大人在人類世界順利生存，這是全羌靈族獻給你們的祝福。」

奇芷寧好奇地把那些證件抽過去看，連聲驚嘆。

林琰拍拍少年肩膀，「將來我們會找機會回去島上的。倒是你，這一來一去，山遙路遠，不再多住一段時間？」

「不了。」繆瑟笑笑，「島務越積越多，怎麼撒得下。」

他已經不是原來那個懵懵懂懂的繆瑟了。

如今的他，有許多該承擔的重量。和走向愛情的哥哥，做了不一樣的選擇。

是選擇嗎？

或是別無選擇呢？

繆瑟走出屋子，往前跨了兩步，聽見門後傳來那道清甜軟糯的嗓音。他停住腳，忍不住回頭再看一眼。

「咦？還有另一個叫冷野的人也轉世了啊？那他又是誰啊？我認識嗎？」

奇芷寧從背後抱住林琰，黏在他身上撒嬌。男人拉住她的手把她撈到胸前，低低說了一句話，女孩臉上笑開了花。

不管哪一世，她都這麼喜歡他呢。

繆瑟收回目光，呼了一口氣，跨步向前。

前世，在那個狂風暴雨的日子，他跟隨哥哥和無翊的腳步來到謳妮的家，親眼見她死在深愛的男人懷裡。

而男人孤單地用了漫長的一生去思念她。

繆瑟比汀萊多活了幾年。

在生命即將殞落的某個暴風雨肆虐的晚上，那樣殘虐無道的天氣喚醒了他記憶中謳妮離開時的所有細節。太像了，海風悲傷地吹奏著，簡直就像為她的逝去而哀悼哭泣。

繆瑟渾渾噩噩地上了女巫那，祈求女巫賜予一瓶能保存記憶的藥水給他。只要記憶仍在，也許來生還能再續前緣。

女巫感嘆地說：「繆瑟啊你爲什麼這麼傻，你們兄弟倆說了一樣的話。」

「是嗎？哥哥臨走前也求了藥水？」繆瑟愣愣。

女巫把藥水放在繆瑟手中，似乎預見了他注定不被愛的結局，憐憫無比地說：「傻瓜，我可以多給你一個願望，許點別的吧。」

髮鬢斑白的男人啵地一聲打開瓶蓋，仰頭將那辛辣的液體全數倒在口中。嚥下去，他的笑靨和年輕時一樣純淨無害。

「多給我一個嗎？好，那我希望——」

男人眼尾的皺紋深了些。

「下輩子，我能早他一步遇見她。」

光影流轉數十載，沃瑪波島上一位來自奧斯家族的婦人，帶小獸們在海邊學泳時，不小心丟失了她才誕下兩個月的寶寶蛋。

蛋體隨著洋流不斷在海面上漂浮，流浪過許多島嶼，它曾被人驚喜地拾起，後來又被視如敝屣般丟棄。

直到有天，它輾轉淪落在一條髒兮兮的小河邊，那是附近的小學生們放學回家必經路線。

彷彿感受到了命運召喚，它用盡全力閃爍光芒。

一個小女孩咚咚咚跑過來，如獲至寶地撿起了它。

——《談戀愛前先孵蛋!! Get 尾獸系毛茸茸男友!?》完

番外　手忙腳亂的半獸人飼育日常

林琰和奇芷寧結婚之後，夫妻倆貸款買房，搬到了城市近郊住。由於某人婚後熱衷於繁殖後代，因此很快地，奇芷寧懷孕了。

獸人爸爸和人類媽媽的基因結合後，生出一整窩半獸人寶寶，他們的五官及四肢皆與一般小嬰孩無異，體型卻偏小，全身覆蓋阿凡達色的毛，還拖著一條長長尾巴。

居然不用像當初撿到滾滾時那樣耐著性子孵好幾年的蛋，奇芷寧感覺自己相當幸運，她深深愛上每隻長相都帶著點原始狂野感的親骨肉。

夫妻倆在集滿七隻半獸寶寶之後，林琰有點擔心他去上班時奇芷寧會照顧不來，暫時停止造人計畫。

小小半獸人們非常可愛，叫聲卻低沉粗啞，只會「嘎」，或「嘎嘎」，或「嘎嘎嘎嘎嘎嘎嘎嘎嘎嘎……」，偶爾林琰會覺得他們非常吵，尤其是七隻一起圍繞著他們尖叫的時候。但奇芷寧喜歡寶寶們像潑猴一樣歇斯底里的生動模樣，認爲這是健康的象徵，並且能展現他們驚人的肺活量，林琰不想讓老婆不開心，於是專注砸錢改善家中的隔音設備。

胡孜孜建議奇芷寧可以幫七個寶寶取小名，這樣母子之間感情會比較親密，而且她聽說取乳名還可以提高寶寶的幸福指數，好處多多。奇芷寧對胡孜孜說的話向來深信不疑，按照年齡排行分別幫小獸人取了小一、小二、小三、小四、小五、小六、小七這樣很沒有深意的名字。

每天下班回家，林琰推開門，便會看見小一坐在客廳地上把垃圾桶裡的垃圾一個一個翻出來玩，然後他走去兒童房，會看見小二正在拚命敲著小三的頭，阻止小三拆開尿布觀察大便。他沉默地退出來，抬頭一瞥，小四正在陽臺上狂拔岳母大人之前送來美化環境的綠植盆栽。

小野獸果然沒什麼好看的，該是時候去看看老婆了。

林琰走到浴室外停下腳步，聽見門板內傳來快樂嬉戲的聲音，把門打開，浴缸裡浮著一隻正瘋狂踢水玩水潑水的獸寶寶小五。奇芷寧渾身濕透，望著調皮搗蛋的半獸人，散發一臉慈性母愛的光輝。

「老公！你回來啦！」奇芷寧轉頭看向林琰，興奮地撲上去狠狠抱住他。

林琰抱著他可愛的小妻子，心滿意足地摟了一會兒，又低頭親她好幾下，充分利用時間為忙碌一整天的自己充飽電。

「老公上班時有想我嗎？」她眨著亮晶晶的清澈大眼睛，一臉期待望著他。

「有，很想很想。」他溫柔地笑，忍不住又低頭吻上她。

吃飯前，林琰在冰箱最上方找到了躲起來搞自閉的小六，然後把藏在沙發抱枕下面假裝正在冬眠的小七拖出來，默不作聲走到一旁把廚房特地加裝的門鎖上，準備進行一場相當艱難的餵食大戰。

半獸人沒有遺傳到爸爸的大食量，他們總是不停嘎嘎嘎地叫著掙扎，不想吃飯。

七隻聰明的迷你獸寶寶瞬間往四面八方逃竄，小一抱緊餐桌桌腳瑟瑟發抖，負隅頑抗；小二試圖打開冰箱門把自己關進去；小三拿起湯匙瘋狂地敲擊鍋子發出鏗鏗鏗的噪音，宣示他對抗暗黑力量的決心；小四趁機拿起橘子和香蕉與小五玩你拋我接的遊戲；小六轉開胡椒粉的蓋子在廚房裡跳來跳去滿場亂撒，最後他跳到天花板上用尾巴纏住燈架，讓胡椒粉像盛開的煙花那樣從空中落下，獸寶寶們一個接著一個沒命地打起噴嚏來。

只有小七乖巧地把小小的身體埋在一籃芒果裡面，僅露出一顆頭來，暫時停止呼吸，假裝自己也是一顆可愛的芒果唷。小小獸人們總是如此忙碌。

林琰和奇芷寧對視一眼，交換眼神後，手腳快速俐落，拔腿分頭行動。小獸人們嘎嘎叫著，被爸爸媽媽一一抓住尾巴逮回來，訓練有素地固定在各自的餐椅上綁住。七隻小小獸人不斷哀號，奇芷寧打開櫥櫃拿出精心烹調的營養料理，一人一碗擱在他們面前，再把湯匙逐一塞到他們手上。可愛媽咪發號施令：「沒吃完不能離開座位哦！」

負責鎮壓全場的酷爸爸林琰雙手環胸，瞇起眼眸，如作戰總指揮般居高臨下環視一批嘎嘎亂叫的小獸。

七隻小傢伙懼怕父親，終於開始乖乖進食。

好不容易忙到十點，夫妻倆上床熄燈睡覺，林琰抱著老婆，低低與她說了些話，把奇芷寧逗笑之後，正準備親她幾口，嘴巴卻忽然被一隻毛茸茸的小手伸進去挖了挖。它在林琰的口腔裡掏啊掏，也不知是想掏出什麼名堂來。

林琰：「……」

奇芷寧開了床頭燈，七隻小傢伙接二連三冒了出來，全攀在爸爸和媽咪身上，睜大水汪汪的眼睛露出相當純真的表情，想近距離觀看兩人接吻。
天真無邪又好奇的表情，活脫脫就是奇芷寧的小小翻版啊。
林琰氣不起來，也拿他們沒轍了。
奇芷寧：「……老公繼續嗎？」
男人摟住她，低沉說：「繼續。」
半晌後，七雙灼熱的眼睛依然直直地盯著他們，沒有撤退的趨勢，還想做點什麼的林琰只好投降了，「老婆，睡吧。」
「老公晚安～」奇芷寧笑嘻嘻地滾進林琰懷中抱住他。
七隻小獸還意猶未盡，不約而同抗議：「嘎嘎！嘎嘎！嘎嘎！嘎嘎！嘎嘎！嘎嘎！嘎嘎！嘎嘎！嘎嘎！嘎嘎！嘎嘎！嘎嘎！嘎嘎！嘎嘎嘎嘎嘎嘎嘎嘎嘎嘎嘎嘎！！！」
男人低吼：「閉嘴。」
安靜一秒後……
七張小嘴同時：「嘎。」

——番外〈手忙腳亂的半獸人飼育日常〉完

——《談戀愛前先孵蛋!! Get 尾獸系毛茸茸男友!?》全文完

後記

你們相信緣分嗎？

有時候會不會對某個第一次見面的人，產生一種很熟悉的感覺？會不會其實有可能，在很久很久以前，你們曾在某一個時空相遇，彼此產生很深的羈絆，即使輪迴轉世，也無法將那種感受抹去？

在創作這個故事之前，我其實沒有什麼想法，只想寫個快快樂樂、簡簡單單的角色，讓她在路邊撿一顆恐龍蛋，然後靜待孵化，與恐龍談一場甜蜜戀愛。

恐龍一定要很高，還要很帥，還要很聰明，皮膚還要很白，最重要的是要有肌肉，就像Raul那樣。其他的就沒了。

在交這次的大綱之前，我從沒想過我會寫關於前世今生這樣的題材，完全沒有，而且老實說，我並不認爲我寫得出來。（苦笑）

在前段時間，我甚至已經自暴自棄的認爲，我連大綱都沒有辦法寫了……（淚）

非常謝謝沒有放棄我的編輯大人！

寫小說是個興趣，是某一天我忽然沒書看了、沒劇追了、沒事做的時候，就這麼用來試著打發時間的一件事。直到現在，被大家看到我寫的奇奇怪怪的東西時，還是會有點恐慌的。

非常非常感謝願意看到這裡的你們，希望，我已經將我想傳達的東西，都透過文字好好傳達給你們了。其他在故事裡我沒有描述得非常清楚的部分，相信你們應該都已猜出答案，在此我便不多說了。

謝謝長鴻出版社和編輯，謝謝讀者媗庭，謝謝嗨咖何紫妍，謝謝其他曾鼓勵過我，或喜歡過我任何一部作品的人。

祝福你們一切都好，平安喜樂。

希望還有機會能帶著新的故事與你們見面。

椰子樹

長鴻出版社
EVER GLORY PUBLISHING CO.,LTD.

談戀愛前先孵蛋!! Get尾獸系毛茸茸男友!?

全一冊

椰子樹×糯米飯NiR

長鴻原創小說 Think&Write
PA0424

發行人：蘇偉銓
責編：江佳芳
美編：陳玟潓
出版社：長鴻出版社股份有限公司
社址：台南市東區北門路一段76號3樓
小說事業部
電話：（02）2662-0121 轉 452
傳真：（02）2664-8895
發行所：（各地區小說經銷請詳長鴻官網）
地址：台南市安平工業區新平路25號
電話：（06）265-7951
傳真：（06）261-6520
印刷者：南一書局企業股份有限公司印製廠
法律顧問：郭俊廷律師
出版日期：2023年9月 初版一刷
定價：新台幣320元 港幣107元
ISBN：978-626-00-7999-4
長鴻新漫網：www.egmanga.com.tw
長鴻原創小說粉絲團：
www.facebook.com/egmangaFiction

Think&Write

沒有侷限的想像，是創作的本心，
在文字與創意的交會地帶——探索一個一個的好故事！

Think&Write

沒有侷限的想像，是創作的本心，
在文字與創意的交會地帶——探索一個一個的好故事！